手驾车去伦敦

赵小瑜 著

海峡出版发行集团 | 海峡文艺出版社

图书在版编目(CIP)数据

手驾车去伦敦/赵小瑜著. 一福州:海峡文艺出版社,2013.11

ISBN 978-7-5550-0171-3

Ⅰ.①手… Ⅱ.①赵… Ⅲ.①纪实文学一中国一当代 Ⅳ.①I25

中国版本图书馆 CIP 数据核字(2013)第 237294 号

手驾车去伦敦

作　　者　赵小喻
责任编辑　谢　曦
出版发行　海峡出版发行集团
　　　　　　海峡文艺出版社
经　　销　福建新华发行(集团)有限责任公司
社　　址　福州市东水路 76 号 14 层　　**邮编**　350001
发 行 部　0591－87536797
印　　刷　福建新华印刷有限责任公司　　**邮编**　350011
地　　址　福建省福州市福新中路 42 号
开　　本　787 毫米×1092 毫米　1/16
字　　数　200 千字
印　　张　14.25
版　　次　2013 年 11 月第 1 版
印　　次　2013 年 11 月第 1 次印刷
书　　号　ISBN 978-7-5550-0171-3
定　　价　35.00 元

为《手驾车　去伦敦》一书所作序

丁启文

福建赵小瑜女士这些文字，把我从安静的书斋带进了人事纷纷、生机勃勃的另一个世界——伴着那万水千山、无际草原、蓝蓝湖水和古朴典雅的教堂、寺庙、现代化市镇——看了这图文并茂的书，我在精神上真的跟着他们一起欧亚游了。我想说，就如同那壮美的“2012 北京——伦敦中国残疾人士自驾行”一样，这些再现当时情景的看起来有点琐碎却有“厚度”的文字，同样充满激情、充满生气、充满雄心壮志、充满超越民族和国界的人间温暖。首次壮行可敬，她用动人的文字和照片再现首次壮行、留住首次壮行，尤其可敬。

是的，我们看到的，不仅是日行千里、呼啸草原的壮举，更是它背后的精神、生气，不抛弃、不放弃、不服输的活力，坚定不移、勇往直前的信心。这股力量从始至终张扬着，激荡着，驱使人们去闯荡、去发现、去创造、去克服一个又一个困难。

这是只有在今天才有这番机缘的。

当年——我是说，改革开放以前不行。毋宁说，这是改革开放一步步发展到今天才可能有的，“平等·充分参与·共享”、多元共生理念深入社会到今天才可能有的，家国兴旺、人民安康到今天才可能有的，全球化、后现代思想一步步践行到今天才可能有的。我们这个时代，是残疾人由社会的弃儿——社会边缘群体到社会平等一员的时代，也是残疾人由社会的索取者到社会奉献者的时代。

残疾人是自强的、有能力的。

看看人世、看看残奥运，他们为社会、为他人所作贡献，比比皆是。

胜利归来并永留青史的“2012 北京——伦敦中国残疾人士自驾行”留给人类的精神财富就是佐证。

残疾人是世界公民，他们最懂得人类平等、全球化无障碍的意义。

让我们再次为那年那次色彩斑斓的壮举喝彩。

2013 年元月 12 日

这十年，我们圆了梦

——写在中国残疾人北京至伦敦自驾行一周年

程 凯

一年前的今天，也是7月19日，11位中国残疾人自发地、义无反顾地踏上了自驾车从北京鸟巢出发，去伦敦助残奥的征程，开启了“梦想之旅”。他们开着国产的荣威，历时45天，行程15000公里，跨越亚欧大陆，途经10个国家，如期抵达伦敦，在伦敦碗里如愿以偿地为中国残奥健儿和其他国家参加残奥会的运动员摇旗助威。他们一路播撒了中国残疾人热爱和平、增进友谊的愿望，展示了友善、乐观、好学、助人的中国残疾人自强精神，圆了中国残疾人体育爱好者跨越国界当拉拉队的愿望，也圆了无数残疾朋友挑战自我、突破局限、超越障碍的梦想。

这个梦，赵小瑜描绘了很久，大家努力了十余载甚至更长，这十年间，终于一步步实现了。

进入21世纪以来的十余年，是中国快速发展、社会不断进步、残疾人事业长足发展的十余年，是广大残疾朋友渐渐走出家门、开始以不同方式融入社会的十年，也是我们实现着消除障碍、平等参与、创造价值梦想的十年。

这十年，中央进一步明确了促进残疾人事业发展的意见。关心残疾人，是社会文明进步的重要标志。残疾人事业是中国特色社会主义事业的重要组成部分。“两个重要”的论断和“十六条意见”成为新世纪发展中国残疾人事业的强大思想理论武器和政策措施方向，也已成为地方党委政府发展残疾人事业新的出发点和重要任务。

这十年，全国人大修订了《中华人民共和国残疾人保障法》。《残疾人就业条例》、《无障碍环境建设条例》也相继颁布实施，“权益”与“责任”更多出现于各类法规文本之中，残疾人依法、无障碍地享有康复、教育、社保、就业和出行等权利已不再是遥远的梦想。

这十年，联合国通过了《残疾人权利公约》。中国作为缔约和首批签署加入并率先履约的大国发出了中国声音，以权利为本，实现残疾人平等参与共享的目标业已成为世情的一部分。

这十年，北京残奥会、上海特奥会、广州亚残运会等国际赛事和文化活动成功举办，大大加速了公众对残疾人态度的转变和社会助残环境的改善。各类达人活动和媒体报道中残疾人不断被聚光，“你行、我也行”渐渐成为共识。

这十年，“人人享有”日益成为残疾人工作的目标。“人人享有康复服务”、“人人享有义务教育”、“人人享有社会保障”……残疾人保障和服务已不再是十年前的重点人群和重点项目，已逐步开始了“两个体系建设”新阶段普遍享有、公平获得、特殊保障与普惠加特惠的历史性跨越。

这十年……

同样是这十年，有形和无形的障碍一步步减弱、减少，大街小巷中和我们视野里的残疾人越来越多了起来。更多的残疾人从家里走出，从心中蹦出，他们从以前的遮掩残疾、回避残疾到如今向世人恰当地展示残疾。而随着这些年世人对残疾人观感的改变，包容、尊重、支持、赞赏的目光也日益多了起来。正是在这十年里，残疾人驾车也从“非法”到左下肢残疾“合法”，再到双下肢残疾“合法”，最后到其他残疾类型逐步“合法”，赵小瑜们开着车、走四方的多年梦想才能变成今天的现实。

中国梦，是全体中国人的梦，当然也是每个中国残疾人的梦。国家好，大家才会好；大家好，残疾人才会更好。残疾人虽身心受限，有的至今仍困于一隅，但宣示生命的存在，实现价值和创造的梦想从来没有像今天这样强烈。“2012 北京——伦敦中国残疾人自驾行”就是典型的一例。

认识小瑜主席大概是十几年前的事了。那是在北京西四羊肉胡同孙恂大姐的家里，作为“孙大姐信箱”的忠实听众和追随者，小瑜很得孙大姐的信任。那天孙大姐的一句话，至今我仍记忆犹新：“你们要向小瑜学习，身在残联，心里更要装着残疾人兄弟姐妹，特别是那些仍身处困境的残疾朋友，永远不要成为残疾人的官僚。”十几年来，小瑜作为福建省残联的干部，担任省肢残协会的主席，工作之余，办《同人》杂志，兴“同人”论坛，始终不改本色，伏身助残，广交残友，心怀梦想，这大概也是她敢以自驾参与跨越亚欧大陆壮举来纪念自己 54 岁的生日梦想的又一个原因吧！

愿以上述文字，纪念小瑜主席这本《手驾车　去伦敦》游记的正式出版。

2013 年 7 月 19 日于石家庄

用心去感觉旅程中的每一天

杨小波

转眼便是一年，去年也就是这个时候，小瑜和她的残哥残姐们，手驾车，历时45天，行程15000余公里，到伦敦参加了第14届夏季残疾人奥林匹克开幕盛典。梦想之旅，勇气人生——2012北京——伦敦中国残疾人自驾行。一个团队11人，14支拐杖，10张轮椅，5部汽车，一路风烟滚滚，好一部现代版的“射雕英雄传”，一时的情形很让人啧啧称叹……时日轮替，渐渐地在人们几乎淡忘这件事的时候，小瑜却把旅途的点点滴滴及她的思考给记录了下来，她竟然要出书了。

由于工作性质的原因，喜欢涉猎残疾人题材的作品。我一直以为残疾人题材的作品，总有一个共同的冀求：感人励志，作者如此，读者尤甚。似乎残疾是一份药引子，容易诱发情感的滥觞。读者往往因为是健全人，对残疾的认识有间隔距离产生审美，于是乎磨难、坎坷很容易衍变成砥砺、崇高。小瑜的《手驾车　去伦敦》和一般的残疾人题材作品不太一样，她似乎不太注意营造励志和感人的氛围，除了出发和抵达时的一些交代，她的记述和她的文字调子一样地平实。从满洲里出境，横跨亚欧，俄罗斯、欧洲，一副很会玩的观光客样子。20世纪50年代出生的人，都有前苏联的情结，俄罗斯近现代的历史人文是他们美好的记忆。在贝加尔湖游泳，冰凉的湖水，热烈的伏特加，伙伴们祝贺她生日的温馨，给人一种人生际遇难得的悟解。还有一路上无障碍环境的碰撞，奥托博克捐赠轮椅的“拒绝”，丹麦一残疾人康复机构为一个院民的过世而降半旗……行程亦谐亦庄。很欣赏作者的思考：“‘自驾伦敦’意义何在？我们的梦想是什么？我们为奥运加油，确实是为残奥吗？

一路上，我只是用自己的眼睛看，用心去感受旅程中的每一天，或者，这才是最大的收获，期望着慢点，再慢点行走，让我们能够更多地触摸到旅途经过的点点滴滴。”是的，重要的是在路上，目标是美好的，但过程是重要的。而且这是一个自助的过程，手驾行，自掏腰包，自我选择，结伴而行，自得其乐，山河表里，乡关何处？他们就这么磕磕绊绊地慢慢而行，忘却了崇高，忘却了人们的钦佩，忽略了自己的残疾人的标签，只是碰到了障碍时，他们才记起自己身有残疾。这样不经意的升华，让我想起爱默生在《论自助》中的一句话：“别在你自身之外寻找你自己。人是他自己的星星，灵魂能塑造一个诚实完善的人。”很抱歉，写着写着，我又走到了励志。

2013 年 7 月 19 日

目 录

引子 因为有梦我们走到一起

弗洛伊德说：梦是愿望的实现。对于中国残疾人，自驾车曾经只能是一个梦，一个无法实现的梦。现在，我们终于梦想成真，驾驶汽车从北京到伦敦。

自驾车从北京到伦敦，参加2012年第14届伦敦残奥会开幕式，对于我是一件不敢梦想的事，虽然我一直做着自驾车的梦。

多数的梦醒来就忘记了，只有一些梦多次重复留存记忆中，自驾车就是这样的梦。我无数次梦见自己驾驶着汽车，行驶在一望无际的天地间，梦里，两边的景致没留下什么印象，只有一个固定不变画面：我坐在驾驶座上，驾驶着汽车一往无前。

弗洛伊德说：梦是愿望的实现。因为愿望难以实现，只能借梦的形式得以实现。驾驶汽车对于我曾经只能是梦，难以实现，甚至无法实现的梦。

一岁时我患上小儿麻痹后遗症——医学上叫脊髓灰质炎，从此右下肢萎缩、无力，患腿拖累着无法奔跑，甚至走在平平常常的路上还经常会跌倒。正是由于行走不便吧，我对驾车就有了很强烈的渴望。车能够替代自己的脚，这个脚和所有人的一样，可以轻快自如地奔跑，可以跑到天涯海角。自行车是我使用的第一种车——记得当年学骑自行车，哥哥很耐心地扶着我的自行车在操场上小跑了好些天，之后我又摔破了几条裤子，然后才有了骑自行车到北峰林阳寺，到闽侯雪峰寺，在云南的昆明市区骑自行车三天往返石林的经历。后来驾驶残疾人机动三轮车，速度快了，让我有了奔跑的感觉，车就是我的腿啊！我驾驶着机动三轮车穿行在福州大街小巷，偶尔也开到周边县城。当然，最渴望的还是能够驾驶汽车。

对于中国所有的残疾人，驾驶汽车曾经都只能是个梦。很长时间，残疾人通过各种渠道呼吁驾车，直到2003年《公安部三十项便民利民措施》出台，第十一条规定："允许左下肢残疾的人员考领小型、微型自动挡载客汽车驾驶证。"残疾人驾车才开启了一扇希望之门。而一直到了2009年，公安部第123号令《机动车驾驶证申领和使用规定》出台，明确："左下肢缺失或者丧失运动功能的，可以申请小型自动挡汽车准驾车型的机动车驾驶证。右下肢、双下肢缺失或者丧失运动功能但能够自主坐立的，可以申请残疾人专用小型自动挡载客汽车准驾车型的机动车驾驶证。"我和所有下肢残疾人才真正得以获得驾驶汽车的权利。也只有这个时候，下肢残疾人驾驶汽车的梦才能够得以实现。

2012年7月19日，我和李宁为、邵健明、严春荣、张小鹏、何跃林、纪建宇、王东娅、赵雪虹、梁丽珠、王晓凤等11名中国肢体残疾人一起从北京鸟巢出发，开始了自驾伦敦之行。11人中6男5女，邵健明年龄最大55岁，赵雪虹年龄最小43岁。除了何跃林是幼年时失去双手，其余10人都是小儿麻痹后遗症患者，下肢残疾。共14支拐杖，带了10张轮椅，其中邵健明、李宁为、王东娅、张小鹏、纪建宇、赵雪虹、何跃林都是重度残疾。

张小鹏、赵雪虹、王晓凤因为瑞典、英国签证没有通过，只能走完俄罗斯就要从圣彼得堡飞回北京。8月6日，童泽和丁宝明夫妇、赵兰平夫妇从北京飞莫斯科，江昌平和许志强从香港飞莫斯科加入我们的团队；8月20日，何天助从澳门飞哥德堡加入我们的团队；8月25日，陈亚伟夫妇从北京飞阿姆斯特丹加入我们的团队。因此，最后到达伦敦共有15名残疾人和3名家属。但真正走完北京——伦敦全程的是李宁为、何跃林、邵健明、梁丽珠、纪建宇、严春荣、王东娅和我，共8人。

残疾人自发组织境外自驾车行万里在中国是第一次。我们的行程45天，经过俄罗斯、芬兰、瑞典、挪威、丹麦、德国、荷兰、比利时、法国、英国等10国，途中分别在贝加尔湖、喀山、莫斯科、赫尔辛基休息1天，在圣彼得堡、斯德哥尔摩、哥本哈根逗留2天，在伦敦住了3天，余下32天都奔驰在路上。

从首汽租赁了 5 部中国制造小轿车——荣威 350，每车基本上是两人交替驾驶。总行程 15000 多公里，每日行程平均 500 公里，时间超过 12 小时——在俄罗斯是因为路况不好，进入欧洲则是旅游与赶路兼半。最长一日行程近 900 公里，时间长达 15 个小时。时间、里程都如此之长的自驾，对残疾人车手自身体能、驾驶技术都是一个挑战和考验。

残疾人出行，严峻的困难是环境的障碍——包括每天都必需的住宿、用餐、如厕以及上下车。台阶是最大的障碍，即便是到了无障碍环境已经很好的欧洲，仍免不了遭遇台阶，更不用说我们的行程有一半的时间是在无障碍环境还不如中国的俄罗斯。而在俄罗斯更有三分之一的时间和一半的行程是在荒漠无际的西伯利亚，那里基本上谈不上什么无障碍。如果没有梦，没有自驾车走遍世界的强烈渴求，没有战胜困难的足够勇气，没有国家政策的允许，即便有钱有时间，中国残疾人还是难以实现这样的旅程。

这一次，我们放飞自己的梦想。肢体的障碍使我们的行动受限，驾驶汽车为我们梦想插上了翅膀，于是我们给这一自驾旅行取了一个美丽的名字："梦想之旅。"此行万里长征面临种种困难，我们没有退缩，为激励自己喊出一个口号："勇气人生。"

一路上，我们带了中国国旗和沿途各个国家的国旗，我们在汽车的后视镜背面上，左边贴着五星红旗，右边贴着所到国家的国旗。我们一次次高举五星红旗，一次次振臂高呼："梦想之旅，勇气人生。"有时，我会为自己的这些举动禁不住地失笑，这个动作是与我性格截然不同的张扬。但更多的时候，我忘却了自己，纵情地随着大家挥舞双臂，扯着嗓子呼喊。我们为这一梦想的实现不断地为自己鼓劲，为自己骄傲，为中国残疾人喝彩。

第一卷　五十四岁自驾伦敦

这一年我完成了我的第一次自驾车旅行，从北京到伦敦。这个45天的行程我走了整整54年，何其漫长。骨子里就喜欢旅行的我，终于找到了一种最适合自己的旅行方式——自驾车。亲人、朋友各自以他们的方式理解并支持着我踏上行程我却心有牵挂。

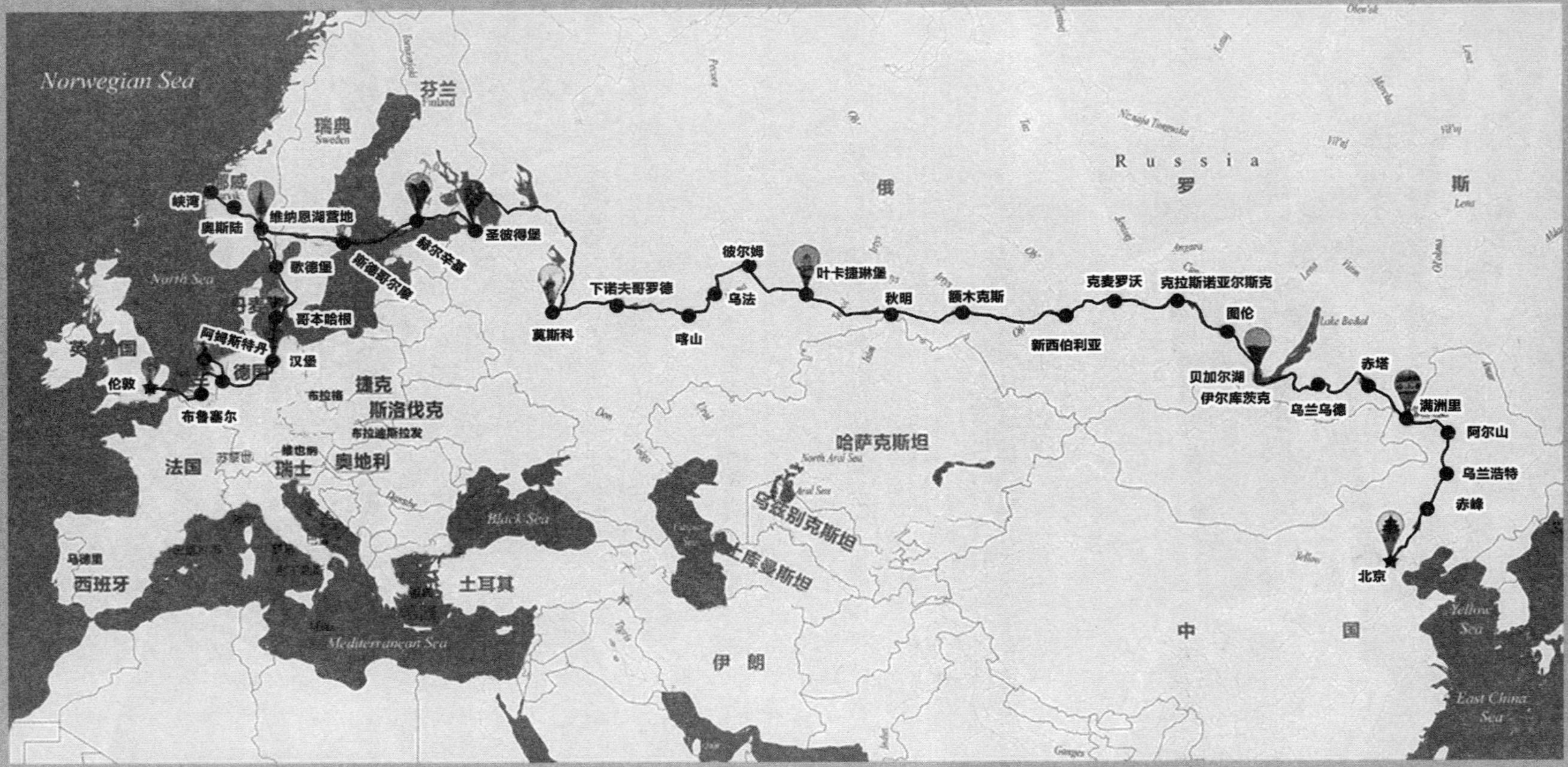

Norwegian Sea
North Sea
芬兰
Finland
瑞典
Sweden
挪威
峡湾
奥斯陆
维纳恩湖营地
歌德堡
斯德哥尔摩
赫尔辛基
圣彼得堡
丹麦
哥本哈根
阿姆斯特丹
汉堡
德国
英国
伦敦
布鲁塞尔
布拉格
捷克
斯洛伐克
布拉迪斯拉发
法国
瑞士
维也纳
奥地利
马德里
西班牙
土耳其
Black Sea
Mediterranean Sea
莫斯科
下诺夫哥罗德
喀山
乌法
彼尔姆
叶卡捷琳堡
秋明
额木克斯
新西伯利亚
克麦罗沃
克拉斯诺亚尔斯克
图伦
贝加尔湖
伊尔库茨克
Lake Baikal
乌兰乌德
赤塔
满洲里
阿尔山
乌兰浩特
赤峰
北京
俄
罗
斯
R u s s i a
哈萨克斯坦
North Aral Sea
乌兹别克斯坦
土库曼斯坦
伊 朗
中
国
Yellow Sea
East China Sea

第一章　我的一个梦

二十多年前我就做着退休后自驾旅行的梦，我还保留着一张当时的剪报，一对夫妻开着一部房车周游世界。我非常憧憬地对天明说，退休后我们也去旅行，开一部房车，以车为家浪迹天涯。那时我们还没有孩子，没有买房，两个人的世界，走到哪儿，哪儿就是家。渐渐忙于工作又忙于孩子，买了房子也知道了一部房车的价格绝不是我这工薪阶层能望其项背的，所以关于开部房车的事就不想了，但还是常常念叨着：退休的时候自驾旅行，独自一人，或与家人，或约上两三个朋友，用三五年的时间在全国各地转悠，途中写写文，拍拍照，会会友，哼着《橄榄树》流浪远方。

旅行对我一直是个诱惑。虽然行动不方便，但就是喜欢去旅行，虽然登山很吃力，可就是一次次地要去爬山。父亲曾说我旅行是“逢山必登逢塔必照相”。兄弟姐妹中就我对旅行乐此不疲。因为自己行走速度慢，跟旅行社或和其他人一起旅行总感觉吃力，心理压力也大，因此多数时候我都选择一个人旅行。更主要的是，单独一个人在陌生的人群中或在寂静无人的山林里，你会感受到心灵的静默，一股淡淡的温柔涌上心田，那是一种非常美妙的享受。有时与陌生的游客短暂的结伴而行，你会感受到人间最美好的情愫，那是旅行中额外的收获。

记得工作后的第一个假期，我就踏上了旅程，之后便一发不可收拾。曾经大年三十的晚上，在家吃过年夜饭我就辞别父母坐上火车向北旅行，那些年火车总是拥挤得每天都像现在的春运，唯独年三十例外，车厢里空荡荡的，我买的是坐票却能够享受卧铺的待遇，一张椅子上就我一个人。那些年旅游的人不像现在这么多，在桂林的象鼻山，在四川的青城山，都只有我一个人寂静的脚步，仿佛空山无人，只闻鸟啼和风吹动树叶的声音。有一次，去大足石刻则纯属偶然，在我坐上往重庆方向的火车时我还不知道我的旅游目的地，火车半夜到达重庆时我还茫茫然不知该去哪里，一个的士司机说带我去看山城夜景，而后说到大足石刻，于是就开车陪着我去了。而登泰山时，我遇到两个上海的聋人就结伴同行，一路上我学了好几句手语，那天，我一人登上玉皇顶，山顶上没有一个人，风很大，听着风吹着洞穴的声音让我着迷，以为那就是天籁之音。在北京逢上那年的第一场瑞雪，正好我去十三陵，结果在结了冰的路面上我一次次滑倒，手里拿着的照相机也摔坏了，多亏一位广东游客一路陪着我，充当我的拐棍。在华山，我夜里登山第二天看日出，黑暗中总有人伸手拉我一把或托我一下，也不知山有多险，路有多难行，到第二天一早下山时看到陡峭的山林我才两腿发抖寸步难行，是一个北京人一直陪着我一步一步挪下山。太多了，这样的旅行。

一次次漫无目的的旅行，似乎就为了把自己置身于一个陌生的地方。旅行中的陌生环境更让人体察关爱与平等，在遭遇歧视和冷漠时，至少你可以选择离开。而曾经向我伸出援手的人，虽然我都不知道他们的名字，但他们一直在我的心里，成为后来我生活中的信念支柱。我以为这是我一个人的经历，一次几个肢体残疾朋友聚在一块聊天，竟然好几个人都曾有过类似的独自旅行。似乎，残疾是一种无法诉说的痛，独自旅行是一种可以抚慰自己的方式。仿佛自己就像是一只受了伤的狼，需要躲开狼群，在不为人知的角落默默地舔舐自己的伤口。

之后我一直迷恋于旅行，当然已经不是因为孤独，不是为了疗伤，而是因为旅行已经成为我生活中无法割舍的一部分。我见过一个叫老鬼的残疾人，是坐在轮椅上的截瘫患者，却一次次让自己在旅途中，交通工具几乎都是火车，我曾问："现在轮椅上火车障碍这么大，你是怎么解决的?"他说："只要肯放下面子，只要肯开口求人，就没有过不去的坎、上不了的台阶。"现在他与几个残疾朋友通过"生命之歌公益网"组织更多的残疾人旅游。一个叫曲晶的残疾人，12 岁患上进行性肌营养不良症，宅家几十年后，却在年迈父母的陪同下勇敢地踏上了旅程。旅行对于残疾人，已不仅是休闲散心，不仅是拓展视野，还承载着残疾人对生活的勇气和探索，是一个梦想的实现。

如果能够自驾车旅行，那无疑是为梦想插上了翅膀。

第一次看到残疾人驾车是在2001年，广东的孙杰与新疆的孙永庚联手自驾车万里声援北京申奥，途经福州，我和福州的许多残疾朋友对他们驾驶的汽车非常感兴趣，二孙为我们演示了他们如何用手控制驾驶系统，这个装置是他们自己制作的，可以轻松地将由脚控制的刹车、油门转由手来控制，看了令人赞叹不已。之后认识了西安的王延、哈尔滨的杜仲等残疾人，他们也都自己改装了汽车控制驾驶装置，驾龄都已长达十几年，车都换了好几部。在西安我还有幸让王延亲自驾车送我到机场，领略他娴熟的驾驶技术。“驾驶着汽车不再感觉自己是个残疾人了。”他的话更是深深地打动了我。不过，那时残疾人还不能考取驾照，就好像早年残疾人参加高考体检不合格一样，参加驾考体检也不合格。这是一种根深蒂固的观念，“路都走不好，还能开车?”“耳朵都听不见了还能开车?”“眼睛看不见还怎么开车?”“没有手怎么开车?”在一个身体有缺陷的人的生活中，类似这样的话，恐怕听得耳朵都会生出了老茧。归结一句话，这种观念认为残疾人这也不行那也不行，2002年我有机会到香港，才知道残疾人驾车在香港根本没有限制。

2003年国家第一次透出了残疾人可以驾车的信息，首先放宽了左脚有障碍右脚健全的残疾人可以参加驾考，我的心便蠢蠢欲动，虽然我还不属于政策允许的可以驾车的范围，但我已经迫不及待了，我想要尽早地拿到驾照。

正巧获知P君做起了小车教练员，我立即给他打了电话：“可以教我开车吗?”

“来吧。”P君二话不说。

第一次坐上驾驶位，这是手动挡汽车。在P君的指点下，左脚踏离合器，右脚试着放在刹车踏板上，车缓缓前进了。几个进进退退后，P君果断地说：“你考驾照没问题，包在我身上。”又补充一句：“但你今后不能开手动挡车，自动挡汽车还可以考虑。”

“知道了。”我说，“先拿到驾照再说。我认识许多残疾比我严重得多的人都在开车，他们把刹车、油门移到手上来控制。”

在残疾人中，我的残疾程度很轻，曾经有人调侃我是“混进了残疾人队伍中”，这要感谢我的父母。我患上小儿麻痹后遗症后，父母一直为我寻医问药，当时能知道的，能想到的，能做到的，父母全都做了。针灸、打针、按摩几乎伴随我的整个童年，中药蒸汽的熏烤让我到现在对泡脚都有恐惧症，还吃过沾了白糖的生肥猪肉，据说是民间偏方，埋羊肠线手术是当时部队医疗队的创举，之后又做了二次矫正手术，腿上留下好几道蜈蚣似的疤痕。多亏父母坚持不懈的努力，我现在才能很幸运地不用拄拐，更不用轮椅，只是右腿显得无力，走路姿态不佳，平坦的路有时也会在我脚下显得颠簸崎岖，坎坷不平。至于考驾照，正如我的教练说的，我驾车悟性好，勤奋练车，很快就拿到了驾照。

什么样的车适合我开呢？青岛的焦玲早已驾驶汽车，她的残疾程度与我类似。她告诉我，她是用健全的左腿控制刹车，没有力气的右腿用来加油门，让我试试。我一试，果然不错。后来国家出台的政策说，右脚有障碍左脚正常的，通过左延装置，把刹车、油门移到左脚，可以驾驶加装了左延装置的自动挡汽车，而我还是更喜欢左右两脚并用的驾车方式。曾有人担心会不会不小心刹车油门一起踩下去，那可就危险了。其实，用什么方式驾车合适完全是一种习惯，我是用不够给力的患腿加油门，踩油门时就得特别在意地用力，而用健全的左腿刹车，随时都处在一级防御有效制动状态下。

2009 年国家终于允许下肢残疾人可以开车了。那些早已按捺不住的残疾朋友们争先恐后地拿到了驾照，憋了多年的驾车旅游梦想变得可以实现了。适逢 2008 年北京成功举办奥运会，那份激情和兴奋仍在血管中奔流，2012 年奥运会在伦敦举办，于是有人提出：我们自驾车去伦敦看残奥会，为中国残疾健儿加油，为残疾人的生命喝彩。

我的梦就在那一刹那被唤醒，我也要自驾车从北京到伦敦。

我今年 54 岁，计划明年退休，已逐渐将单位工作放下。在学校、机关工作了三十多年，思想和行动都烙上了同一种的印迹。退休需要重塑自己，试着开始一种全新的，不同于过去三十多年的生活。我要在我还能够学习的时候去尝试学习，在我还能够改变的时候去尝试改变，在我还能够行动的时候去尝试行动。

自驾伦敦，就在这个时候给了我这样的机会。自驾，对于我几乎是个空白，我的驾车总行程不足 500 公里，甚至对车大灯在哪里都不熟悉。去伦敦，就要从这个零点出发，我的目标是 5000 公里。长途自驾，对我是个挑战，挑战自己的体能，挑战自己对环境的适应能力，挑战自己的学习能力，行动能力。

老朋友冯作友告诉我，他上清华大学培训班时老师播放过一段视频《雄鹰再生》：雄鹰是世界上寿命最长的鸟类，年龄达 70 岁。要活那么长的时间，它在 40 岁左右必须做出困难却重要的决定。当雄鹰活到 40 岁左右时，它的爪子开始老化，无法有效地捕抓猎物；它的喙变得又长又弯，几乎碰到胸膛；它的翅膀变得十分沉重，使得飞翔格外吃力。它只有两种选择：等死，或经过一个痛苦的更新过程——它必须很努力地飞到山顶，在悬崖上筑巢，经过 150 天漫长的修炼。雄鹰先用它的喙击打岩石，直到完全脱落，然后静静地等候新的喙长出来；它会用新长出的喙把趾甲一根一根地拔出来；当新的趾甲长出来后，它便把羽毛一根一根地拔掉，5 个月以后，新的羽毛长出来了。雄鹰开始飞翔，获得新生，再拥有 30 年的岁月。

人也一样，需要不断自我更新。自驾伦敦就是我的修炼，对于我其意义可能已超越了自驾本身。在圆我自驾梦的同时，我还要学会重新飞翔。

第二章　妈妈的慷慨

第一个告诉我正计划着自驾车去伦敦的是西安的王延，他是中国肢残人协会副主席。那还是出发前一年的事，王延是策划者之一，这项被称之为“梦想之旅，为残奥加油——2012北京——伦敦中国残疾人自驾行”活动，是中国肢残人协会（简称肢协）策划的。我知道后对王延说：“到时千万别落下我，我可以当你们的随团记者，可以给你们推轮椅，可以帮着干杂活。”

有过几次开会见面，我都忘不了问王延，去伦敦的事怎么样了？王延总说正在筹备。

一天，接到李宁为的电话：“小瑜大姐，关于去伦敦的事，王延主席让我一定给你挂个电话。”我说：“是啊，我早就对王延说了，到时可别落下我哦。”宁为说：“情况有些变化了，可能要自费去。中国肢协不组织了，现在只能以个人自愿组合的形式去伦敦。”我心里一沉：“自费啊，我哪有那么多钱。”“是啊，我们做了争取，中国残联还是不同意，主要还是担心有风险。”

我没问这一趟去伦敦需要多少钱，寻思着对我来说恐怕是一项过于奢侈的开支。我的工资是一家三口人吃饭的钱，自费自驾去伦敦，太不现实了。于是收起梦的翅膀，无奈地对自己说，下一次吧，下一次再圆梦。

放下了这件事，每日继续着上班下班，只是偶尔心里飘过一个念想，自驾伦敦不知进展得怎样了？

五一节前收到一个朋友发来的邮件，是关于伦敦自驾行的资料，有活动介绍，有详细的行程，还有报名表等等，看得我心里痒痒，顺手打印了一份。

下班时去看妈妈。“赞助一下怎么样？”我问妈妈。

“行啊，是不是又有谁遇到困难了?”妈妈早已习惯了我为残疾朋友向她拉赞助。

“是资助我，去伦敦，全部是残疾人自己驾车去。”我说着将打印的资料给妈妈看。

妈妈戴上老花镜，认真看着问我：“自驾车去伦敦，要 45 天，这么长的时间。有多少人？需要多少钱?”

我说：“计划 30 人，每个人要 15 万。”

“行啊，我赞助你。”妈妈一边摘下眼镜一边看着我说，语气竟没有丝毫的迟疑。

“真的呀!”我既惊讶于妈妈的爽快，又仿佛一切都在情理中，情不自禁张开双臂搂住妈妈。“谢谢，非常感谢!”我在心里默默地说。

那首歌：《世上只有妈妈好》，唱的是我的心声。一直朦胧地记得：因发高烧而昏睡了不知多久的我迷迷糊糊睁开眼睛，却看见妈妈坐在床边淌泪。那时才 1 岁，不应当有记忆，但那一幕却一直印刻在心里，让我相信是真的。为了给我治疗腿疾，妈妈尝试了所有能够知道的治疗方法：针灸、打针、吃药、按摩、药熏，还有五花八门的偏方，不计其数。最难忘的是去徐家村解放军医疗队的那些日子，那是 1967 年吧，都说徐家村解放军医疗队用埋羊肠线的方法可以治疗小儿麻痹后遗症，妈妈不顾路远难行，每次都用自行车载我去动手术，每次手术，我的脚都要挨上七八刀。记得有一段路是在堤上行，黄泥的堤坝凹凸不平，一次回家的路上，我坐在自行车后架上，因为术后的伤口疼，我挪动了一下身子，妈妈没有防备车子歪倒了，我和妈妈两个人带着自行车一起摔下了堤坝。妈妈顾不上自己是否摔伤，急忙抱起我，唏嘘地看我哪儿摔痛了。儿时并不知道这条路有多长，多年后我自己去了一趟徐家村，骑着自行车，用了两个多小时才到达那个永远都忘不掉的地方。路已经修成柏油路，堤坝还在高出路面的一侧，已不再行车了。我爬上堤坝，匍匐在那条黄沙石的路上，倾听着妈妈的自行车碾过路面的声音，而那时“造反派”已经抄家，爸爸已被打成“走资派”，妈妈承受的是什么样的压力啊。当我把这一感受告诉妈妈时，妈妈只是淡淡一笑，仿佛说：这有什么。

这就是我的妈妈，在我眼里，她集中国女性传统美德于一身：忍耐、顺从、勤劳、吃苦、贤惠、善良、知足、谦恭、聪明、能干、无怨无悔。但她并不是一个传统的女性，在她17岁那年的一个夜里，她写下“不要找我，天亮时我就会回来”的字条悄然离家奔赴游击队时，她就已经不可能是一名传统的女性。她抛下了富裕的生活，抛下挚爱她的父母，到游击区穿一袭黑衣、草鞋，在老百姓中宣传革命，在敌后穿行，那时，她早已超越了传统女性。家里有几张当时的老照片，照片中的妈妈头戴灰色军帽，穿一身灰布军装，皮带束腰，佩一支手枪，飒爽英姿中透出一股秀美。后来知道，中学时，妈妈还是一名校花，就是今天，年过80岁的妈妈还是那样的清秀美丽。

我敬佩我的妈妈，在那个特殊的年代，妈妈忍辱负重，因为外公在抗战时是国民党的少将，虽然抗战胜利后他就解甲归田，不参加内战，但仍不能改变他曾经是国民党军官的身份，在妈妈们为之努力而迎来的“天亮”后不久，外公就被监禁并长达20多年，舅舅也同时受累。我常揣想妈妈的心情：她是如何在这种重荷下始终没有改变自己当年的追求，始终追随共产党，但却一直不能成为一名共产党员。

没有听见妈妈抱怨过什么，“文革”下放农村那些年，听妈妈经常说的一句话至今忘不了：“一家人生活在一起就好。”她把下放的那个地方当成了自己未来要长期生活的家，把农村工作、农事农活当作自己应尽力去做的工作，任劳任怨，勤勤恳恳。三年多的时间，她已成为农活好把式了，挑、锄、割、插、犁，无所不能。我常看着妈妈的那双苍老的手，相信这就是那个年代的见证，见证妈妈的勤劳与吃苦。如今，妈妈更是知足知命，她一再赞叹生活富足，儿女都已成人，子孙都已长大，就连最让她操心的我也已经独立成人。

妈妈认识爸爸，是她人生的一个大转折。当年，爸爸是妈妈的老师，在学校里宣传进步思想，教唱进步歌曲，传借进步书籍。妈妈正是在爸爸的影响下走上革命道路的。在爸爸面前，妈妈始终是个听话的好学生，这一身份，几十年从来没有改变过。妈妈顺从爸爸，服从爸爸的意志，甚至不惜牺牲自己的兴趣、爱好和个性，包括妈妈的衣着、发型都以爸爸的眼光为标准。妈妈对家务，从原来一点都不会到现在是公认的能手，而且虚心好学，不断进步。正因为妈妈太能干了，才导致爸爸至今对家务“一窍不通”，儿女个个“好吃懒做”，至今周末回家都还是“游手好闲”。

妈妈最能够理解儿女，呵护儿女，以儿女利益为重，甚至在儿女与父亲意见不一致时，妈妈也总是暗中站在儿女一边，给予儿女最大的支持。曾经很长一段日子里，我的心就像汪洋上的孤舟，茫茫然，凄凄然，即使置身于欢笑与亲朋好友间仍仿佛孤独的一人。于是渴望独自一人四处旅游，浪迹天涯。其实妈妈明白一个残疾女孩独自外出的风险，我的每一次出行都令她担忧，但她从来没有阻止，没有说一句“不”字。每逢节假日我要远行，妈妈便默默地帮我打点行装。那时还没有现在这么方便的电话，我旅行一周或十天便是杳无音讯，直到突然归来，第一个开门迎接我的一定是妈妈，她总是欣喜地将我紧紧拥抱。我深信，如果说我是那汪洋上的一叶孤舟，妈妈就是我随时可以停泊的岸，妈妈的岸很长很长，当远航的船儿疲惫了，随时可以靠岸，虽然我已经走了很远很远，但妈妈依然很近很近。

妈妈的慷慨与理解从来都没有改变。

“天明、怡文会同意吗？你也要和他们商量。”妈妈的声音在耳边响起。

“嗯。”我回过神来回答。

晚饭时我对天明、怡文说：“我想自驾车去伦敦。”并拿出资料给他们看。

女儿抢先拿了资料，边看边嘟囔：“太棒了，我也要去。”她惊叹：“哇，去挪威、丹麦，好有爱啊。还有德国、英国……10个国家呢！这些地方我都好想去！”14岁的女儿前一段迷上了日本动漫《黑塔利亚》，对这些国家有点人格化的了解。比如：俄罗斯名叫伊万，是做什么事情都少不了伏特加，不发一言却能带来巨大压迫感的青年。芬兰，喜欢泡芬兰浴和吃甘草糖，因为是来自传说中圣诞老人的发源地的青年，所以圣诞节他喜欢打扮成圣诞老人到处走。瑞典，表情严肃的维京人，戴着眼镜，心地善良，但由于表情太过严肃经常吓到别人。挪威，性格略微有些柔弱的青年，很爱幻想，家里有世界上最大的渔场，喜欢吃三文鱼。丹麦是性格潇洒的青年，曾经的北欧雄狮，虽然近代已经衰落，但是依然是北欧的老大。荷兰，为人市侩的青年，认为“金钱就是世界”，同时也善于赚钱。比利时，金色波浪短发的御姐，身材高挑，长得很漂亮却穿着朴素。德国，名叫路德维希的帅哥，做事认真，爱干净，养了三只狗，名字分别是Aster、Bkackie、Cerlitz（在德语里的意思是智慧、勇气、教养），每只都非常壮硕。法国叫弗朗西斯，喜欢一切美的事物，对于爱情可以拥有无与伦比的丰富情感来表达，手上总会有一朵玫瑰或一个酒杯。英国叫亚瑟，以前是海盗，后来成了个绅士，生来毒舌，心眼儿倒并不坏，跟妖精或幽灵感情很好，也尝试魔法或召唤术之类的事。

“你好好读书，今后有的是机会。”我说。

“那还要多少年啊。”她有些遗憾，继而补充，“你可要多拍照哦，还要给我买礼物。”

“那是一定的。”

“哪有这么多的钱?”天明看着文字资料非常现实地说。

“妈妈答应资助。呵呵，其实还没确定去不去的。不过，真想去啊。这一生也许就只有这么一次，有这么一次，此生足矣。”

“哦，有资助了呀。那就去呗。”天明还是那么不紧不慢。

第三章　爸爸，别为我担心

钱的问题解决了，另一个问题浮上水面。此行伦敦45天，加上去北京往返的时间，这么长的时间因私请假，单位领导会批准吗？中国残联的领导担心风险，省残联的领导会不会也有顾虑？

中午在单位午餐，几个同事聚在一起。我说："我准备去伦敦。"

"残奥？"

"是啊。几个残疾朋友自己开车去。"

"开你那三轮'宝马'？"

"怎么可能！开汽车。"

"你的汽车是托运去的吧。"

"哪里啊，从北京开到伦敦。"

"就你那个开车水平？"

"嘿嘿，同行的可都是高手，一路学习呗。"

"那得多长时间？"

"45天，从俄罗斯过去，到北欧的芬兰、瑞典、挪威、丹麦，再往德国、荷兰、比利时，最后从法国到英国。"

"哇，壮举啊！""够潇洒的！""很有创意！""我好仰慕呀！"同事们感叹着。

"是中国残联组织的吧？"

"不是。几个残疾朋友自愿组合的，全部自费。"

"那得多少钱？"

“15 万。”

“这么多？不如飞去。”“15 万是多一点。不过人生能有这么一次足够了，值得。”“45 天非常辛苦啊！”“去拉点赞助！这可是史无前例的事。”“弄个微博随时发消息啊。”“回来可以写本书了。”

同事们的七嘴八舌坚定了我的决心。

回到办公室，我迅速写好了报告，先说这次自驾伦敦的时间、路程和意义，然后说我愿意并渴望加入“2012 北京——伦敦中国残疾人士自驾行”，承诺一切费用自理，途中风险全部自己承担，请假 50 天（含休假 21 天），恳请领导准假并同意办理出境手续。

忐忑不安。

先请分管领导批准。分管领导中午一块吃饭聊天时已经知道这事，他乐呵呵地签了字：“我同意不算数，要一把手说了算。先让人事部门把把关吧。”

人事部长看着报告：“不是中国残联组织的？”“几个残疾朋友自愿组合的。”“那就是请假了，领导同意就可以了。”“因为要出境，还得经过你们。”人事部长就签给了他的分管领导。

人事分管领导看着报告：“我们按规定办。你先放在这里，我让人事部了解一下政策，还要请示领导。”

不到 15 分钟人事分管领导就打来了电话。“我已请示领导，并不是所有人出国旅行都可以批准，残疾人作为特例，特别批准，表示支持。”他在我的报告上签了字。“理事长正在办公室，你现在就去。”

我立马到理事长办公室递上报告。

领导一边签字一边说：“我才知道你已经有驾照了，不是才允许残疾人考驾照吗？”

“我是 C1 驾照，早几年就考到了。”

“哦，不容易。这一趟下来非常辛苦，要注意身体。”

拿着四位领导签名同意的请假报告，前后半个多小时。

我还以为会有人说我的想法很荒唐，没想到事情进展得这么顺利。或许每个人心里都曾有过那种近乎荒唐的梦想，有些人让梦长期沉睡，有些人的梦只是想想，只有少数的人为梦想付诸行动，让梦想可能成为现实。

许多人在行动前就先给自己设定了障碍，以为这些障碍都无法逾越，其实最大的障碍就是自己。那些行动的人不仅可以去实现自己的梦想，也让曾有过这个梦想的人心里有了一个现实的依托。我欣喜，我将载着梦想启程了。

这时接到妈妈的电话："这事你也要告诉你爸。"

下班后我立即奔回家。

爸爸前段时间身体不适住省立医院，前两天刚出院回来，这事我不想太早告诉他，免得他操心。妈妈发话了，可能爸爸已有所知。

"我回来了。"我径自开了门。

"我要自驾车去伦敦。"我尽量用欢快的语气说着拥抱了爸爸。坐下后拿出资料递给爸爸，"你看看。"

爸爸态度严肃，一副审查报告的模样。

"就开你那个车?""哪能啊，开汽车。""你还会开汽车?""那是，我可是拿了驾照的。""你那点水平我还不知道，你这是拿生命开玩笑!"

"怎么会。你们这么爱我，我女儿还小，我是非常珍爱生命的。虽然我平时没开车，但我自己心中有数，会很小心的，况且同行的都是驾车高手，我会一路上向他们学习，你就放心吧。"我尽量用轻松的语气回答。

"你还心中有数?! 这途中有多少危险你知道吗? 车子坏了怎么办? 你们会修理吗? 生病了怎么办? 你们有医生吗? 你们懂外语吗? 你们懂得怎么走吗? 迷路了怎么办? 荒唐! 我不同意。你想开车就在周边走走。"

"爸，别担心啦，我们是跟旅行社去的，你说的这些问题我们都会考虑到。"我尽量平和但口气坚定地说，"这一趟我已经确定了，反对无效哦。"

我不等爸爸再说，立马补充："我要回去了，女儿等我呢。拜拜!"

几天后去看老爸，他又提起这个话题。

"你知道过去常说一句话'人有多大胆，地有多大产'。那是荒谬，是无知。"老爸是个会把事搁在心里的人，这些日子恐怕他没少想这事。"我过去也开过车，那时不懂得怕。刚学开车时很爱开，一次我带几个人下乡查看通讯线路，坐的是吉普车，我让司机把车给我开。过一个桥，上面两条枕木轨，我技术不行，轮子没上轨道，一路就这么跳着过去，但那还不算危险。还有一次，我也是叫司机坐在旁边我来开车，那时的路很小，正好上一个陡坡，迎面开来一部车我没看到，结果差点就撞上了，我急忙转方向盘躲开了汽车却差点掉下悬崖，多亏司机手快帮我打回方向盘。那可是要人命的事，把我吓得半死，司机也吓坏了。光凭大胆是不行的，不仅害自己，还会祸害其他人。”

“哎呀，老爸过去还有这等事啊。你那可是无照驾驶！”我半开玩笑地说，“别担心我啦，我会非常小心的。”

又一次，老爸问：“你那事准备得怎样了？”“正在签证。”“每个国家都签？”“除俄罗斯、英国，其他都是申根国家，在瑞典办理申根国家签证。”“多少人去？”“残疾人 13 人，还有 2 名电视台记者，旅行社 1 人，汽车技师 1 人。”“记者去干吗？医生才重要。”“嘿嘿，我们自己都会带上药，感冒药、头痛药什么的。真要大病了，也只能找当地医生了。”“荒唐！”老爸总结了一句。万里自驾，确实存在种种困难，让亲人们担心，让老爸牵挂了。

或许是遗传基因。外公在第二次国共合作期间，就历任国民革命军中校参谋、中校副团长、上校督训主任、少将指挥官等职。但外公却始终未加入国民党，不愿介入政治。抗日战争胜利后不久，国内陷入内战深渊，外公不愿意介入“自己人打自己人”的内战，毅然以生病为由请长假返家。新中国成立前夕，外公的好朋友派来汽车，准备好飞机要接外公全家到台湾定居，外公婉言谢绝，表示要和儿女一起迎接新中国的诞生。

妈妈在 17 岁的一个夜晚悄然离家追随共产党参加游击队。爸爸在大学读书时期加入中国共产党，白色恐怖时期在学校工作，他冒着生命危险教学生唱进步歌曲，传播进步书刊，宣传革命思想，之后，他又参加游击队进入深山老林。

他们都曾经背叛过传统挣脱过束缚。

侄子 18 岁在新加坡高中毕业要当两年兵，他独自从部队出走，留下一封信，阐述要和平不要战争。在那个全体男性公民都必须服役的国度里，他成了背叛这个国家的人，于是独自一人离开家，离开那个国家。之后，他又两次独自一人步行环青海湖；一次骑车横跨澳大利亚；大学期间跟着考古系的教授去希腊。

自驾伦敦，能说不是遗传基因作怪？！

老爸，别为我担心！

第四章　取我的脚趾纹

此行伦敦，需要经过10个国家，要办3个签证：俄罗斯、英国和申根国家。申根是卢森堡的一个小城，1985年德国、法国、比利时、荷兰、卢森堡等五国在这里共同签署了《关于逐步取消边界检查的条约》，即《申根协定》。到目前为止加入《申根协定》的国家有26个，包括芬兰、瑞典、挪威、丹麦、德国、荷兰、比利时、法国等我们此行要经过的8个国家。我们是在瑞典办理申根国家签证。英国签证需要面试和取指纹，其他签证可以由旅行社代办。英国签证申请中心分别设在北京、武汉、沈阳、济南、重庆、福州、成都、上海、杭州、南京、广州和深圳。旅行社为了便于团队签证，与英国签证申请中心联系后召集我们全体人员集中北京签证。

北京的英国签证中心设在东城区水井胡同，为了方便起见，我们需要就近找个酒店，无障碍的，价格又最好能够低点。雪虹在QQ上建了个群，取名“勇气人生”。长驻北京的小鹏帮助大家联系了酒店，离水井胡同约700米，还特别仔细地在Q群上告知：“汉庭酒店有无障碍坡道，但被自行车等占用；卫生间是推拉门，但轮椅进不去；无停车场，出入不是很方便。”健明在Q群上为大家提供了路线图：“乘高铁的从南站坐4号线地铁到宣武门换2号线到朝阳门下；乘飞机的可坐机场快轨到东直门换2号线地铁到朝阳门下。”他还很贴心地提供了北京最近三日的天气预报。小鹏补充：“2号线地铁没有升降电梯，但有爬梯机，需要找工作人员操作。”旅行社小刘又提供了北京地铁服务热线010－68345678，并告诉大家签证时要带上报名时提交的材料证件的所有原件，同时通知：“每个人都要做好功课，英国使馆可能会打电话问大家一些问题，千万不能不知道，如果回答不上来就会被拒签。比如 8 月 28 日从法国加来港到英国多佛尔港，8 月 31 日离开英国。”接着注重细节的健明补充：“28 日从法国加来港乘坐车载摆渡船到英国多佛尔港入境，31 日从英国希思罗机场离境。”

我准备的签证资料有：

1. 因私旅游护照。现在办因私旅游护照非常方便。我到福州市出入境管理处办理，领表、照相、受理、交费一条龙服务。旅游护照申请表需要单位盖章。材料受理后两周时间可以领证，费用 200 元。

2. 本人的英文在职证明，内容包括本人的职务、月薪，此行目的地、行程日期、准假天数，说明谁承担费用，保证其遵守当地法律、按时返回中国及回国后保留其职务。旅行社提供了范本，打印在单位函头纸上，两份，单位负责人签名并加盖单位公章。

3. 单位代码证复印件 2 份，盖上公章。

4. 资金证明，到银行打印近 6 个月的银行存折或工资卡的对账单，存款余额至少 3 万元，最好 5 万元以上，银行要盖章。

5. 资产证明，如房产证复印件、购车证或车辆行驶证复印件、股票交割单、存折复印件或其他余额在 5 万元以上资金证明。

6. 个人半年内拍摄的 2 寸白底彩照 14 张。

7. 个人身份证及身份证正反面的复印件。

8. 残疾人证及复印件。

9. 家庭户口簿及整本复印件。

10. 结婚证及复印件。

11. 需要填写 3 张个人资料表，一张是俄罗斯签证资料表，一张是赴欧洲旅游、考察申请表，一张是办理英国签证的个人资料表。

这些资料统统都要带上。

我到北京无数次了，通常都有人接送，偶尔没人接送的时候也就打个的直接到达目的地，这也就因为自己行动尚方便，不需要去考虑哪儿有几级台阶哪儿有升降电梯之类的问题。小鹏、健明都是经常坐轮椅独自出门的，所以对周边的环境无障碍特别关注，观察也特别细致。同是肢体残疾人，因为残疾程度不同，对环境无障碍的关注度就不一样，我从事残疾人服务工作 20

多年，还极少见到有人这么仔细地描述酒店和地铁站的无障碍情况。自驾伦敦注定是一次特殊的旅行，它的特殊性之一从我们尚未启程就已经体现出来了，我们要随时关注旅途中的环境无障碍。

去北京办签证的这一日恰逢“泰利”台风，去福州长乐机场的路上雨下得好大，风也很大，我真担心飞机飞不起来了，一路忐忑不安。所幸飞机准时起飞并且正点到达，只是飞在空中时晃得厉害。

与丽珠约好了我们在北京机场会面后一同去酒店，她乘坐的飞机航班到达北京的准点时间比我早，可由于天气原因航班晚点了两个小时。等人时最好打发时间的就是看书，我拿出阿兰·德波顿的《旅行的艺术》，“如果生活的要义在于追求幸福，那么，除却旅行，很少有别的行为能呈现这一追求过程中的热情与矛盾。不论是多么的不明晰，旅行仍能表达出紧张工作和辛苦谋生之外的另一种生活意义。”这种幸福，就是古希腊哲学家所说的“由理性支配的积极生活所带来的幸福”。

余秋雨解释：“何谓理性支配？首先是人对自己无法离开自然与环境而封闭生存的确认；其次是人对自己和群体所处环境的了解，以及对未知环境的向往；其三是人对外部美的发现和寻找，并从中获得自我体验。

“何谓积极生活？首先是踏访已知环境的热忱，其次是探测未知环境的勇敢，其三是从自己和环境的斡旋中找到乐趣。”

我捧着书想：自驾伦敦这个团队的人就是一群追求幸福的人。

有趣的是，我在书中读到“在机场，最引人注目的东西莫过于机场大厅天花板下悬挂着的一排电视屏，上面显示着进出港的飞机航班的情况，这些显示屏，不曾有美感的考量，放在整齐划一的罩盒里，屏上显示的文字版式呆滞乏味，却使人兴奋，触发想象力。”时，我就坐在面对电视屏的地方，一边看书，一边不时地瞄一眼不断刷新的屏幕，关注着丽珠乘坐的飞机抵达的时间。

按健明提供的路线图，我和丽珠两人一路无障碍地乘坐上机场快轨。快轨的车厢与站台完全是平的，车厢内还有专门的轮椅乘客位置，有安全带可以固定。我还是第一次乘坐机场快轨，感觉又快又舒服，并且与地铁对接，非常方便。到东直门转 2 号线地铁就比较麻烦了，要下十几级台阶。正如小鹏说的这里没有升降电梯，一部轮椅升降平台坏了，但有一部半自动的爬楼梯装置需要由两名工作人员操作。丽珠坐在轮椅上，我们等工作人员来，再由工作人员摆弄爬楼梯装置，费了不少时间。两名工作人员非常尽责，把我们送上地铁后立即电话联系朝阳门地铁站接我们。地铁到朝阳门时已经有两名工作人员在等着我们，但朝阳门出地铁站就更麻烦了，这里只有一个20多米高的自动扶梯，看着煞是吓人。对于轮椅使用者，自动扶梯是危险的，不能使用。丽珠尚能拄杖走几步，在工作人员的帮助下上了自动扶梯，轮椅由另一个工作人员拿着。看来北京的交通无障碍还有待加强，特别是旧设施还需要无障碍改造。

英国签证中心得知我们这个特殊团队要自驾车伦敦，特别给安排了休息间，开辟了绿色通道，第一时间给我们办理了手续。这一天健明特别扎着领带，正装出行，看来是有备而来，知道这里需要拍照留影。我第一个被通知面试，拍照、取指纹、交资料原件。取指纹先按两手拇指，再按两手四指。我出来后笑着对跃林说，不知到时怎么取你的指纹。他习惯性地挥动着两个残臂，抬抬腿说："我已做好准备了，到时脱了鞋让他们取我的脚趾纹。"大家听了开心地哈哈大笑。

办理了签证手续后去试车。我们一起乘坐旅行社提供的大巴到首汽租赁，五部荣威350都已安装了手驾装置和左延装置。晓凤用左延，她先试了车，让我也试试左延。左延就是把原来由右脚操控的刹车、油门改为可以用左脚操控。我考虑自己左膝关节已有退行性损伤，按医生说法"省着用"，而且与我原来驾车习惯不同，因此不打算用左延装置。晓凤说只要将左延装置向上扣住，就可以等同一般自动挡车一样使用。坐上车试试，这车还蛮顺手的。

宁为建议我与他同车，我知道，这是老朋友给予我的特别关照，新手上路能有高手陪同，真是太幸运了，我非常感激。

在北奥大厦召开了一个行前会议。我们一边午餐，一边探讨出行相关事宜，诸如境外车险、交规、通讯网络、无障碍等等。旅行社俄罗斯导游和欧洲导游分别介绍了途中的旅行、住宿情况。俄罗斯导游小刘在俄留学八年，对俄罗斯语言、习俗、环境等十分了解，介绍俄罗斯酒店设施比较陈旧，途经一些小城，甚至有可能有的酒店还住不下我们这一行人，要分成两处住宿。还有两个地方的酒店没有无障碍坡道，轮椅上下只能靠抬。还介绍了俄罗斯的光头党，要求大家不要单独出行。俄罗斯境内一些路段比较窄，但行车速度不慢，要特别注意安全等等。欧洲导游介绍进入欧洲环境与俄罗斯完全不同，不存在无障碍方面的问题，但要注意交通规则，过斑马线要礼让行人，违规将会受到重罚，以及一些国家左道行驶等。

北京奥托博克获知我们这一行残疾人自驾伦敦，要为我们统一配置轮椅，并请技术人员专程前来为我们量体定制；宝明听说我们到了北京，也赶来助兴，说要为大家定制出行服装，她拿着布尺为我们一个个量体记下尺寸。晚上，建宇的朋友为我们送来了旅行箱，晓凤的朋友要为大家送双肩包，接着东娅又为大家筹划风衣和 T 恤。天涯社区一个叫“卖抱枕被的小姑娘”看到我们要自驾伦敦的消息，给我们每人送了一个抱枕被，她留言：“希望我们家的抱枕被，能让你们的旅途减去几分疲劳，足矣。开车很辛苦，把腰招呼好，很重要的。如果车子冷气太冷，还可以盖在身上哈。”

爱意浓浓，激励无限，助我们远行。虽然我们都是自费出行，但仍挡不住朋友们的热情与支持。感恩朋友，感恩激励，感恩所有的爱与支持。

第五章　写下一份遗嘱

“勇气人生”QQ 群是我们行前的交流平台。健明、春荣、丽珠和晓凤是群里的积极分子。春荣负责报名工作，先期常在群上，报名工作结束后他就忙其他活去了。晓凤是群里的积极分子，几乎天天都上群露面，但总嚷嚷着：“群里好安静啊”，“哥哥姐姐们怎么都不说话”。丽珠常上来发个问候，提些问题。健明是群里的大哥，就像一个总管，主动负责与北奥，与每个队员的联系，经常发布群信息，上传有关资料到群共享，发通知、召集群里会议，这些事全是他在张罗。邵健明的新浪博客关注残疾人信息，他的粉丝上万人。

宁为是我们的队长，重大的事都是他在操心奔忙。他和跃林、春荣负责与车辆有关的诸多事宜，需要大伙研究事了，就通过健明召集大家晚上开会。我们的 QQ 群会议总在晚上 8 点半，这时上班的回家了，自个儿的事料理完了，外出跑活的也该歇息下来了。由于主事的几位嫌打字慢，我们的 QQ 群会议都用语音。平时 QQ 时我没用过语音，这次使用觉得声音效果一般，还老有人拉不上来，对话的总数只能 6 人，不能做到全体人员都在线语音交流，手机 QQ 还不能使用。女儿说 YY 语音好，她常用。

自驾车出行，车是关键。关于车辆的选择开了两次会。虽然大家都蛮喜欢 SUV，作为长途旅行舒适且适合越野，但考虑到我们的费用有限只能放弃了。长安汽车愿意提供优惠，还配送一部面包车及一名技师随行。但最后还是确定由北奥旅行社向首汽租赁租车，首汽租赁给予我们优惠。

群上讨论各车人员搭配、每个人的分工职责、必须携带的东西、旅途注意事项和紧急情况预案，与沿途残疾人机构交流，网络、电话、对讲设备等等，甚至如何洗衣，是否携带坐便椅等都在讨论之列。

晓风拟了个“出行必备”供大家参考：

1. 团员分房：根据北奥订的房间，大家尽量按同车同房分配，当然男女要分开哦。

2. 团体带的可以共用的物品用具，尽量集中使用，精简行李，比如电吹风全团有两到三个就可以，如果国外宾馆有就不要带。

3. 各自身体平时有哪些不适尽量备足自己所用的药品，大众化药品在团队药箱里由王晓风保管，共用药箱里要有感冒药、退烧药、肠炎用药、止疼药、藿香正气水、云南白药、碘伏 200 毫升、绷带 10 小卷、2 毫升注射器 10 只。旅行社建议大家出发前做个心电图、量量血压。

4. 每人自备风油精一瓶，团里备 2 个可充电式照明灯、3 到 6 个电蚊香、10 盒普通无烟蚊香、电压力锅一个，大米 5 斤、小米 5 斤以备团员身体不适时熬粥之用。

5. 每人自报各自行李清单、包括数量、重量。

6. 各自备手纸、卫生洁具，包括毛巾、牙膏、牙刷、洗发沐浴用品等。

7. 每人出发前各自立好遗嘱。

8. 请大家补充……

我没有自驾旅行经验，根据我的需要，我想电吹风我就不带了，因为我是短发；我常头痛，得自带去痛片；至于大米、小米以及压力锅之类，我相信我个人是不需要的；最后提到立遗嘱，这应当是一项紧急预案，有写下的必要。于是，我也留下了给天明和怡文的遗嘱：

人总有一天要死，只是早一点迟一点的区别。

此行伦敦 45 天，并不存在绝对的危险，但毕竟长途旅行，凡事都可能存在一个万一。我也早有立个遗嘱的想法，不为死，只为生，希望在自己遇到突发事件或不测之前，能把自己的想法告诉亲人。

一、如果我在途中遭遇不测，请不要外出找我，这个钱不必浪费。是伤病，就由当地抢救或送回；如果死亡，对方允许的话就由当地就地火化，骨灰不要留下，随便撒在我躺下的那片土地上。

二、一旦我已丧失自主意识，不论此行还是将来的某个时候，请不要再做任何抢救。有的时候放弃才是人道，对于我本人，对亲人、朋友都是最有益的。这一点非常重要，切切！

三、女儿，你是妈妈最大的牵挂。如果妈妈不在了，就不能在你耳边唠叨，不能疼你，吻你，吵你了。非常不舍你，为了你，我会格外小心，珍惜生命，同时祈求上苍赐我平安。

女儿，你是一个聪慧的女孩，相信你有足够的智慧，处理好学习与学业、兴趣与发展之间的关系。热爱生活，乐观生活，你的成长空间很大啊。你是一个善良的女孩，相信你有足够的情商，处理好同学与朋友、老师与长辈之间的关系。爱你身边所有的人，他们都是与你有缘的人，特别要爱你的爸爸，他为你付出最多，最需要你的关爱。你是一个守规矩重纪律的女孩，相信你有足够的自律，处理好散漫与约束、任性与责任之间的关系。没有规矩不成方圆，自律就是明确自己的责任，在一定的自我约束下让心灵获得最大的解放。你的身体协调性能很好，但要注意锻炼，劳逸结合。自己身体上的薄弱点应当自己最清楚，要善待自己，爱护自己就是对亲人最大的爱护。你的气质很好。一个人的言谈举止都透着一个人的气质，希望你能更多一些自信，这样你会更加美丽。妈妈会一直为你祝福。

四、天明，你最让我放心不下。如果我不在了，你会更加尽责地履行你做父亲的职责，这恰恰是我最放心不下的。女儿已经长大，一些事应当让她自己担起，包括学业，包括日常生活，包括她自己的身体。父母能够做的只是引导和支持，让女儿尽早担起自己的责任。

认识你 20 多年了，你最大限度地支持着我，没有任何怨言，非常感谢！如果说这 20 多年成就了我，连累了你，耽搁了你，真的一点也不为过。如果我能平安归来，我最大的愿望就是能为你做些补偿。我会放下社会工作专心做一名家庭主妇，让你能够从家务事中解脱出来，轻松做回你自己。为此，我这一路会特别小心，只有平安归来，才能偿还你为我的付出。

五、爸爸妈妈都已年迈，几十年来他们为我付出最多，直到今天，我还是他们牵挂和担心的孩子，真令我愧疚。我非常希望自己能够一直陪伴在父母身边，回报 50 多年来他们给予我的所有的爱。如果我不能在他们身边尽孝，虽然有哥哥姐姐们陪伴着两位老人，也还请天明、怡文替我尽一份孝心。

六、此行由旅行社为每个团员购买了意外风险 160 万元。如果遭遇不测，这笔钱的 20 万元还给妈妈，余下的资金用于你们的日常生活费用和女儿今后的教育费用。两套房子虽然不大，可以更换成一套电梯房，只有居住无障碍了，天明才能生活自如、生活自理。我的住房公积金一直没用，大约有十几万；工资卡还有几万；还有银行为此次旅行冻结的5万，这些钱留给天明养老，虽然不多，加上天明自己的养老金，应当可以从容生活，不要再去考虑其他赚钱的事，做些自己感兴趣的事，放松自己，照顾好自己。天明，你只有照顾好自己了，女儿才能有更好的发展空间。为了女儿，也请照顾好自己。

第六章　需要恶补的功课

自驾伦敦，对于我来说需要恶补的功课很多。要熟练驾车，要了解途中10国的人文历史、风土人情以及交通规则，要了解长途旅行的注意事项及必须携带的物品。

没办法了，只能临时抱佛脚。

恶补之一是练车，我没车，就去租车。之前到至尊租过车，这次仍走这条路。网上订了雪铁龙爱丽舍的特价，一天99元，加上保险50元，服务20元。周末上午8点多就从租车行取了车，准备开上一天。一路开到马尾，上了罗星塔公园，回来到三环高速转了一圈，路上打电话给怡文和天明一块出来吃饭，顺便带上咱家萨摩耶犬KINO去洗澡。KINO第一次坐汽车，表现得比坐我的摩托车安静多了，只是他飞溅的口水与掉下的毛蹭在人家的坐椅上，感觉有些对不住至尊了。怡文就喜欢我单位边上的一家台湾担仔面，车停在单位也很方便。午饭后我邀请他们两人继续享受我的高级服务，一起去近郊旅游。

怡文说："我晕车，还是回家宅着吧。"

天明说："自己开车才有意思，坐车就算了。"

"你们俩真没劲，算了，我就自己独行吧。"

下午开着车跑到闽侯，原想去平潭看看那每天1个亿的投资是什么感觉。用手机导航开到兰圃高速入口，才知道还有好远的路程，只好作罢。临时想起兰圃一个朋友，顺便到他的小别墅坐坐聊天喝口茶。返回还车时加满油，220元。回到家已晚上九点多。

总结这次差不多10小时的出行，感觉自己驾车还欠老练，特别是倒车时对车的宽度及相对位置把握不够准确。此次伦敦行，对我还是个提高驾驶技术的机会，有驾驶高手40多天陪同指导，一定受益多多。

恶补之二是读书，参照旅行社提供的行程介绍，网上查找有关俄罗斯、欧洲的资料，卓越网上再买几本书。《圣彼得堡文学地图》、《东正教》、《北欧》、《欧洲地图册》、《俄罗斯地图册》、《旅行的艺术》等等。特别喜欢刘爱民的《触摸俄罗斯》。刘爱民是中央电视台记者、高级编辑、制片人，同时制作了10集电视纪录片《聚焦俄罗斯》，主要介绍莫斯科、叶卡捷林堡、圣彼得堡、图拉，以及俄罗斯的人文，诸如东正教、光头党、俄罗斯的“上帝”伏特加、俄罗斯人没有戏剧无法生活、地铁无公厕、警察很牛气等。从书本上走近了俄罗斯，触摸到了俄罗斯的脉搏，对我们在俄罗斯将有20天的行程是大有裨益的。

外语是个难点，买了本《365天日常口语放口袋》，但这是临时抱不了的佛脚。

网上搜搜，这才发现类似我们这样的团队其实不少。比如由年轻演员组成的“不可掉头”房车自驾环球旅行团，12人全是80后，最小的才16岁，这12名年轻人依靠卖房卖车筹集了800多万元人民币，从北京出发，借助两辆房车，计划用600多天走完全球60多个国家，足迹涉及200多个城市。“爱乐活727车队”是骑自行车去伦敦，为奥运会加油，车队由11位骑友组成，历时178天，行程近17800公里，经16个国家，他们2月15日从昆明出发，计划在7月27日奥运开幕前到达伦敦，他们说：“一个人可以走得很慢，一群人可以走得很远。”还有只依靠陌生人的帮助搭车去柏林的谷岳和刘畅，途经亚欧13个国家，耗时3个半月，行程16000多公里。不看不知道，看了还真受启发。

但残疾人团队自驾出境还寻不到第二家，心里还真有点小得意。有些事情现在不做，一辈子也不会去做了。人应当要有梦想，有了梦想还要去努力，坚持不懈，随时准备抓住机会实现梦想。

恶补之三是欧洲的交规。欧洲对交通违规管理得更为严格，大部分罚单都是通过电子仪器捕捉后邮寄。这些电子仪器可以捕捉超速、打手机、没系安全带、在限制区行驶等多项违规行为，所以在欧洲开车不要以为没看到警察就万事大吉。我收集整理了一些：

一是控制速度。超速是要受处罚的，但德国例外。

二是让右规则。大部分欧盟国家在无标志路口都采取让右规则。要注意，前提是对方的路上没有红绿灯、“Stop”等标志，就算对方的车比你的车晚到达路口且在你右侧，原则上都要让行，否则一旦发生事故你将负全责。

三是主路优先。如果从辅路并入主干道要先停车，观看主干道上是否有车，只要目光范围内有车辆行驶，一定要等待它们先通过。欧洲主干道车速普遍很快，且通常不会为辅路车辆减速让行。一旦辅路车辆未让行导致与主干道车辆发生碰撞，辅路车辆要负全责。例如在德国，黄色菱形标志表示拥有路权，绿灯时可以直接快速通过；红色三角形标志表示没有路权，即使在绿灯时也要避让有路权的车辆。一些小街小巷、乡村公路，以及欧洲常见的环岛路口上，基本都是没有红绿灯的，完全要靠司机对优先权规则的遵守。

四是绝对不能占用应急车道。高速公路上大家都是很自觉地靠右行驶，将左侧车道留作超车道。当然，在堵车的时候左侧车道也会被占满，但绝对不会有占用应急车道的情况出现。如果是在没有应急车道的路段出现堵车，当警车或急救车开过来时，路上的车辆则会统一向道路两侧挪动，迅速给应急车辆闪出一条通道。

五是违规处罚。对酒后驾驶处罚力度很大。红灯不能右拐，除了专门有箭头交通灯变绿指示可以右拐之外。

六是行人优先原则。车让人是绝对的原则，特别是过斑马线，行人还在斑马线上时车子都不能开过去，否则行人可以投诉。

七是右驾问题，也就是驾驶位在右边，左道行驶。此行中英国是右驾国家，过马路先看右再看左，要特别注意行驶起来视线会受到影响，尤其是超车时，注意加大跟车距离。

其实交通安全上要注意的事项还很多，需要一路行一路学习。

恶补之四是欧洲基本习惯、风俗。

一是如何付费。付小费是欧洲文化的一部分，是欧洲服务业的传统规矩。大多数酒店会收取住宿费用10％～12％的服务费，如果不包括服务费，一般应该给服务员10％～15％的小费；一些餐馆的账单中包含了服务费，如果不包括就支付餐费的10％～15％作为小费；提包服务员的小费标准一般是：

0.3～0.4 欧元；乘坐出租车需付车费的 10%～15%作为服务费；每人每天要支付 4 欧元的小费给司陪。

二是欧洲的风俗礼仪。欧洲人习惯喝冷水，酒店房间内一般没有热水壶。电压与中国相同，但插座各异，中国电器插头不能直接使用，需插头转换器。公共场所均禁止吸烟，不得随地吐痰、大声喧哗，排队时不可插队拥挤，勿随手扔垃圾、吐口香糖。教堂、宫殿、高级娱乐场所为公认的正式场合，进入时，衣着须端庄整洁，不可袒胸露背及穿拖鞋、短裤、迷你裙、无袖上衣或其他不适宜的衣服。未经允许不要给陌生人拍照，有些景点规定了不可拍照摄像。购物最忌讳砍价。

住酒店，淋浴时注意拉好浴帘或关好门，避免水没地毯，否则可能被罚款 500 美元。酒店内一般有闭路电视节目，是计时收费，电视遥控器上凡是有 PAY 或 P 字样的按键都不要轻易去动。小冰箱内的酒水、小食也不是免费品。

三是购物时需注意的问题。在英国有很多名牌打折购物中心，可以低廉的价格购进时尚奢侈品，著名的有牛津郡的比斯特购物村、伦敦的拉登样品间及各地的麦克阿瑟、格林折扣中心等。但欧洲商场周六、周日都不开门，除一些便利店或加油站。在欧洲购物还可享受欧盟退税政策，如所购商品自购买之日起三个月内被带出欧盟之外的地方使用，在出关时商品包装完好，可在机场海关获得增值税返还；在免税商店购物，务必要求服务员提供“免税发票”，按照发票要求填写相应的信息如护照号码、商品列表等；退税政策规定所购商品价值在 50 英镑以上，且列在一张发票上，才能办理退税手续，需在店里索要退税表格。如果购买商品金额较小，可与他人共同购买，统一办理退税。享受退税后的商品价格就相对优惠了。

四是需要注意的是时差。时差也是我们要有心理准备的。莫斯科有 5 小时时差，北欧 7 个小时。后来我们才知道俄罗斯境内就有不同时差，比如一出境到俄罗斯的赤塔就有 2 个小时的时差。

第七章 我们的行程

根据旅行社安排的行程，我们 7 月 19 日（星期四）从北京出发，在境内要走三天。第一天从北京到内蒙古的阿鲁科尔沁旗，行程 732 公里，路况应当是不错的。

第二天从阿鲁科尔沁旗到阿尔山，行程 557 公里。阿尔山全称“哈伦阿尔山”，蒙古语意思为“热的圣水”。阿尔山市是一座新兴的边境旅游疗养城市。

第三天从阿尔山到满洲里，行程 400 公里。满洲里市位于内蒙古呼伦贝尔大草原的腹地，东依兴安岭，南濒呼伦湖，西邻蒙古国，北接俄罗斯，是我国最大的沿边陆路口岸，居住着蒙、汉、回、朝鲜、鄂温克、鄂伦春、俄罗斯等 20 多个民族，独领中俄蒙三国风情。

到满洲里也就是要出国境了，满洲里出关就 60 公里。7 月 22 日出了满洲里，进入俄罗斯口岸，因为通关时间较长，通关之后就到了晚上。这是总行程的第四天，也是出境后进入俄罗斯的第一天，按计划我们将在离关口不远的地方驻扎，体验本次旅途中的第一次野外宿营。

第五天行驶 550 公里到赤塔，路边应当是连绵起伏的山丘、广阔的草地和湛蓝的河水，还有无边无际的森林。路面颠簸不平，500 公里要准备 7 个小时的行驶时间。

第六天到乌兰乌德，行程 684 公里。乌兰乌德是布里亚特共和国的首都，而布里亚特共和国是俄罗斯行政自治权很高的共和国。

第七天行驶 460 公里到贝加尔湖畔的伊尔库茨克，贝加尔湖湖水清澈见底，湖畔山林幽静，阳光充沛，气候宜人，是著名的疗养胜地。伊尔库茨克是东西伯利亚第二大城市，我们应当会在这里逗留一天，享受美丽的湖光景色。

第九天驱车到图伦，378公里，一路上都是原始和荒凉，应当另有一番景致。

第十天行车671公里到克拉斯诺亚尔斯克，是东西伯利亚最大城市。这里就是传说中的西伯利亚当年革命党人的流放地。

第十一天驱车往克麦罗沃，515公里，这是通往新西伯利亚途中的一个小镇。

第十二天行车274公里到新西伯利亚，这是西伯利亚最大的城市，这里有国立新西伯利亚歌剧舞剧院、科学城及国立公共科学技术图书馆、鄂毕河铁路大桥、列宁宫、为苏俄国内战争中牺牲的英雄们建立的纪念公园以及为卫国战争中牺牲的西伯利亚人建立的光荣纪念碑，是值得参观的好地方。

第十三天驱车665公里到额木克斯，是西伯利亚地区最古老的城市，目前是全俄五大工业城市之一，有尼古拉——哥萨克教堂、从前的总督府、军事学校大楼等。

第十四天也就是8月1日，行车627公里到秋明，秋明是俄罗斯的“石油之都”。

第十五天要驱车675公里从秋明到叶卡捷林堡再到彼尔姆。叶卡捷琳堡正处欧亚分界线，市郊有个欧亚分界线纪念碑，一边是欧洲，一边是亚洲。这是一座文化城，有5座专业剧院、67座图书馆和13座博物馆，还是个休憩的好地方，仅城区内就有23处自然景致。过了叶卡捷林堡，此次行程将渐入佳境。

第十六天驱车634公里到喀山，在喀山要逗留一天，一者稍作休息，二者喀山也是一座名城，2013年第27届世界大学生夏季运动会将在这里举办，喀山城中的克里姆林宫遗址群被联合国教科文组织确定为世界文化遗产。

第十八天到下诺夫哥罗德，393公里。下诺夫哥罗德是高尔基的故乡，所以有段时间这里改名高尔基城，有一所大学也以高尔基命名。

第十九天我们就到了俄罗斯首都莫斯科，从下诺夫哥罗德到莫斯科403公里。我们会在莫斯科游览一天，红场、克里姆林宫、列宁墓等等应当是必去之地。

第二十一天从莫斯科到圣彼得堡，712公里，晚上抵达圣彼得堡。圣彼得堡安排了两天的游览，这里的景点太多了，仅夏宫、冬宫就值得花上两天时间。

第二十四天，我们就离开了俄罗斯，在俄罗斯整整二十天。从圣彼得堡驱车进入芬兰，也就进入了北欧，一路上景致将令人目不暇接。圣彼得堡到芬兰首都赫尔辛基446公里。第二天游览赫尔辛基的主要名胜，如芬兰城堡、岩石教堂、乌斯别斯基东正教堂等，然后人车一同乘游轮前往斯德哥尔摩。

斯德哥尔摩是瑞典首都，我们将有机会参观皇宫并观看皇宫卫队换岗仪式，市政厅、瓦萨沉船博物馆等应当也是必去的地方。8月13、14日我们都将在美丽的斯德哥尔摩渡过。

第二十八天，驱车325公里到维纳恩湖营地，尽享北欧美丽的湖光山色。

第二十九天，从维纳恩湖营地到挪威首都奥斯陆，271公里。奥斯陆每年积雪期达120天，霍尔门科伦山是举世闻名的冬季运动胜地，比斯雷特速度滑冰场在世界上也享有盛名。不过我们去的季节可是夏季，享受不到北欧冬日的美妙。

第三十天去峡湾，行车408公里。挪威松恩峡湾的弗洛姆铁路非常有名，一是因为路陡坡峭工程难度大，二是沿途自然风光原始又宏伟。挪威峡湾已被联合国教科文组织列入世界遗产名录。我们会在峡湾游览直到8月19日返回奥斯陆。

第三十三天从奥斯陆到瑞典的哥德堡，哥德堡有瑞典西窗之称，港口城市，又被称为小伦敦。

第三十四天，从哥德堡到丹麦的首都哥本哈根，一路走走停停，享受北欧的迷人风情。在哥本哈根游览一天，这里有因《哈姆雷特》而闻名于世的克伦波城堡，还有用320万块积木建成的“小人国”。

第三十六天从哥本哈根到德国的汉堡，行车330公里。汉堡是世界大港，被誉为“德国通往世界的大门”，是德国的第二大城，仅次于柏林。据说汉堡是欧洲拥有桥梁最多的城市，桥梁数量超过2300座，可以乘坐游艇在桥下穿行，犹如穿行水上迷宫。

第三十七天，从汉堡到荷兰首都阿姆斯特丹，行车456公里。阿姆斯特丹是荷兰最大的城市和第二大港口，地势低于海平面 1～5 米，被称为“水下城市”，城里河网密布，有“北方威尼斯”之称。我们将在这座美丽的城市逗留一天。

第三十九天从阿姆斯特丹经荷兰鹿特丹再到比利时首都布鲁塞尔，行程 231 公里。布鲁塞尔素有“小巴黎”之美誉，我们会在布鲁塞尔逗留一天，游览非常有名的“布鲁塞尔第一公民像”——尿尿小童于廉、原子球塔和滑铁卢古战场等。

第四十一天，也就是 8 月 28 日，我们将从布鲁塞尔驱车 188 公里到法国加来港，然后从加来港乘摆渡前往英国港口多佛，午餐后到伦敦。8 月 29 日观看伦敦残奥会开幕式，接下来的时间可以观看比赛，游览伦敦。8 月 31 日从伦敦乘飞机返回北京，车辆通过海运送回。

第八章　不放弃，不抛弃

经过 14 天 10 个工作日焦急的等待，英国签证才办理下来。出乎意料的是，我们团队 19 人去签证，竟然有 5 人被拒签，其中有 4 名残疾朋友，一时团队全体人员愕然。旅行社告知：英国拒签的就不能随团队团签，只能做个人旅游签证；英国拒签还可能导致在瑞典办理的申根国签证被拒签。如果瑞典也拒签，就意味着这次伦敦行不仅不能到达伦敦，就连北欧都去不了，只走俄罗斯。一时团队躁动。

先是宁为打来电话，接着健明 QQ，告知大家被拒签的是小鹏、晓凤、雪虹、炎峰和摄像小单。被拒签的人中已有人提出了退钱的事，有人提出去英国使馆找参赞讨个说法。因为负责扛摄像机的小单被拒签，有人提出，摄像去不了策划还有去的必要吗，毕竟这两名记者的费用是由我们大家分摊的。也有比较看好沿途有人摄像的团员，因为摄像被拒签而情绪低落了。一时有股阴云笼罩着。

宁为在这个关键的时候充分表现了他作为团队队长的领导和协调能力，先与健明、我在 QQ 上语音达成共识：要稳定大家的情绪。尽管英国拒签后会影响瑞典的签证，但我们还是要尽最大的努力继续瑞典签证。只要团员的瑞典签证都通过，我们就一起走下去，直到法国才分手，英国拒签的团员可以去巴黎。接着我们三人与团员们一个个电话交流，为大家鼓劲。

健明随时都显示着他的长者风范，一边与旅行社沟通我们的想法，一边在 QQ 上稳定大家的情绪，同时态度坚定地表示：“无论最后剩下多少人，我们都要走下去。”

后来只有两个人没有成行，炎峰是因为签证没通过放弃了，柯芝因为母亲生病去不了。

小鹏在得知被拒签后显得尤其冷静，他通过朋友向英国使馆了解自己被拒签的原因，提出瑞典签证时要做更充分准备，将可能被拒签的因素剔除。晓凤也备受鼓舞，说小鹏只要你往前走，我也跟着你，哪怕只去俄罗斯。

这一天，经过上午的等待、下午的躁动和晚上的充分交流，夜里，当我关上计算机时，因为英国拒签而导致那一时的阴霾已经消除。我感到释然，行前的这点波折其实是对我们这个团队的一个考验，是很有益的一课。虽然这期间有些队员的心里有过波动，但在这么短的时间里能够最后达成共识，能够稳定情绪，能够坚定决心，真的非常不容易。曾经有人说，我们这个团队成员个个都是人才，好比一袋钉子个个都想冒尖。虽然用“个个”不准确，但用来形容大多数团员而言也不是没有道理，我们这 13 人中就有 9 个是大老板，手下都指挥着一拨干活的人。今后的 45 天行程，有些摩擦，有些不同意见，有些波动什么的都属正常，能否最后统一意见，团结一致，快乐同行，这才是最为重要的。经过今天这一课，我坚信，全体团员都能够以团队整体利益为重，遇到困难互相鼓励，互相支持。宁为、健明、小鹏更是从积极的角度探讨问题，不放弃，不抛弃，为团队统一意见，稳定情绪，起到极为重要的作用。

离出发的日子近了，不断收到朋友的邮件、短信、QQ，都是获知我将要自驾伦敦发来的祝福与鼓励。

窗子从深圳考完驾照就飞到福州为我送行。她在深圳期间去了香港，给我带了一些药，说这些都是必备的实用的；送个 ipod 说在境外听音乐或上网发微博方便，一个电子书说是途中休闲时好阅读；之后又帮我配个无线鼠标减轻装备。我此时正有许多忙忙乱乱的事，她的到来救我于水火之中，好些事就转移给她让她帮忙了：开通微博，出手写个新闻稿，还找人帮忙设计徽章。

周末窗子陪我练车，我们开着车随意走走，不知不觉就到了福清石竹山，我已经很久没到这里，路也不熟，纯粹是跟着感觉走。汽车绕着东张水库走了一圈，环境美丽，空气宜人。在石竹山寺前窗子拍了好几张照，意外地发现照片里有彩虹，真的很奇特，肉眼并没有看见啊。窗子说：“这是佛光啊！”

我们视为吉兆。

只是没料想她有恐狗症，我家的 kino 让窗子坐立不安。我还真纳闷了，这么个大人竟然害怕一只温顺可爱的萨摩耶。因为 kino，窗子每天都只能把自己关在屋里，说自己是被迫彻底地“宅”了。窗子要出这间房门，也得先把 kino 关起来，因为 kino 讨好、亲热的头还没靠过去，窗子就已经惊吓地叫起来并几乎晕倒。如此这般之下，窗子只好宣告提前撤退回她北京的家里去了。

出发前还得忙完“第六届同人论坛”，这是我要卸任省肢残人协会主席前最后要做的一件事。与前几届同人论坛一样，中残联吕世明副主席来了。我在省残联理事长宴请吕副主席时向他敬酒，他高兴地举杯祝我们伦敦之行旅途顺利。

同事们为我饯行，恰好省人大的阿喜撞上了，也一起举杯祝我旅途顺利，并建议一路多拍照，说回头写书可以与他合作。原省残联李副理事长退休了喜欢摄影，推荐他正在用的一款相机，并说第二天陪我去大利嘉城选购。残疾朋友早就定下的为我送行的时间，说是等我忙完“同人论坛”让我好好醉一回。Finer 不仅送给我各种转换插头以应对欧洲不同规格的插口，还拎来了几瓶红酒。祝福祝愿在席间酒杯间传递，不善于表达感激言辞的我，一次次举杯畅饮，人醉了心更是醉了，让自己沉浸在友谊与祝福中。

临行前爸妈为我送行，还有姐姐、天明、怡文。爸总是担心我途中身体吃不消，让我带上各种药，告诉我哪种药在什么情况下使用。最后说，这些药最好都用不上。妈妈悄悄对我说：“你爸给的药你都要带回家，他可是费了不少时间专门给你挑选的。最后你要不要带上自己选择。”

晚餐喝了点小酒，老爸酝酿了一会儿说，我给你唱个歌。清了清嗓子，老爸唱起了“下定决心，不怕牺牲，排除万难，去争取胜利”。这首歌让我想起 40 多年前，妈妈用自行车驮着我去 30 多公里外的徐家村部队医疗队接受埋羊肠线手术，每次都要在腿上十几个穴位埋上羊肠线，当时解放军医生就在我耳边为我一遍遍朗诵这篇“毛主席语录”。我赶忙拿出手机录音，并和着爸爸的歌声一起唱起来。

我珍藏着爸爸唱的这首歌。这首歌为我壮行，一路陪伴着我，给我力量，给我勇气。

第二卷　梦想从北京启程

出发了，11个残疾人驾驶着汽车，从北京鸟巢驶向伦敦碗。我们以这种方式抒写着自己人生的一段篇章。一路上会有许多故事，随着行程慢慢展开，顺着笔端娓娓道来。生活原本就是这样丰富、有趣、美丽。即便是残疾人，也同样可以拥有这样多彩的人生。

梦想之旅“为残奥加油 为生命喝彩”
伦敦碗
奥斯陆
赫尔辛基
斯德哥尔摩
哥本哈根
阿姆斯特丹
汉堡
布鲁塞尔
圣彼得堡
莫斯科
叶卡捷琳堡
新西伯利亚
贝加尔湖
满洲里
北京鸟巢

第九章　上天为我们洗路

我提早两天到北京。因为出发前的诸多准备工作，包括与北奥的协议，出行车辆的车贴、奥托博克赠送的轮椅、赠送的衣服、宣传折页、徽章，还有便携坡道、坐便器等，还要列队试车，所有这些都要在这两天内搞定。

单位司机到家里接我，女儿帮我拿箱子，又帮我拍照，送我上车。在我与女儿挥手间，天空突然落下雨点。汽车开往长乐机场的途中，雨越下越大，顿时成了倾盆大雨，天也黯了下来，我的心在那一刻也暗淡了。去北京签证时也逢大雨，这大雨落在我的心上，使得伦敦之行有些悲壮的感觉。不会是什么不好的兆头吧？我心里七上八下的。给窗子发了个短信："我正往机场并遇大雨。"窗子立即回复："好兆头啊，这是上天为你洗路呢！"看着短信我好感动，感动窗子的细心和回应及时，她仿佛知道我心所想。老天就像是应验了窗子的话，一会儿工夫就雨过天晴了。到机场时已是晴空万里，阳光照耀着大地也照亮了我的心。

我与丽珠约好机场见。窗子一定要来接，还叫了冷月姐开车到机场。我出站时丽珠已经到了，冷月姐扛着摄像机正对着我们，先来一阵程式化的拥抱，然后合影，自我满足做一回明星的虚荣。最后还是回归我们自己，四个女人闹哄哄、乐颠颠地上了冷月姐的汽车，一路上叽叽喳喳，从自驾伦敦说到北京交通拥堵。冷月姐带着我们到了事先确定的神舟商旅，离北奥大厦比较近，又是无障碍。

出发前在北京的日子，窗子一直陪伴着我们，一会儿摄影拍照，一会儿出谋划策，一会儿又给谁助一把力，是一名优秀志愿者。晚上，我悠闲自在地躺在床上，看窗子忙碌地帮我和丽珠开通微博、整理电脑，然后查看我们还缺少什么，列个清单第二天买来。“窗子没能与我们一同出发，就给她一个机会为出征者服务吧。”我心安理得地想着，享受着被关爱被服务的快乐。

临出门时，我把我的QQ空间和在天涯论坛的帖子路径收藏在老爸的电脑，但已经89岁的老爸嫌打开太麻烦，看着也乱，要我给他写邮件。“你给我邮件我会回你的。”老爸说。“好吧。”虽然我答应老爸，但对自己能否这么勤奋没把握。在北京，我把这件事也拜托窗子了，既然她当了我女儿的干妈，也就理所当然地当我爸妈的女儿。窗子就是这么贴心，无怨无悔地扮演起“我”的角色。45天的时间，窗子以我的名给我爸发了28封邮件，一直没有穿帮。爸妈凭这些以为是我发的邮件，在墙上挂的世界地图上一路标注我们的行程，牵挂他们的女儿。

我可以放下了，将自己清空归零。当自驾旅行梦想成真时，我心里却没有渴望时的悸动，一副波澜不惊的状态让自己都感觉平静过头了。对于将要启程的一个半月的旅行——是我旅行史上最长的一次，脑子里想得最多的还是自驾。自驾原本只是旅行的手段，此时已被我放大成了目的，至于对这次旅行的其他期望，已经平淡的如同一直以来我对旅行漫无目的的状态。

在我到达北京的那一天，酒店里发生了一个小故事。

恰好在我们出发前一周，中国残联举办残疾人企业家清华大学进修班。我们11人的团队中就有5人参加：宁为、东娅、雪虹、跃林、春荣。跃林、春荣培训结束后赶回家再来；宁为、东娅、雪虹直接从清华搬迁到神舟商旅。

一大堆的行李，3个重度残疾人，只有宁为妻子来北京送行，是唯一的一个健全人也是唯一的强劳力。5个大箱，3个背包，3张轮椅，还有其他东西都得靠她一人。她也确实能干，绝对是久经锻炼的贤妻并且还经常随夫出征帮助其他残疾人。

当她辛辛苦苦地把这一大堆东西摞到神舟商旅大堂时，却见一个拄着单拐的残疾人在大堂里嘀咕着抱怨“搬来搬去的，多麻烦的事，累不累人啊”。

“你也是要去伦敦的?”李夫人已听宁为介绍团队成员，对每个人基本上心中有数。

那拄单拐的残疾人正是晓凤。她还沉浸在自己的烦心事上：英国签证没通过，真想去英国驻华使馆讨个公道，可大家都劝她别去，去了也无效，还可能影响其他团员。她早来北京了，住在离北奥更近的一个酒店，可上午宁为给她电话让她得搬过来。

“嗯。”她应付着，并不认识对方是谁。

李夫人一下子就来气了。“自驾伦敦的残疾人个个都自强，怎么有你这样的。马上就要出发去伦敦了，这么点儿苦都吃不了，你这不是要拖大家的后腿吗?”

晓凤莫名其妙地被数落得一头雾水，哪里冒出这么个人，说话呛死人，一下子就恼火了。“你是什么人，凭什么这么对我说话!”晓凤生气地指着对方。

“我是李宁为家里的。”李夫人也感到自己的唐突。

“你嫁给残疾人就好像很了不起啦，这么趾高气扬的算什么。”晓凤可一点也不示弱。

“我就看不惯你这种娇气。”李夫人的性格也是不饶人的，被晓凤一说嗓门也大了，“我嫁给残疾人怎么啦，你不也是三条腿。”

晓凤最忌讳人家说她是“三条腿”，这下子火大了。“你凭什么这样骂人?!”于是，两人就在酒店大堂里大吵了一架。

在QQ群上认识晓凤时，她已先我报名参加此次自驾。她说前一阵子胃出血住院了，刚出院不久在家休息。听了令人担忧，胃出血了还要自驾伦敦?那可是长途旅行而且途中要经过西伯利亚。“胃病就是需要调养，三餐可是关键。”我说，“身体可是自己的，要好好爱惜。”晓凤说：“没事，我带上小米，路上熬粥吃。”我以为她开玩笑呢，自驾伦敦还带小米、锅、炉？但晓凤真的就做到了，途中，她熬的小米粥还与其他人分享了呢。

晓凤不仅带上小米、锅和电磁炉，出行时还特意带上了一只小鱼和一枝富贵竹，只可惜小鱼儿没出国门就牺牲了，让我这个常被人叫做“小鱼儿”的心里咯噔了一下。富贵竹也不能幸免于难，大概他们都比较依恋家乡，倒是晓凤途中不时采摘的鲜花在她的车里飘香。

晓凤很另类，我是这样认为。另类的人在人群中就好比一块石头猛然掷入水中，必然要漾出好多涟漪。她善于将超现实主义手法引入生活，独创有哭有笑还有闹的情境，折磨大家的神经，也丰富我们的旅程，回忆起来还特别有内容。晓凤喜欢有刺激性的生活，她说：“我出来就是为了玩。”这一路上，她凌晨就起床，晚上迟迟归，约上一两个人出行。甚至一次清晨还自己一个人悄悄开车出去，回来时竟然找不到酒店的门。她说："我急得要哭了。我拿出酒店名片找警察，故意揉着双眼博得同情，最后是警察开车带路把我送回酒店。"她颇为得意地说："姐姐，你体验不到偷偷出去玩的乐趣。"确实，我生活得太拘谨和约束，不仅做不到想哭就哭想笑就笑，甚至做不到偶尔放纵一下自己。

但对晓凤而言，这一天是够灰色的。撞上与队长夫人吵架，接着又发现自己的手提电脑不见了。

晚上，我给晓凤电话问安时，就听她哭诉今天与宁为夫人吵架的事，接着又说："姐姐，你说我有多倒霉，我的电脑不见了，我都报了警了，两个酒店都报了，没找着，我今天又买了一个。"

之前，我已听宁为说到今天下午他妻子与晓凤在酒店大堂吵架，"晓凤电脑丢了，其实没丢，是误会了。当时雪虹要使用电脑，让人帮助从她包里取。大家的包都一样，取的人闹不明白谁是谁的，抓一个有电脑的包就取走了。雪虹看不是自己的以为是跃林的，现在应该在东娅房间里。但东娅和雪虹现在去机场接人了。"

于是我就对晓凤说："听说你的电脑在东娅房间里，别急。她们现在去机场接人，等回来问问，不会丢的。"

晓凤仍是哭腔，说："我也问过，他们都说没有，我着急啊，姐姐你帮我问问，电脑里边有很多重要信息啊，是装在一个黑包里。"

我说："行，我帮你问东娅。"

东娅回来，在东娅房间一大堆大家的行李里找到个黑包，包里有电脑，是晓凤的。第二天，宁为给晓凤道歉。

第十章　从北京鸟巢出发

一早，健明一人驱动轮椅先去北奥大厦，他要与田总协商敲定旅行合同的事。雪虹开车，送我和晓凤去取衣服。衣服有 361°公司捐赠一套运动服、两件 T 恤和一顶帽子，温馨手公司捐赠的一件 T 恤，宝明捐赠的一件夹克和一件 T 恤，这些差不多够我们途中穿的了。到北奥，雪虹懒得下车，我和晓凤上楼，把摞在屋角的衣服取出，按我们估计的 11 位队友的胖瘦高矮分发，队员里胖子多，特大号衣服竟然不够。晓凤还特别细心地给每包衣服都贴上名字标签。

接着大家陆陆续续都来了，合同已经商定，一个个开心地又故作郑重其事地进入签约仪式。签约后，大伙欢呼着到北奥大厦的 3 楼海底捞庆祝——是 AA 制的哟。吃得正高兴，好消息又接踵而至，奥托博克已经送来了轮椅，还要再根据我们每个人的需求做些微调。坐在新轮椅上感觉真不错，窗子也体验了一下，直说这轮椅好，并与丽珠、晓凤坐在轮椅上摆弄各种造型，我忙不迭地拍照，突然发现宁为的头不知道什么时候也出现在镜头里了。

下午，我与雪虹、春荣去首汽租赁取车，事先接到通知，下午四点完成车贴可以取车。我们兴致勃勃来到首汽，可是这里却谁也不管这事，问宁为说找北奥，问北奥说负责车贴的正在途中。与其在这儿干等，雪虹说不如先去接她的女儿。

雪虹是团里的幺妹，与我有超过 10 岁的年龄差，都说三岁一代沟，10 岁就超过了 3 个代沟，也难怪雪虹要叹息，这么长的时间与你们在一块都黏上暮气了。与雪虹开始比较多的交往是我们在网上商议制作团队宣传页、徽章之事。雪虹给我的感觉，一是专业——后来才知道她从事的就是印刷行业；二是头脑灵活——不仅因为年轻，主要还是由于聪明吧；三是行动快——这行动自然不是走路，是她做事时的自信与完成任务的速度。和雪虹一起做事，可以用一个字归纳“爽”，两个字就是“痛快”。

幺妹雪虹是典型的“宅女”，自驾途中除了车在路上跑，歇下来的时间看到雪虹，十有八九她都是在玩手机。仿佛手机、电脑就可以打发她所有的时间。团队中就数她玩手机的水平高，大哥大姐弄不明白的问题全都得向她请教，什么微信、飞信弄得许多人头晕，到她手里几下子搞定。伦敦自驾归来后，手机微信能够继续成为大家交流的主要途径，雪虹是功不可没。

接来雪虹的女儿，回到首汽已过去两个多小时了，可这儿仍没有人。再问，说他们准备今晚通宵加班赶制，保证明天上午7点半前完工。无奈，只好先回酒店。

在酒店大堂，我给雪虹和她的女儿一张合影。“你的女儿清爽漂亮还很苗条。”我说。“我也苗条过的。”雪虹回答。瞧这当妈妈的。

雪虹胖，我以为是长期懒得运动造成的。下肢残疾原本就行动不方便，因为行动不便就不爱动，越不动就越容易胖，这也是团队中胖子多的缘故。胖了就更增加身体负担，行动就更不方便了，因此导致恶性循环。说一个谜语：王东娅和赵雪虹，打一个城市名。团队里大家一下子就猜出来了，谜底就是“合肥”。东娅说她俩在湖北经常被人认错，因为都一样的胖。

第二天我们整队出发试车。在北京三环、四环转了半天，然后到长安街。宁为请北京电视台的记者，也是宁夏残联副理事长的儿子来给我们摄像：“以天安门为背景拍摄我们的车队，展示我们车队的阵容。”于是我们的车队沿长安街从西往东驶过天安门，摄像机就架在广场的路边。当我们的汽车进入镜头，我们开心地向镜头方向挥手，缓缓驶过。

“谁说天安门前不能拍照！想得到就一定做得到，还没有我们做不到的事。”宁为兴致很高，“这一次录像时间太短了，我们车队再走一次。”他拿着对讲机指挥着车队，从正义路经正阳门回到长安街。宁为告诉我，正阳门这个位置是中国公路的零公里点。车过时我看到地上有个标志。我们将从北京出发，从中国公路的零公里点向伦敦进发。我们的车队又回到长安街，拍摄。然后再来一次，然后……由于我们的一次次往返引起了天安门警卫队的注意，呵呵，宁为终于很无奈地宣布："撤退。"

接着，我和跃林、春荣、健明、丽珠驾车去事先预约好的4S店加装底盘护铁。到4S店才知道我们用的荣威350是新款，店里没有货。于是又是等待，等店里提货等安装。回到神舟商旅已是晚上7点了。大家都已经把所有的行李物品堆放在停车处，晚上要全部装车，第二天一早就要出发。于是大家一阵忙乱，后来才发现，忙乱中还有一些东西给落下了没有装上车。

跟着我们整整两天的窗子有些看不下去了："你们做的这些事怎么都没点计划，没点秩序。"我笑了："这应当就是这次自驾伦敦的特点了。临时拼盘的团队才会有那么多故事，况且，这个团队每个人都有很强的个性，都表现着自己的特征。不过别担心，我们有一个明确的目标，共同朝着这个目标前进，看似无序其实也就有序了。"

山西省肢协主席张晏萍大姐专程坐火车从太原到北京为我们送行。她说："大姐年龄大了，要不真想去啊。小瑜，听说你要去，我真高兴。我一定要来送送你们。"冷月姐一早就驾车赶来。宁为带来的银川交通广播的刘小晨、雪虹带来的武汉交通广播的李筠也都来了，他俩要陪同我们走到满洲里。

北奥特意为我们在鸟巢举行发车仪式。北京鸟巢是2008年北京奥运会的主场馆，我们从这里出发，驶向2012年伦敦奥运会的主场馆伦敦碗。我们的自驾路线，连接着两座城市两届奥运会的主场馆。

一早车队从酒店出发，到鸟巢外围时却找不到北奥跟我们约好的入口。鸟巢入口多个，并不是随便可以进入的。这时志愿者冷月姐挺身而出，在她的引路下车队顺利进入鸟巢。

鸟巢前已搭起了铺着红地毯的大舞台，背喷上醒目的大字：梦想之旅"为残奥加油，为生命喝彩"2012北京——伦敦中国残疾人自驾行新闻发布会暨发车仪式。一个大拱门也喷着：2012北京——伦敦中国残疾人自驾行。北奥旅行社的田建勇总经理已经等在这里迎接我们。接着人们陆续地也都来了，我知道的有北京残联的吕争鸣副理事长，英国驻华大使馆新闻主管高磊中(John Gallagher)，北京市国资公司副总裁、北奥集团董事长杜威，以及北京奥托博克、北京残体协、鸟巢管委会等支持此次自驾伦敦的单位代表，还有许多残疾朋友。

漂亮的主持人首先邀请主办方北奥国际旅行社的田总讲话。田总介绍了这次残疾人自驾的筹备经过和旅行社组织好自驾伦敦的决心，并承诺要做好残疾人自驾人员的服务工作，他诚挚地希望残疾勇士们排除万难，勇往直前，并预祝活动取得圆满成功。

主持人让全体残疾人车手逐一自我介绍，然后由李宁为代表团队发表自驾感言：“自驾伦敦是展示中国残疾人自强不息、顽强拼搏、奋发图强、乐观进取的精神风貌，也是连接北京与伦敦两座奥运城市的精神与文化之旅。我们一定要团结一心，吃苦耐劳，奋勇向前，以顽强的意志和良好的精神风貌，展示中国残疾人的风采。”接着，宁为带领大家情绪激越地呼喊：梦想之旅，勇气人生——一连吼了3遍。

我突然想起我的顶头上司杨小波说的：“你这一趟就像是金庸小说里背着把剑闯江湖的勇士。”看着我的伙伴们，感觉我们似乎都有那么点意思。这一趟真的就像是闯江湖去了。

吕争鸣副理事长的讲话把我带回现实。接着英国驻华官员高磊中讲话，他由衷赞赏我们的壮举，并热情欢迎我们到伦敦。大家听着后悔啊，当初怎么没跟他对接上，否则雪虹他们也不至于签证过不去呀。一位画家献上他的一幅雄鸡，命名“一路雄风”为我们加油。最后，杜威董事长向团队授旗，预祝大家凯旋而归，并郑重宣布：“发车!”

十点，我们与亲朋好友道别，车队在鸟巢缓缓转了3圈，似乎有些依依不舍。旅行社田总与小刘一部车为导车，我们称为头车，将陪同我们全程。我与宁为是1号车，跃林、健明、东娅2号车，丽珠与建宇3号车，雪虹、小鹏5号车，春荣、晓凤6号车。万里长征今天启程。

宁为绷紧的神经终于放松下来。“终于出发了!”他的情绪仍处在出发仪式的亢奋和之前准备工作的各种忙碌零乱中。出发前的准备工作令他有种说不出的烦躁，出发了，意味着这些事终于可以告一段落，甚至有些事终于可以结束了。

他开始倒腾清晨匆忙间拎上车的东西，一副刚买的墨镜被他掐断了腿；一个导航仪一直不能显示，他以为是坏的扔了，后来才知道是车载充电器坏了；挂在车上的装饰，他说会碍手，也扔了……似乎，他要借这种方式宣泄一番。

作为自驾伦敦团队的队长，他特别感到自豪，他骨子里就是喜欢当领导。

但他也知道这个团队的队长不好当，接下去的40多天，肯定还有许多事要让他烦心。

因为从事肢残人协会工作，我认识了不少全国各地的残疾朋友。我和宁为、童泽都是省肢残人协会（简称肢协）的主席，也是中国残联主席团委员、中国肢残人协会委员，每年都有机会碰个照面，开会或参加活动。与东娅、丽珠也都是因为肢协的活动而认识。

自驾伦敦是中国肢协发起的，更准确地说是中国肢协轮椅·汽车俱乐部发起的。而真正的发起人是王延——中国肢残人协会副主席，也是中国肢协轮椅·汽车俱乐部主任，陕西省肢残人协会主席，陕西省西电残联理事长。他肯定还有许多头衔，我也闹不明白。因为头衔太多，目标太大，当中国残联明确中国肢协不能组织自驾伦敦时，吕副主席就明令王延不能去。这个限令肯定让王延郁闷了。

自驾伦敦因为中国残联不同意组织而转为个人行为，王延这个中国肢协轮椅·汽车俱乐部主任去不了，但自驾伦敦的圣火已经点燃。俱乐部副主任宁为接过了圣火，挑起了组织者的担子，俱乐部委员跃林、春荣、东娅、建宇等都坚持自驾伦敦，于是形成这支团队的雏形。

我与宁为应当是2004年在哈尔滨认识，或许还会更早，但印象比较深刻的是在哈尔滨。

那时海迪大姐还是中国肢协主席，在那里召开一个有关残疾人驾驶汽车的交流促进会。黑龙江因为地处北疆，冬寒夏热，残疾人驾驶三轮机动车有诸多不便，这里邻近俄罗斯，有价格不高的俄罗斯生产的适合肢残人使用的汽车进入市场，因此，当时全国各地都还在为残疾人驾驶机动轮椅车营运问题而闹得不可开交时，黑龙江已有几百名残疾人驾驶上汽车了。海迪大姐就在那一天体验了一回残疾人手驾车，她充满激情地说："我相信，不久的将来一定会有更多的肢残人拥有自己的汽车，像正常人一样驾车去工作、去旅游。"今天，海迪大姐的这一展望已经实现了。

那次我们住的是高级酒店——五星级的哈尔滨香格里拉，酒店的游泳馆非常好，好游泳的几个人都经不起诱惑，其中就有我和宁为。可我们事先都没有准备，谁也没带泳装。那时应当是4月份，泳装尚未上市，为了能够去游泳，我们在哈尔滨坐着一个残疾朋友驾驶的汽车到处找卖泳装的商店。这以后见面，宁为总忘不了提醒泳装之事，有机会就说一块去游泳。

这次自驾伦敦也不例外，他早早地就提醒我带上泳装，约定好到时一起在欧洲畅游。并且特别安排我与他同车，对我这个老朋友老大姐一路给予关照。当然他也说自己好冲动，有我在边上可以提醒他。

知道宁为是个企业家，宁夏政协委员，曾获得全国残疾人游泳冠军，全国自强模范。担任宁夏肢残人协会主席后更热心公益，特别是近几年在组织残疾人驾车培训，以及通过残疾人驾车改善残疾人生活状况方面成效斐然，目前宁夏驾驶汽车的残疾人已有500多人。

宁为的成长成名经历，令他深知媒体的强大作用，同时深切感受残联组织对一个残疾人的发展可以起到非常重要的作用，而领导又是起这重要作用的关键性因素。聪明的他在这三方面都可以说是游刃有余。他是个有欲望的男人，而且从不掩饰他的欲望，我笑他早秃的头顶就是被那欲望烧的，应当学习林则徐的睿智，“无欲则刚”才是真男子。他呵呵笑着摸着他的光头，对自己是个有欲望的男人还颇感自豪。

第十一章　内蒙古大草原

汽车行驶在内蒙古大草原，你会感觉天地开阔，尤其像我这样生活在南方多山地区里的人，城市的四周都是连绵的山。在这一望无际的大草原上驰骋，视线所及是蓝天、白云、绿草，令人心情畅快。于是开着车放声歌唱："马儿啊你慢些走喂慢些走哎，我要把这迷人的景色看个够"，"美丽的草原我的家，风吹绿草遍地花"。宁为也情不自禁地唱起"骏马奔驰在辽阔的草原"……

在加油站，我们见到一部国外的旅行大巴，设施很简陋。我们通过导游互相做了简单交流，知道他们是从英国坐大巴车一路旅游到中国。英国，那正是我们要去的地方，大家听了备受鼓舞。现在喜欢汽车旅游的人越来越多，这是一种"慢游"，它不同于飞机点到点的"快游"。只要时间允许，一路上慢慢观赏，还可以充分享受点与点之间这条线路上的游览，这是直飞莫斯科或直飞伦敦享受不到的。如果旅游时，我们直奔而去的景点游客人山人海，闹哄哄说不清是看景还是看人，紧跟吹着哨子挥动小旗的导游，更无法让人用心去感受。

不知是GPS的错误，还是导游为了满足我们对大草原的钟情，第一天就走错了路。原本从北京出来到达第一站阿鲁科尔沁旗732公里，结果绕道走了约900公里。我们车上多亏宁为买了不少风干牛肉，我啃得很来劲也不觉得饿，其他各车也都备了食品。大家一个劲儿地赶路，直到晚上12点才到达阿旗天山宾馆。天山宾馆的工作人员已等候多时，看到我们到来，立即安排晚餐和住宿，热情待我们如上宾。

第二天早餐后我们正要继续赶路，突然看见宾馆全体人员列队门前欢送我们，他们一遍又遍地向我们呼喊："向你们学习！向你们致敬!"，"一路平安！一路保重!"直到我们的车队离开他们的视线。我的眼睛潮湿了，感动于大草原人的热情，感动于天山宾馆全体员工对我们的厚爱。

没走多远，就看到公路边上一条醒目的横幅"兴安盟残障车友迎送梦想之旅　为残奥加油——2012北京——伦敦中国残障人士自驾行"大老远就看得见。内蒙古的肢残朋友们昨天就已经在等着我们的到来，他们中好几位都已拿到驾照："太迟知道消息了，否则我们也会报名自驾车去伦敦。"现在只能羡慕嫉妒恨了。因为我们还要赶路，只能在路边一位残疾朋友开的店里稍憩，共叙梦想。我的车上原来装了"温馨手"手驾装置，因为固定了驾驶座位，我开起来很吃力。春荣向车友借了工具帮忙拆除了。拆了"温馨手"对我是方便了，对宁为却不方便，虽然他可以不用手驾装置，但他残疾程度重，坐着身体平衡差，手握着"温馨手"就可以让身体有个倚靠。而且，他是用装着矫形器的右脚控制油门刹车，时间长了也很吃力。为弥补我给宁为造成的不方便，途中，我就特别卖力地尽量多开车。

对于我，驾车是个享受，特别是在草原上。这里没有红绿灯，没有往来车辆，没有行人，一马平川。但我没有飞驰的欲望，白云悠悠，绿草萋萋，掠过车窗的原野，犹如一幅美丽的风景画，我在观景，我也在景中，人与景已融为一体。

前面有一片湖泊，如同镶嵌在大草原上的明镜。导游说那是呼伦贝尔市的七仙湖，传说与玉皇大帝的七个女儿有关。七仙女也喜欢这里水草丰茂，满地鲜花，成群的牛羊犹如白云朵朵，鸟儿在空中自由地飞翔，她们经常来此游玩。可是有一年这里发生罕见的干旱，七仙女看到河水干涸，绿草枯黄，牛羊渴死，鸟兽绝迹，于是立即各施法术，造出七个湖泊。幽幽的湖水滋润着大地，使这里万物复苏，又恢复了原来的美丽景象。人们为感激七仙女就将这七个湖泊取名"七仙湖"。看到"七仙湖"让我回想起那一年我去云南中甸的香格里拉，从丽江出发，翻越三座大山两座小山，我们的汽车不知转了多少个道弯，正昏昏沉沉中突然有人惊叫："快看，泸沽湖到了。"在我们的右前方，一片美丽的湖泊。经过荒漠高原上8个小时艰难的行程后，泸沽湖从天而降，犹如镶嵌在高原上的一面明镜。这种感觉何其相似。七仙湖的湖水清且涟漪，宛如七仙女曼妙舞动薄如蝉翼的轻纱。

这时对讲机传来 2 号车的报告：“汽油只剩一格了，前面有没有加油站，我们的车要加油。”头车回答：“明白了。见到加油站统一进去加油。”但在这一望无际的大草原要找加油站并不是那么容易。汽车又行驶了好一阵，没见加油站。2 号车着急了：“我们的车已发出红灯警告，怎么办。”其他车也开始报告只剩一格油了。

“前方 80 公里有加油站。”头车安慰着。80 公里未免太远了吧，这种安慰其实更让人紧张。这时跃林说：“大家不要紧张，我有经验，在红灯警告的情况下，汽车还可以再跑一百多公里，大家放心。”他换下 2 号车司机，由他自己驾驶先行一步。保持匀速驾车不刹车可以省油。

我们终于看到加油站了，跃林开的 2 号车早已赫然停在那儿。

晚上到达阿尔山，位于内蒙古盟西北部，是个县级市，也是一座新兴的旅游城市。我们入住的酒店叫阿尔山金盛来别墅酒店，在一个新建的旅游度假区内。别墅式的建筑都是三层的小楼，餐厅与住宿不在一座楼，都没有电梯。餐厅楼梯和地面都有些油滑，大家走得颤颤巍巍，吃这餐饭有些艰难啊。跃林做老黄牛状趴下身子说：“我背你。”

跃林裸露的秃臂让我想到了胡杨树。第一次在敦煌见到胡杨树时，我完全震惊了，胡杨树伤痕累累，皱裂着粗大的口子，树干扭曲着，残缺的枝干直指天空，透出无比的顽强和悲壮。触摸着一棵棵胡杨树，一种从未有过的震撼撞痛我的心房。早年我和朋友们将自己编辑的《同人》杂志精选出版了《同人——讲述残疾人自己的故事》，这本书由海峡文艺出版社出版，责任编辑是已故的叶恩忠老师。这本书出版后叶恩忠老师写过一篇文章，题目是《解读生命》，经由这篇文章我知道了胡杨树，并且将胡杨树与残疾人联系在一起。“那书中的几十位作者，来自全国各地。他们或肢体残缺，或聋哑目瞽，或高位截瘫。有的因病患折磨已匆匆离世，但大多都还活着，而且都还年轻。对许多健全人来说，他们是残缺的生命，是社会的弱势群落，是这个世界让人忧伤让人怜悯的一族。然而，当你看到他们是怎样活着，怎样活出人的尊严和滋味、活出生的顽强和激情的时候，你不能不惊叹他们是真正的强者，是生命线上一道奇异而绚丽的景观。”“读着众多残疾人汇集在一起的心灵之作，我的第一感觉是，仿佛望见浩瀚沙漠上一大片的胡杨林。胡杨树生长要一千年，死昂然站立一千年倒下后一千年不会腐朽。它们的枝干不倦地伸向大地和天空，峥嵘地挺立着，宣告生命的不屈存在。它们是奇崛的生命。我获得了解读生命的快感，并为窥到生命奥义的一角而激动不已。”

残缺的肢体，顽强的意志，我们团队的伙伴们不正是那一棵棵的胡杨树吗。胡杨树生存在没有水的沙漠，为了获取生命之水，它的根要深深地扎入沙地长达几十上百米。露出地表的枝干在漫漫岁月中与风沙不断抗衡，树干扭曲变形残缺，却依然在旷野中傲立。这就是胡杨，一千年生而不死，一千年死而不倒，一千年倒而不朽……

我们赞叹断臂维纳斯的美丽，其实维纳斯并不是因为断臂才美丽，而是因为断臂后更突显这位女神的面部轮廓和那双充满智慧的眼睛，以及她那匀称、协调、优美的身材。罗丹塑造的巴尔扎克雕像曾经有一双传神的手叠放在胸前，为了突出雕塑人物的面部神情和整体效果，罗丹毅然砍掉了那双被他的学生一再赞叹的“完美的手”。胡杨树则不同，它的整个树干和枝条都写满了沧桑与残缺，它赤裸着残缺的肢体，顾不上姿态的优美，扭曲着也要生长，即使爬也算不上耻辱，因为它的枝叶总是要伸向蓝天。我读懂它的语言：生存才是第一要义。或许，这就是胡杨树的震慑力。

第十二章　祖国再见

快到满洲里时看到一个很大的禅寺，依山面水，湖光山色相映。导游介绍，这是大觉禅寺，中国境内最北端的寺庙。大觉禅寺主要供奉释迦牟尼等佛像，寺中露天供奉着 21 米高的三面观音汉白玉立像一尊，堪称北方边陲佛像之最。这座禅寺是最近三十年在原来一座庙宇的遗址上新建的。

在大草原蓝天白云间，在通往地平线的末端，可以见到一排色彩鲜艳的蒙古包建筑，导游说，那是铁木真大汗行宫。铁木真尊号“成吉思汗”，他跨马挥刀征战几十年，创建蒙古国，制订《成吉思汗法典》，建立了一套以贵族民主为基础的蒙古贵族共和政体制度。他是世界史上杰出的政治家、军事家。

傍晚时分，汽车驶进满洲里市。太阳仍耀眼地挂在地平线的上方，正迎面照射着眼睛，晃得两眼冒金花。这里日照时间长达十几个小时，要到晚上 8 点多才日落。明天我们将从这里进入俄罗斯。大家有些兴奋也有些纠结，被英国拒签的 4 个人又被瑞典拒签，这就意味着他们只能走俄罗斯。小单的费用以及租机费由我们出，他所在的公司已同意他随我们走到圣彼得堡；雪虹想回去了，小鹏强调要同进同出，晓凤还是想走到圣彼得堡。大家都挽留雪虹：“欧洲其他国家今后还有机会飞去旅游，俄罗斯 20 天是最具特色的行程，也将是人生很重要的一次经历。”“我们的原则：不抛弃不放弃，坚持走到不能再走。”“幺妹不能走啊。”雪虹终于被感动，大家一起走下去。

满洲里地理位置特殊，它位于内蒙古呼伦贝尔大草原的腹地，东依兴安岭，南濒呼伦湖，西邻蒙古国，北接俄罗斯，是我国最大的沿边陆路口岸。毛泽东主席 1949 年第一次出国，就是乘火车经满洲里赴莫斯科的，这列火车的火车头就陈列在满洲里火车头广场。这个城市只有一百多年的历史，但建筑风格非常独特，具有中俄蒙三国风情，是中西文化交融的口岸城市，被称为“东亚之窗”。满洲里是个旅游城市，旅游内容包括异域风情、跨国商务和自然生态等。

我到过位于吉林的集安，那里是通往朝鲜的边境口岸。我们的车沿着鸭绿江畔，缓缓地行驶在一条宽敞的临江大道上。司机介绍，江对岸是朝鲜第六大城市。朝鲜划分为 3 个直辖市和 9 个道，对岸是朝鲜的南浦市，直辖市之一。我取出照相机对着朝鲜那边拍了许多照片：一个高大的烟囱，司机介绍那是一个水泥厂；山坡上一条巨幅的朝鲜文标语，看不懂，据说它的内容是“伟大的金正日是我们的红太阳”；有许多建筑，但都不是高楼大厦，像个村镇；也有一条沿江的路，行驶着汽车；看得非常清晰的三三两两的人。感觉江对岸与我们这边并没有什么太大的差别。

一座铁路桥横跨在鸭绿江上——集安鸭绿江国境铁路大桥，连接着中国与朝鲜，这是中国通往朝鲜的三大铁路桥之一。1950 年 10 月 11 日，中国人民志愿军就是从这座铁路大桥最先秘密入朝，拉开抗美援朝的序幕，之后志愿军分别从集安（当时叫辑安）、丹东（当时叫安东）、长甸河口三路进入朝鲜。

总觉得那里太寂静了！我原以为两岸边上应当很热闹的，人民隔江相望，有歌声有问候，应当还有当年“雄赳赳，气昂昂，跨过鸭绿江。保和平，卫祖国，就是保家乡……”留下的痕迹；我原以为两岸会有许多交流，可以看到一些朝鲜民族的风土人情，可以买到一些具有异国风情的商品，可以欣赏到一些独特的民族文化。寂静的鸭绿江上只有几只野鸭在欢快地游泳，它们不懂得什么是国界，自由自在地在两国间嬉戏。

集安还是一座高句丽古城，夫余人朱蒙于公元前 37 年创建高句丽王朝，是当时称雄于我国东北地区和朝鲜半岛的少数民族地方政权，持续了 705 年，期间经历了 28 代国王，公元 668 年灭国。高句丽王朝今天只留下王城遗迹及一万多座古墓了，2005 年经联合国教科文组织第 28 届世界遗产委员会会议批准，其中的五女山城、国内城、丸都山城及 12 座王陵、26 座贵族墓葬、好太王碑和将军坟 1 号陪冢等，被列入世界遗产名录。

满洲里没有集安的历史积淀，但比集安热闹。为了车队整体形象，我们给汽车洗了个澡，顿时容光焕发。接着又对汽车做了检修，1号车车载打火机保险丝断了，换了一个；6号车调了油门。队长要求，明天统一着装。我们要整整齐齐、清清爽爽地进入俄罗斯。

一早我们就直奔满洲里公路口岸，据说通关要排很长的队。首先看到的是一个碑，上面是：满洲里公路口岸。一个拱门：优化口岸环境建设公铁空国际口岸。驶入拱门就进入口岸了。车队在满洲里联检大楼前停下，大家就忙着找最佳位置拍照。

银川交通电台的刘小晨、武汉交通电台的李筠送到这里，就要与我们分手。小刘在1号车上坐了三天，我说新手上路让你担惊受怕了。李筠也是残疾人，一开始对自驾伦敦兴致勃勃，但临到报名时退却了，考虑出行不便，考虑驾车风险，考虑单位请假等等，放不开也放不下。但跟我们走了三天，对他却震动很大。小鹏残疾程度与他差不多，用现身说法让他体会到，身体上的残疾不是障碍，背上残疾的包袱才是真正的障碍。梦想不是纸上谈兵，梦想需要行动，需要付诸实施才能够实现。李筠曾发诗人感慨：辽阔的大草原，恨不得在上面躺一躺，滚一滚。小鹏立马说“行，我们一起到草地上”。于是两人摔掉拐杖，躺在草地上，放开自己拥抱大地拥抱蓝天。

终于要分手了，李筠万般不舍，真是后悔当初的放弃。如今梦想刚刚放飞，就不得不收住缰绳。他抹着潮湿的眼睛，与我们一一握手道别。

北奥田总和导游小刘联系口岸办，为我们特别开通了绿色通道，让我们第一拨通过口岸进入俄罗斯。我们与口岸工作人员合影并送给他们我们带来的民族包小礼品以表示感谢。

出关容易进关难，俄罗斯没有专门残疾人通道。排队等待，直至过午才进入俄罗斯。进入俄罗斯，首先要做的是给汽车上境外保险。正巧这一天是周日，保险公司也休息了。转了好几个地方最后又回到口岸，多亏这里没休息也能够办车险。

第十三章　一只蚊子惹的祸

小鹏的右臂肿了个大包，硬硬的，红红的，他说很痛。晓凤略懂些医药，负责管理团队的两个药箱，给小鹏一管药膏涂了不见效。晓凤说里边有脓头，要把脓挤出来。脓挤出后确实舒服点，可第二天又肿起来了。晓凤说脓没办法挤干净，需要切个口把脓引出来。小鹏害怕。那个包越来越大，越来越硬，越来越红，碰一下都痛。

我问小鹏："怎么会这样?"小鹏说："蚊子叮的。"

"俄罗斯的蚊子也太厉害了，会叮成这样。"我好吃惊。

"是在内蒙古时被蚊子叮的，以为没事，没想到竟肿成这样。"小鹏有些苦笑。

闹了半天是自家蚊子叮咬的，我无语了。

小鹏是内蒙古包头市人，在鄂尔多斯市创办强立商贸公司，经营商业设施、办公设备、工业装备、矿山设备等，为了业务需要经常得在北京、鄂尔多斯、呼和浩特、包头等城市之间跑。他拄着双拐，无论乘坐飞机还是火车都很不方便，驾车成为他最迫切的需求。在残疾人驾车政策未出台之前，小鹏已经学会了驾车，他买了车并且加装了手驾辅助装置，但那时开车心里总不踏实，路上就怕被交警抓住。公安部放宽了对残疾人申领驾照的限制后，小鹏是包头市第一批拿到驾照的残疾人。现在汽车就是他的代步的交通工具，他经常自驾车在几个城市间穿梭。他最能体会，肢体残疾人驾车，不仅仅是一本驾照的意义，更重要的是，开车意味着行动方便了，生活圈更大了，世界也更大了。

小鹏长得敦实，黝黑的脸上写着倔强与执着，是与命运抗衡的痕迹。他曾连续参加过三年高考，每次都上本科线，但每次都因为残疾而被大学拒之门外。他曾有一份相对稳定的会计工作，但却毅然放弃而选择自己创业，他曾说这是因为有“危机感”，其实更主要的原因是心中涌动的对美好生活的追求。他一直在努力，一直在争取每一次提升自我的机会。外面的世界很精彩，而残疾人也应该是这个精彩世界的主人。

与小鹏接触不多，聊天的机会也不多，偶尔说几句话，就不知不觉地涉及人生、理想这样的话题，听他与其他人聊天也是中国政治、世界大局。逢到话能投机的，就有了北京人的侃劲，大概受益于他经常到北京，接触的北京人多了的缘故。他声音低沉，语速不快，似乎每句话都得经过认真思考，说出来的就必是有意义的话，闲谈之类的极少。我以为小鹏是个有思想的人，如果说我们多数人的生活只是在过日子，那么小鹏是在过日子的同时也在思考什么是生活。作为一个残疾人，他还思考什么是残疾，什么是残疾人的生活。

小鹏说话带着浓郁的北方口音，还极具特性地在每句话的后面都带了个飘逸的“儿”做尾音，这尾音不属于北京也不属于内蒙古，是张小鹏独家专用。

小鹏手臂上的包，想来是那天他陪李筠躺到大草地上，在尽情地拥抱大自然也享受大自然的拥抱时，惊扰了草原蚊子的美梦，于是狠狠地咬了他一口。据说，草原上的蚊子是黑色的，个大硕壮，来势迅猛，而且下口狠，行动直截了当，小鹏的粗胳膊也经不起这样的攻击。

田总的脖子上也有两个红点，他说也是蚊子咬的，好几天了。看小鹏手臂肿成那样，也吓得赶紧涂药。

小鹏的手臂已不能开车。在伊尔库茨克，田总和俄罗斯导游巴亚儿陪同他去了医院。几个小时后，小鹏手臂绑着绷带吊在脖子上回来了，正如晓凤说的那样，医生在小鹏的手臂上切了个口引出脓水，还缝了几针。医生交代，小鹏的手臂还要再去医院换药两次。每次换药都是田总陪同，巴亚儿当翻译。第一次换药时我们还住在伊尔库茨克，第二次换药时我们要往距伊尔库茨克70多公里的贝加尔湖边的利斯特维扬卡。田总他们先送我们车队到利斯特维扬卡，再返回送小鹏上医院，换了药再回头找我们，够辛苦的。

对于下肢残疾人，手至关重要，手可以补偿脚的障碍，甚至手可以替代脚的作用。人体有很强的代偿性，这是人体的一种自我调节机能，当身体的某个器官或肢体功能损伤，就会由原器官或肢体的健全部分或其他器官或肢体来代替，补偿它的功能。盲人听觉、触觉特别好，失去双臂的人可以用嘴巴或足趾执笔写字。我右腿无力，长期主要靠左腿负重，左腿就起着以一当两的作用。正因为我的左腿长期超负荷使用，所以导致了左腿膝关节损伤，长期疼痛。这也是我认识的许多残疾朋友类似的遭遇。

对代偿肢体的保护非常重要。肢体残疾人都难免摔倒，许多人摔倒时条件反射地用手去支撑，结果手又受伤。小鹏一再告诉大家：咱们摔倒时，千万不要用手去支撑，不能让手受伤，而要学会让身体的其他部位着地，身体着地时可以顺势在地上打个滚以减轻伤害。没想到，恰恰是这位非常注重保护手臂的小鹏伤了手臂，而且是被一只小蚊子伤害的。呜呼，痛哉。

小鹏的手臂绑着绷带，医生交代一周内都不要用力，最好就吊在脖子上。除去医院换药外，晓凤每天晚上都帮助小鹏清理伤口卫生，重新绑好绷带，直到小鹏的手臂完全康复。这期间小鹏不能开车了，5 号车由雪虹驾驶，坚持数日，非常的不容易。大家都很关心小鹏的手臂，祝愿小鹏早日康复！

自驾车队行进中，前后车辆的联系都靠对讲机。我们车队的对讲机有两种，一是车载对讲机，直接安装在车内；一种是无线电对讲机，通过超短波调频实现通话，需要每天充电，可以离开车子使用。车队中跃林是这方面的专家，负责对讲设备的安装和调试。对讲机在车队行驶中发挥着非常重要的作用，除了指挥车队还可以调节气氛。

归纳起来，对讲机在车队中的作用有三：

一是进入一个城市或离开一个城市时，因为车多、红绿灯多、转弯多，头车需要通过对讲机指挥车队，告诉车队要前进的方向，是向左还是向右转，前方道路情况，有无红绿灯等等。在车队行进途中尾车要及时做出呼叫回应，告诉头车尾车已听到指令，车队已全部通过转弯，几号车遇到红灯了，车队全部通过红灯等等。如果车队拉得太长，尾车要告诉头车，头车就要放慢速度或停下等待。一般情况下，除头车、尾车外，其他台车都不说话，以免影响对讲效果，但遇到红灯则是例外。“吃红灯。”就是大家很喜欢用的语言，如 5 号车被红灯卡住了，就报告：5 号车“吃红灯”。通过红灯了，也要报告：

尾车已通过红灯。我们的头车是旅行社的导游，尾车是6号车春荣，后来东娅坐到6号车，尾车的回应也经常由东娅担任，做得非常好。但在一些特殊路段，曾经有几次由跃林做头车，春荣为尾车，两人通过对讲机一前一后地指挥车队，他们经验丰富，配合默契，发出的指令准确，语言紧凑热烈，偶尔还会夹带几句俏皮话，语音语速都恰到好处，听着很令人振奋，也很享受。

二是车队在公路上行驶，前后车需要通过对讲机互相照应。比如后车需要超车，前面的车就可以告诉后面的车是不是有对头车，有对头车开来就提醒后面的车不要超车，没有对头车时就告诉后面的车适时超车。反之，后面有其他的车要超车，后面的车就告诉前面的车，有超车的，要给让路。前方有障碍，前方有警察，前方有测速等等，也通过对讲机告诉后面的车，后面的车通过了，也要报告如：3号车通过障碍，尾车通过警察，尾车通过测速。还有后面的车有人需要上厕所，需要换人等等，也是通过对讲机告诉头车，请头车放慢速度或停车等待。对讲机的使用范围一般在1～2公里，车队行进过程中即使拉开一定距离，前后车也还是可以呼唤得到。丽珠是前后车相互关照中做得最好的，她总是及时提醒前面有对头车，后面有车要超车，需要“唱歌”了等等。

三是娱乐。自驾出行，图的就是开心，所以在车队正常行进的时候，大家在保证安全行车的前提下可以通过电波尽情聊天。东娅每天都通过电台给大家报告一下行程，唱唱歌，说说笑，我们称之为东娅广播电台。东娅广播电台每天开播，丽珠是最佳参与者，我们经常享受她们两人通过电台说唱，给大家带来轻松与欢乐。丽珠用粤语唱的“公海里”——恭贺你，雪虹说的笑话“同志们辛苦了”，跃林的谜语“一个裸体男人坐在石头上”等等，都是东娅广播电台的经典节目。

与东娅的认识应当是在哈尔滨，后来又有几次相遇。东娅的头发总是剪得短短的，身材比较壮实，说话声音低沉沙哑，大大咧咧的，不留神还以为是个男性公民。曾经她特意搂着我拍照，说要让你老公看了吃醋。东娅说：“我从小性格就像男孩，是大院里的孩子头，经常跟人打架，小有名气。”听她说时，仿佛就看到她率领一群兄弟，挥动拐杖当武器，打得其他孩子满地跑，相当的威猛。现在的东娅每次出行也依然是率一拨兄弟姐妹，当然不再是为了打架，东娅有种大将风度，似乎随时手一挥“兄弟们，给我上”！兄弟们就蜂拥而上。

有一年在厦门游览鼓浪屿登日光岩，同行残疾朋友中东娅的残疾程度和体重都是最重的，她拄着双拐一级一级地把自己百来斤的身体提上高台阶，但她并没有表现出沉重和艰辛，而是不时地用她的湖北腔说些逗乐的话，鼓励自己也安慰我们。大将是怎么炼出来的？不可或缺这种精神。

此次自驾伦敦，刚开始总听到有人叫“王总”。“王总”是谁？我听得糊里糊涂的。后来才明白了，“王总”就是王东娅，湖北省亚东汽车维修有限公司的总经理，首汽租赁里还有她的一个维修点。按说自驾伦敦必须是会开车有驾照的人参加，没想到东娅这个中国肢协轮椅·汽车俱乐部委员，汽车维修公司总经理，却不会驾车。在 15000 公里的长途旅行中，她说和大家在一块很开心。

第十四章 车上的搭档

在俄罗斯，除旅行社的车外，我们有5部车，1号车是我和宁为，2号车调整后是健明、晓凤和跃林，3号车是丽珠、建宇，跳过大家都不喜欢的4号，5号车是雪虹、小鹏，6号车是春荣，后来增加东娅。

其中比较有故事的是3号车，整个行程中各车上乘员都被调整过，只有3号车例外，一直是丽珠与建宇两人搭档。

与丽珠认识好像是2006年在厦门的“第三届同人论坛”。知道她参加过2005年“两岸三地残疾人驾驶汽车神州行”活动，羡慕得我直流口水。“论坛”结束，窗子说她从福州转回家，要去看看她的干女儿也就是我的女儿，丽珠听了也一同从福州回去。她是广东人，在江门一所中学的图书馆工作。于是窗子、丽珠一起到福州，都住在我家里。

印象最深刻的是丽珠那灿烂的笑脸和富有冲击力、感染力和爆破力的笑声。可以引发她开心大笑的事情非常之多，她的笑几乎是一触即发，一发即如山洪。我们说她是个“开心果”，在一起天天都在笑，笑得嘴巴发酸。

丽珠喜欢戴帽子，团队中宁为是一年四季都戴个帽子以掩饰他的光头，丽珠戴帽子则是妆饰，显得更加可爱。丽珠还特别喜欢照相，冲着镜头笑得阳光灿烂。

丽珠的精力超常。我的精力旺盛在朋友中已是小有名气，可与丽珠一比还真是自愧不如。这一路上我们俩时常住一个房间，晚上到酒店歇下来时都已八九点，她必定要整理上传照片，忙碌到凌晨两三点是常事。她对自己要求严格，不上传完照片不睡觉。感谢丽珠，她上传的照片最多，我的很多朋友都是在丽珠的QQ空间上看到我们行程沿途的风光和我们团队队员的风采。刚开始时我还时常告诫她要休息充足保持精力，可半个月下来发现她依然精力过人，也就只能闭嘴了。

丽珠的个性强。其实这一拨残疾朋友个个顶尖，成就都不一般，经历自然也不一般，没有一个是不要强的。丽珠能够成就家庭同时还成就自己的社会公益事业，个性不强都不行。丽珠说，她与她的先生经人介绍认识时，他刚因公双手截肢住在医院，正处在身体和心理的低谷，她心疼他失去双手同时敬慕他的才华，于是与他结合成家。之后她辅佐她的先生成就事业，更为他们家庭培养了一对双胞胎，如今两个儿子双双成才，现在一个在国外发展，一个陪伴身边。丽珠又是江门市肢协主席，凭着邻近香港的优势，与香港肢协合作开展了许多活动，在全国都小有名气。

与建宇是这次才认识的。初次见面他就说他上过黄山，轮椅上黄山。说的时候颇为自豪，之后又说了好几回。吹牛吧，我心里说。建宇是重度残疾，第一次我们在北京会合时就有人陪同，一直是陪同帮他推轮椅，甚至帮助照料日常生活。我们都担心，如建宇这样寸步都离不开陪护照顾的，这一趟自驾伦敦45天还怎么玩。可就他这样时时处处都得有人照顾的，还动不动地就吹牛上了黄山呢。

我也组织过当地的残疾人上过鼓山，也登上过武夷山。对没有登过山的残疾人那也是壮举，可实际上那就不能叫登山，因为轮椅是被人抬上去的。我曾看到美国残疾人登珠峰的文章和照片，虽然也有他人的辅助帮忙，但主要是靠登山绳，靠自己的力量登上珠峰的，那才是登山。

没想到我低估纪建宇了。在没有陪护的情况下，建宇的自理能力得到了最大的发挥，特别是操纵轮椅的能力。他坐在轮椅上，用两拐杖做撑杆，轮椅运动起来比谁都来得快。上台阶时更显示出上过了黄山的他就是与众不同，一般情况下轮椅上台阶都得有两个人帮助抬着，而且还十分吃力。建宇只需要一个人帮忙，他坐在轮椅上反身由他人拉他的轮椅，他自己向后转动轮椅，轮椅就一级级上了台阶，再高的台阶也能对付，其他人想学还真不那么容易。

建宇还有很多绝招，比如盘着腿开车。反正开车时是用手驾车，那腿都没有用，盘着腿坐更自在。他从驾驶座到副座不用下车，直接就在车上，手一撑屁股一挪就移过去了，动作之快令人瞠目结舌。

建宇还有一点与众不同，他是我们这个团队唯一的共产党员。建宇自己开了个防伪印章厂，近几年也做辅助器具的销售，与团队中其他几位企业家比较他只是个体户小老板。但他却在2000年时申请加入了共产党，并在当地个体工商者协会担任支部书记。他说“我是共产党员”时，充满自豪，是一种发自内心的自豪。

建宇性格内向、随和、马虎。丽珠则相反，外向、执着、认真。于是两人每天都有话题，多数情况都是丽珠批评建宇，比如乱扔垃圾，开车不遵守交规，不专心，打瞌睡，等等。丽珠是不厌其烦，苦口婆心，建宇对丽珠的批评，是虚心接受但并不全改。乱扔垃圾的缺点改了，交规也明显遵守了，瞌睡则是挡不住的仍要犯，他的眼睛原本就不大，似乎随时都准备睡觉似的。因此丽珠的批评就成了一直没完的唠叨。每次看到他们两人，一个语气尖锐地批评，另一个一声不吭地微笑，你会觉得他们俩就像是一对小夫妻，令人忍俊不禁。建宇还要说“在家老婆管，出门丽珠管”之类的话，更让人喷饭。

我也忍不住拿此说笑，却令丽珠大怒，才知道有些玩笑开不得。没想到，第二天对讲机里传来他们俩的对话：“8·11全国肢残人活动日就要到了，我们也搞个活动。”“卡拉OK不错的。”“到时我们俩来个节目怎么样?”“好啊，我们一起唱天仙配。”“那得练练。”接着音乐声……建宇自带碟片，里边是他专门精选的歌曲几十上百首。这时不知哪部车上的人忍不住了，说：“你们两个人说悄悄话能不能把对讲机关掉。”

其实宁为说得对，“一部车就是一个家”。车上不仅有行李，有轮椅，有吃的有用的，关键是两个人互相关照，和谐相处。宁为开车时，我拍照、用手机记录途中见闻，或聊天或睡觉；我开车时，宁为录像也拍照，用手机录音自述途中感受，还有就是聊天睡觉。他也喜欢用对讲机与其他车交流，只是很遗憾我们车的对讲机经常是只能听见别人说话，而我们的讲话却传不出去，气得宁为说是被“篡权”，被剥夺话语权。

宁为很关照我，吃的都是他买的，有牛肉干、饼干，还有什么糖。我喜欢开车，他就尽量让我开，新手上路难免出现操作不当也让他担惊受怕。不过他心态很好，该睡时照样睡得很香。我心安理得地享受着大姐的礼遇，比如他的轮椅装卸车我并不出手帮助，还告知他姐夫这类事从不要我去做。宁为男子汉地说：“这活我自己干，要让你那细胳膊干这活我会不忍心的。”我也有表现好的时候，比如午餐后的那段时间总是我开车，因为宁为说吃饱饭了大脑就缺氧，就犯困。

我们俩都喜欢听交响乐，一张交响乐碟片几乎陪伴我们大半的行程。我们都喜欢记录行程，不过他多录像我多照相，他每天录音我每天笔记。我们两个性格都不羁也都比较包容，但他比较大男子，我比较小女人，他遇事显得急躁，我相对更为冷静。我们俩是很不错的搭档。我们的“家”进入北欧后就被拆散了，宁为还因此发了几次感慨。

其他车其他的“家”，也都各有各的故事。

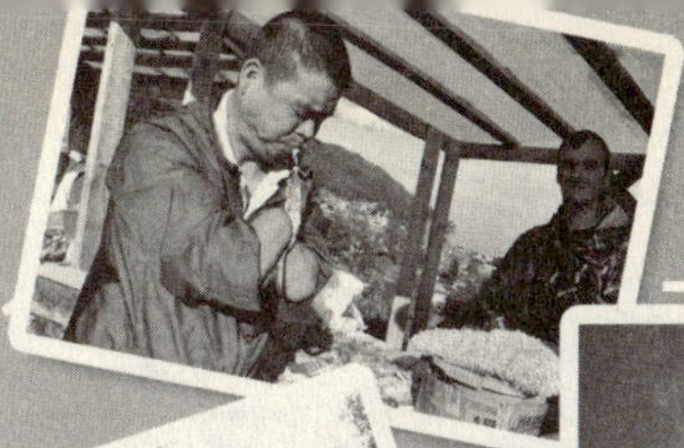

第三卷　行驶在西伯利亚

西伯利亚曾经是多么遥远的地方，印象中荒凉、寒冷、政治犯的流放地。揣着忐忑，带着新奇，怀着渴望，我们驶过西伯利亚。一片广阔的天地，一段艰辛的路程，但也收获了满满的喜悦。恰逢我五十四岁的生日，在贝加尔湖畔，一群特殊的朋友，留下无穷的念想。

梦想之旅
2012北京——伦敦中国残疾人自驾行

第十五章　一望无际的荒漠

车队进入俄罗斯，导游刘振宇就开始进入角色。小刘刚留学回国不到一年，活泼单纯，跟我们团员特别亲近，就像我们的孩子一样。可别看他年龄不大，在俄罗斯留学八年，可以说是一个俄罗斯通。

“我教大家几句俄语”小刘说，“姑娘，十六岁以上都可以叫‘借我十个’，俄罗斯女性，都喜欢人家称她‘借我十个’。如果是小姑娘，就是‘借我七个’。你好是‘破力维特’，再见是‘达斯维达呢亚’，谢谢是‘斯巴希巴’，厕所是‘多娃列特’。”

大家的学习热情很高，见到人就打招呼“破力维特”，特别是见到姑娘就“借我十个破力维特”，分手时就说“达斯维达呢亚”。虽然说得稀奇古怪，也弄不懂人家是否听得明白，但就冲着我们热情而灿烂的笑脸，我们遇到的回应也都非常的好，于是我们还会再补上一句“斯巴希巴”。

建宇说，“我还会一句‘给大爷’，就是中国的意思。”我们都笑了，以为他逗着玩。经过小刘确认“中国的俄语是 kidai”，在我们听来发音和“给大爷”差不多。于是，我们向俄罗斯人自我介绍时，指指自己说“中国，‘给大爷’”，说的时候不知不觉中有一种调侃也有几分霸气。

进入俄罗斯，小刘导游就告诉我们，从现在开始，汽车大灯全部都要打开，不论白天还是晚上，俄罗斯以及接下去的行程中都要求开大灯。刚开始我们觉得很奇怪，也很不习惯，总是忘了开大灯，或者开了灯又忘了关，但在俄罗斯跑上一阵子后就体会到白天开大灯的好处了。开着大灯，在空旷的原野上奔驰，雨天、雾天，看到前方两点灯光就知道有对头车开过来了，上陡坡时，对头车的两盏大灯也是最先被看到的。宁为说，开大灯的做法确实很有益，回去后要好好宣传在国内推广。回国后，我注意到福州街道上跑着的车也有些亮着灯，多是些进口汽车，这种灯不同于一般的卤素大灯，而是一种 LED 节能灯（日行灯）。日行灯不是照明灯，它的作用不是为了让驾驶员看清路面，而是一种信号灯，是为了让别人更早看到你的车开过来。日行灯在汽车点火开关打开时就同时打开，所以开车过程一直亮着。欧洲已强制实施机动车日行灯，所以新车出厂就已经配上日行灯了。据国外统计，行车开启日行灯可降低 12.4%的车辆意外，降低 26.4%的车祸死亡几率。应当说，开启日行灯是为了交通安全，当然，也有人觉得汽车装上日行灯更炫更酷。我希望日行灯能够在国内推广。

小刘还介绍俄罗斯有三怪——小刘看到书稿后说他当时讲的是十三怪，我只记住了三怪：一是拉达比奔驰快，二是房子全用木头盖，三是人高马大床很窄。

俄罗斯公路上依然是拉达车最多，它的价格便宜又结实耐用。俄罗斯没有高速公路，公路一般限速每小时 70 公里，但俄罗斯人都喜欢开快车喜欢超车，车速都超过每小时 90 公里。那些二三十年前出厂的拉达车飞驰在公路上，因为车子破旧也不怕碰，有点横冲直撞的味道。豪华的奔驰遇到这样的拉达也只有避让的份，所以经常可以看到拉达超车抢道把奔驰甩到后面的情景。

俄罗斯森林多，农村的房子基本上是圆木垒起来的，就是城市里的人也有不少在乡村郊外盖个木屋别墅。到了北欧才看到，那里也是木房子。我非常喜欢木屋，有一种特别贴近自然的感觉，朴实的，暖暖的。远远看去，散落在原野上的彩色木房子，就像是一幅幅美丽的水彩画。

俄罗斯人个头高大，但他们使用的东西却都特别的小。酒店里床很小，我甚至怀疑他们怎么躺得下。电梯也很小，电梯门窄窄的，刚有一张轮椅宽，电梯厢只能容一部轮椅，甚至许多很不错的酒店也这样。俄罗斯的轿车也小，房子也小。走进欧洲才发现这并不是俄罗斯独有的“怪”，我们走过的十个国家，房子、轿车、电梯、床铺都小，相比较才知道是中国人好大，什么都讲求大，大到浪费，大到不切合实际，大到只讲排场，这其实才真的很怪。

西伯利亚是俄罗斯境内一片非常广阔的地带，我们的车队从满洲里出境后直至秋明，从东西伯利亚走到西西伯利亚。经过赤塔州、布里亚特共和国、伊尔库茨克州、克拉斯诺亚尔斯克边疆区、克麦罗沃州、新西伯利亚州、鄂木斯克州、秋明州。在俄罗斯的20天里有12天是在西伯利亚，在俄罗斯总行程8000公里，其中6000公里在西伯利亚。除非自驾，旅游者少有到西伯利亚的，这恰是这次自驾中我感觉特别值得珍贵的。

夏日的西伯利亚原野上见不到一寸秃地，一望无际的大草原如同一块奇大无比的波斯地毯，造物主在上面挥洒色彩，形成一片的绿，一片的黄，有时又是一片的紫。绿的是草，黄的、紫的都是连绵的我也说不出名字的花，还有一些白的、红的花儿点缀其间。看着那一片片柔美的地毯，我真想在上边翻个筋斗打个滚，或者躺在上面，来一个大草原为床蓝天当被。不过我还真没有小鹏的勇气，不能放纵也不敢放纵一下自己。当我还在为花花草草动容时，宁为则充满了豪迈："我们来啦!"，"我们征服了这片土地!" 那气概仿佛自己就是那位跨马挥刀的成吉思汗。

西伯利亚平原上的路一直延伸到天际，与之相连接的是蓝天挥洒而下的白云。有时，前后车拉开了距离，空旷辽阔无边无际，天地间，仿佛只有我，独自驾着车。只是一种本能，让车行驶。这时你会感觉，恍如时空停止了，不知我何在，不知还有我，人与天地万物浑然一体，一切复归于混沌。这种感觉我在泰山玉皇顶曾经体验过，独自坐在玉皇顶上，闭上双眼，听风在耳边呼啸，似乎听到庄子说的"天籁"之音。此时，人在静静的景中移动，似乎有种错觉，恍如静止。那是一种非常奇特、非常微妙的感觉。

偶尔看见苍鹰在头顶上盘旋，可等到举起相机准备拍照时，车已驶过或鹰已飞去。有一次我还真的等到了机会拍下了苍鹰，可回去看照片效果全然没有看到苍鹰时的那份激动。宁为说还是录像好，他拍摄到了苍鹰。

我们还看到成群的乌鸦，停在路上或草地上。我第一次看到这黑压压的一片乌鸦时，心里顿生不祥的感觉。问导游怎么原野上有这么多的乌鸦，导游也不知道，不过他说，乌鸦在俄罗斯可是吉祥的象征。不同地方吉祥物竟如此不同。

原野上最诱人的还是那些花。花点缀着寂寞的草原，又如同守护荒漠的精灵，对着我们眨巴着眼睛迷人地窃笑。我无法挡住诱惑，每次停车休息，都迫不及待地举起相机，拍摄那点点色彩的花朵。回头一看，五六个人都在拍照，健明从车窗探出照相机，小鹏用双拐与自己构成稳定的三脚架，跃林已在花丛中。着迷于花儿的又何止我一人。

荒漠里也有牛羊悠闲自在地吃草，偶尔还会看到牧人，他们的装扮或类似美国西部的牛仔或像是现代的摩托车骑手。记得曾看到过文章介绍关于屠宰场牛羊的心情会影响肉的品质，看眼前牛羊的悠然，突然会想这样放牧的牛羊，肉一定是很美味的吧。有牛羊出没的地方路边都有一个动物图标，提醒汽车注意慢行。不时会有几只牛羊慢悠悠地穿越公路，我们的头车就会发出“注意前方有‘牛警察’”的指令，这时我们就必须缓缓行驶，小心谨慎不去惊扰牛羊。有时我们也会停下车，抓拍他们的身姿，欣赏着他们优雅从容的姿态。

行驶在西伯利亚高原，宁为不止一次地感叹，我们就像是行驶在天然植物园里。我说，我们是在植物园里玩过山车，一会儿是笔直的山路连绵起伏，一会儿就来了弯道，急促得让你措手不及。下坡时连续拐弯注意力就得高度集中，这时若遇上交会车更是心都要提到嗓子眼上。我一直觉得下肢残疾在弯道行驶时会有心理不适，特别是新手上路吧。我右下肢残疾，向右转弯时心里就不踏实。我把这个问题向几位残疾朋友提出，他们也都有类似的感觉。我理解这一现象是大脑对行走时肢体不平衡的记忆。记得我的脚做矫形手术时，术后躺在床上，我曾几次幻觉自己的脚还是原本未矫形前的模样，吓了我一跳，忙用手摸脚，却还裹在石膏里。人对失去的肢体会产生幻觉，感到它仍然存在并与身体的其他部分一起移动，仍会产生疼痛的感觉。不仅肢体，人的其他器官也都有类似的感觉，大概都属于肢体记忆或器官记忆之类。

道路两旁的白桦林最吸引眼球。一片片的白桦林，而且是最原生态的白桦林，一些树木已经枯死，边上又有新树长出。单棵的白桦树不粗，不壮，不高，可能并不醒目，但成片的白桦林却蔚为壮观。一棵棵白桦树林立在道路的两旁，如同美丽的俄罗斯姑娘，白皙的肤色挺拔的身躯纤长的腿，亭亭玉立欢迎我们的到来。看过俄罗斯白桦林的油画，听过俄罗斯民歌《白桦树》，到了西伯利亚才能真正看到白桦树。白桦树是俄罗斯国树，白桦林是西伯利亚的骄傲。

白桦树皮上天然琢成的黑白图案，那是鬼斧神工的艺术。有俄罗斯人在路边销售他们用白桦皮制成的工艺品，我和宁为停下车欣赏，我买了个天然色泽的桦树皮印上花镶嵌的镜子，和一个用桦树皮制作的烟盒，宁为买了个用桦树皮制作的画盘，上面是一幅俄罗斯风光。因为是摆放在路边销售的，这些工艺品的表面都有些脏了，我用湿纸巾擦拭桦树皮上的灰尘，洁净了的桦树皮呈柔黄色泽，令人爱不释手，还浸透着散发出一股淡淡的原始的清香。我也在宁为买的画盘上轻轻擦拭，色泽一下子鲜亮起来。宁为看了，接手很认真地擦洗起来。“糟糕，色彩被涂擦掉了。”原来那画是用水粉画上去的，这一擦可就毁了。

第十六章 进入俄罗斯的第一天

进入俄罗斯了。虽然，天还是一样的天，地还是一样的地，但文字变了，我们进入俄罗斯吃的第一餐饭也已经完全不同。午餐：土豆烧牛肉、红菜汤、面包片。

在我的记忆里，很小的时候我妈妈就会做一道很好吃的汤——土豆烧牛肉——做法就是牛肉和土豆都切成块加上盐放在小陶罐子里用文火炖得烂烂的。那时，能吃上这道汤的时间应当都是过年过节之类的，所以土豆烧牛肉在我们家的地位很高。而且，我们会把这道菜与共产主义联系在一起，吃这碗汤时会很开心地说，我们今天共产主义啦。后来，我在厦门姑妈家也吃到一回“土豆烧牛肉”，不过他们加放了番茄。姑父说，“你爸最喜欢这道菜，你妈妈这道菜做得最好。”放了番茄的牛肉汤少了漂在汤面上的油而多了可口开胃的酸甜味。

我很早就学会了妈妈烧的这道菜，朋友到家里来，我都会捧上这碗汤，并开玩笑地说：“这是我家祖传的”，或说：“我们今天也共产主义一下”。后来知道“土豆烧牛肉”的共产主义是赫鲁晓夫说的，大概他的意思是到共产主义的时候人人都可以吃上土豆烧牛肉了。可以想象那时候生活条件之差，如果按此标准，我国也早已实现共产主义了。

在物质、精神都贫乏的年代，土豆烧牛肉是上品，是追求，是向往。今天只有西伯利亚还保留着红菜汤这样的乡村家常菜，甚至是每餐必有的一道汤菜。当然西伯利亚的红菜汤与理念无关，可能还是因为生活条件有限，到莫斯科后选择就多了，我们也就不再吃红菜汤了。从莫斯科加入我们团队的其他成员都只吃到一餐红菜汤，以至于宝明一路念念不忘，说红菜汤特别好吃。

我父母是在接受共产主义理念的同时学会并喜爱上“土豆烧牛肉”这道菜。我现在依然喜欢“土豆烧牛肉”这道菜，如同我依然钟情于共产主义理念一样。不过，现在我也会改变土豆烧牛肉的做法，原料在土豆、牛肉和番茄的基础上又增加了洋葱，做法也不一样，先将牛肉、土豆切块不加调料地炖烂，然后洋葱下油锅香味扑鼻时，再放番茄，然后加糖、酱油和盐，番茄煮成酱后倒入牛肉土豆汤，再煮开就可以了。大概这是类似于罗宋汤的做法，罗宋源于俄罗斯（Russia）的译音。

到俄罗斯后才知道，罗宋汤是中国人的叫法，在俄罗斯它的名字叫红菜汤，而且与我做的罗宋汤大不相同，一、导游说红菜汤一定要有红菜，加了红菜才有那股独特的味道，而红菜产于俄罗斯。二、俄罗斯的红菜汤都加了一大块奶油，这也难怪俄罗斯人都那么胖，奶油吃太多了。

我喜欢我妈妈做的“土豆烧牛肉”，也喜欢我自制的“罗宋汤”，同样也喜欢俄罗斯的红菜汤。我不仅喜欢牛肉——包括牛肉汤、牛排，也喜欢土豆——包括土豆块、土豆泥、炸土豆，还喜欢面包——包括黑面包、大列巴，因此那简单的俄罗斯餐我也吃得津津有味。

多数队友就不能享受这样的“口福”了，在俄罗斯的20天，特别是在西伯利亚，每天中餐和晚餐都是红菜汤、土豆泥、面包片，从食品的单调、简单，看得出这里的老百姓生活还是很清苦。就连我这喜欢红菜汤、土豆泥、面包片的人，也对这千篇一律的伙食感到了腻味。更何况，20天的时间餐桌上看不到一片蔬菜，平时也吃不到水果，这才真是最让人不能接受的。

晓凤常常就只吃几口面包。东娅看到红菜汤就倒胃口，天天念叨着湖北热干面，她说：“我得想象着这里摆放着的是热干面，才能咽下眼前的食物。”车队在进入俄罗斯之前，有先见之明的队友们买了许多榨菜、香菜心、酸菜、辣菜等佐餐，多亏了这些小菜，帮助队友们熬过了在西伯利亚餐餐吃红菜汤日子。

进入俄罗斯的第一个午餐时，宁为为严肃纪律，宣布团队中两人受罚。一、春荣出发前一天在北京迟到一次；二、晓凤今天统一着装没有执行。各罚600元。出发前团队已宣布出行纪律：一、一切行动听指挥，团队要以集体为重，个人必须服从集体；二、必须有时间观念，不许延误，延误10分钟之内罚款600元，10分钟之外车辆不等，自己想办法解决；三、有要求统一着装时必须统一着装，无条件服从，如不服从者一次罚款600元。春荣认罚，让我去他车上取包。晓凤一听，哭了，“你们就欺负我一个人。”她嘟囔着在北京丢电脑的事，说因为又买了一台电脑，让她侄女来取，她侄女把她的衣服也拿走了。宁为听了火冒三丈，“规定的纪律还特意是让你写的，大家都遵守怎么就你特殊，不遵守了还又扯上什么电脑的事。按队规该罚就得罚，说什么也没用。”大家听了默然，知道晓凤喜欢裙装而不喜欢类似T恤、运动服这样的队服。只有小鹏耐心地做思想工作，慢慢开导晓凤。之后田总又主动把自己的队服给了晓凤。

没想到一波未平一波又起。

我们原计划出满洲里第一天要露宿野外，但考虑到都是残疾人露营很不方便，所以就直奔下一站赤塔，路程500公里。到赤塔勃朗峰酒店已晚上八点多，在酒店停车场大伙忙着装卸轮椅、拎行李、进酒店时，6号车却吵起来了。春荣已多次提出说不愿意跟晓凤一部车子，两个人在车上总不和谐，一个说你在车上抽烟脱鞋子还把臭脚丫翘得高高，另一个说你在车上弄什么破花还晾内衣。其实都是小事，但吵起来就没完没了还不断升级。

“你不要再上这部车了。”春荣说。

“凭什么？这车又不是你的。”晓凤也不示弱。

“跟你这种人说不清，你赶紧走人吧。”

“我偏不。你叫我走我就走啊。”

我正好还没进酒店，看他们吵了忙来劝架。可这两人都进入状态了，什么话也听不进去，依然你来我往的。

“你这个疯婆子，我懒得跟你说。”

“你骂人!”

“骂你怎么的，你这人就欠骂。”

晓凤火了，她回身去车里抓东西想摔。小单的摄像机正放在副驾座最方便拿到的地方，她伸手就要抓上，春荣手快赶紧先拿上回身交给我。这时晓凤又迅速抓起春荣的水杯往地上摔去，“看你还骂人!”说着“啪”的一声水杯粉碎。

我被这一声响吓了一跳。“你们这是干吗！刚到俄罗斯就这样，在这停车场吵架给外国人看啊。”田总、跃林也来了，大家各拉一个进了酒店。

到了房间，晓凤还在念叨着电脑、罚款、汽车什么的，觉得非常委屈，眼泪“吧嗒”地往下掉，说：“我不走了，我要回去”。宁为一听，这人老账又翻出来了，吓得躲人。春荣吵完反正认准了不再和晓凤同车，目的达到了也溜一边去了。跃林听她总这么碎碎念烦了，他挥舞着他的断臂吼道：“你要回去就回去没人拦你，你要去死都可以，从这个窗户跳下去吧，我不会去挡你，随你的便。”我只能哄着晓凤去吃晚饭。晓凤心情不好扒两口饭就走了。

田总告诉晓凤，我们刚过了国境，现在想回去做不到，要回去至少也得到贝加尔湖。晓凤慢慢地缓和下来。

第二天出发时，晓凤一人呆坐在酒店门口不知该上哪一辆车。跃林拎起晓凤的行李，说：“去 2 号车吧”。于是晓凤到了 2 号车，东娅调到 6 号车。

我算是领教了春荣的火暴脾气。

都说“浪子回头金不换”，这句话应当可以用在春荣身上。春荣对我说起过他年轻时犯过的错误，那时他不过二十出头。

因为家里经济困难，春荣读初中的时候就推着车卖起了冰糕。他拄着单拐，乡村小路并不好走，但春荣聪明，又非常能吃苦，烈日炎炎下自己也舍不得吃块冰糕，一个夏天下来他还真赚了点钱。卖冰糕是他赚钱生涯的开始，他接着学制冰糕，批发冰糕，也卖过大蒜、搞过油漆、做过装潢。不到二十岁他就已为自己积攒了一笔钱。

一个穷孩子，一个残疾人，就是他自己也料想不到，几年间，他在当地同龄人中已是有钱人了。更令他人料想不到的是，春荣兜里才有了几片钱就在不知不觉间迷上了赌博。赌博，那是一个陷阱，多少钱也经不起去赌博。半年不到，春荣好不容易赚来的辛苦钱已被赌得片甲不留，还欠了一屁股的债，拖累了家里的人，原本就贫穷的家庭这下子就更加艰难了。

春荣非常痛恨自己，他痛下决心不再赌博。赌博犹如陷入沼泽，戒赌其实非常不容易。听说春荣为了让自己彻底洗手不沾赌博，将自己的一个手指砍掉了。这样的事听着让我惊心，比较适合放在小说故事里。窗子遇到这样的故事时，就急急忙忙地说：“跳过，跳过，我的心脏接受不了。”可听着春荣说故事时，春荣正坐在我的副驾驶座上，一边还指导着我怎么超车，如何走弯道等等。春荣比我小十岁，可我称他为师父，这一路上，春荣教我最多，他驾车技术一流，还肯当教练，是最棒的教练。

春荣说他的夫人在他痛下决心戒赌时追随了他。能有断指戒赌这样魄力的男人，应当担得起天下，何况家庭。他的夫人确实有一双慧眼，现在的严春荣是常州恒德钢结构工程有限公司的总经理，两个孩子的爸爸，大的女儿已二十出头。自驾伦敦，春荣妻子和两个孩子都到北京送行，拥有一个温馨的小家庭。此行春荣购物最多，带了两大箱子的东西回去，除了给一家大大小小的礼物，还有家庭生活用品，是个顾家念家的好男人。

春荣给我的印象是特别肯吃苦。自驾伦敦 45 天中，因为驾车技术精湛，与跃林又有过默契的合作，所以春荣一直在尾车，负责断后。6 号车基本上是他一人驾驶，辛苦自不待言，却从未听他说过“累”字，其实他的胃一直不好，饮食又不习惯，后来还伤了手臂。但与他之前多次一人自驾或随跃林驾车西藏、沙漠相比，春荣总是说这趟自驾伦敦太轻松了，“路好驾车才会犯困”，实在困的时候他会在路边打个盹再来追赶我们。

第十七章　十二月党人的故事

没到西伯利亚前，对西伯利亚的印象，除了知道它的严寒和空旷，还知道那里是苦役、政治犯的流放地。早年读列夫·托尔斯泰的《复活》，少女喀秋莎·玛丝洛娃被贵族青年聂赫留朵夫强奸后又遭遗弃，备受凌辱，沦为娼妓，后又被诬告犯杀人罪而下狱，最后被判处流放西伯利亚。至今对书中描写流放途中的艰辛我仍记忆犹新。西伯利亚曾经被称作“没有围墙的监狱”，今天是否还能找到当年流放者的痕迹？

一路都在匆匆地赶路，终于在伊尔库茨克休息一天，这是我们车队离开北京后第一次停留并安排游览。伊尔库茨克在俄罗斯贝加尔湖以西，伊尔库特河和安加拉河交汇处，契诃夫曾赞美：“伊尔库茨克是一座非常好的城市，是一座有很高文化素养的城市。”现在是俄罗斯伊尔库茨克州州府，东西伯利亚最大的政治、经济、文化中心。田总和俄罗斯当地导游巴亚儿带着小鹏去医院了，其他人按计划游览东正教堂、波兰大教堂、政府大楼、二战胜利纪念广场、十二月党人文化公园等。

十二月党人，是 1825 年发动反对农奴制度和沙皇专制制度而武装起义的俄国贵族革命家。起义发生在 12 月，领导这次起义的俄国贵族革命家在俄国历史上就被称为十二月党人。十二月党人起义失败，主要领导人被处以绞刑，100 多名起义者被流放到西伯利亚。十二月党人发动的武装起义虽然失败了，但这次起义，却唤醒了饱受沙皇蹂躏的俄罗斯大众，在广袤的俄罗斯大地播撒了民主和自由的种子。十二月党人在伊尔库茨克文化发展中起了重要作用，几乎所有被流放到贝加尔的十二月党人都在这里停留过，他们在城市附近的工厂里过着苦役般的生活，后又被遣送到周围的农村服劳役。

十二月党人被流放西伯利亚，许多十二月党人的妻子没有利用沙皇允许她们改嫁的谕令，甘愿抛弃富足与荣华的贵族生活，跟随他们的丈夫一起流放西伯利亚。甚至，在尼古拉一世临时颁布了紧急法令：凡愿意跟随丈夫流放西伯利亚的妻子，将不得携带子女，不得再返回家乡、城市，并永久取消贵族特权。这些伟大的女性依然选择告别昔日的贵族生活，永远离开金碧辉煌的宫殿，离开亲人，离开自己的孩子，甚至还有襁褓中的孩子。这是一群怎样的女性啊，对爱情执着使她们无比圣洁和骄傲，她们高昂着头，义无反顾地踏上西伯利亚。我非常喜欢一幅俄罗斯油画《无名女郎》，一个穿着俄国上流社会华贵服饰的女郎，坐在一辆敞篷的马车上，经过圣彼得堡的大街。她的气质端庄且高贵，最打动我的是她的眼睛，冷峻而鄙夷，傲视着这个世界。我不知道她是谁，但当我知道十二月党人后，我脑子中十二月党人的妻子的图像就与这位无名女郎重叠在一起了，我想她们应当有同样的高贵和同样的傲气。

十二月党人公园在安加拉河畔，安加拉河是唯一一条从贝加尔湖流出的河流，注入叶尼塞河，最终流入北冰洋。远远望去，安加拉河的对岸是兹纳缅斯基修道院。从二战胜利纪念广场到十二月党人文化公园的过街天桥上，在十二月党人公园护河栏杆上，都挂满了同心锁。我在黄山和其他许多地方见过类似的同心锁，上面写着情侣的名字，原来无论是中国还是俄罗斯纪念美好的爱情都用这样的形式。十二月党人公园的地面上，有许多红色、蓝色、白色的笔写的字，俄文看不懂，但字里有好几个心形，我猜测是有关爱情宣言之类的文字。

不远处的东正教堂边上有一座青铜塑像，导游说是一位伯爵与他的妻子，他们的身后还有一只小兔子。正遇见一对新婚青年，他们在雕塑前合影，亲吻，然后到雕像的背后一同抚摸那只兔子。兔子的头顶也不知被多少人抚摸过，已经锃光瓦亮。陪同这对新人的还有几对恋人，他们也都在塑像前拍照、热吻。我想，这座雕像一定有一个感人的爱情故事，或许与十二月党人和他们的妻子有关。

我看过一篇 Frieda 的文章《十二月党人的苦难与爱情》，赞扬十二月党人的妻子，她们抛弃一切贵族身份、财富、社交和家人，为了崇高的道德义举，为了争取自由而牺牲了一切。那座雕像或许是特鲁别茨卡娅公爵夫人和她的丈夫，她是第一个在西伯利亚监狱里与丈夫相会的十二月党人的妻子。

他们或许是渥尔康斯基公爵夫妇。渥尔康斯尤娅是普希金的好朋友，也是普希金最崇拜的女性。渥尔康斯尤娅临行前，普希金前来为她送行，并为她朗诵《致西伯利亚囚徒》。后来她回忆与她服苦役的丈夫在西伯利亚第一次见面时的情景："渥尔康斯基向我扑来，他衣衫褴褛，蓬头垢面，一阵脚镣的叮当响声使我惊呆了！他那双高贵的脚竟然上了镣铐！这种严酷的监禁使我立刻理解了他的痛苦、屈辱的程度。当时，渥尔康斯基的镣铐如此激动了我，以致我先跪下来吻他的镣铐，而后才吻他的身体……。"这个故事是如此感人，以致亲吻镣铐的女性成为后来俄罗斯爱情的象征！

他们或许是穆拉维约夫夫妇。穆拉维约娃当时年仅21岁，但她已是两个孩子的母亲，并且正怀着第3个孩子。当穆拉维约夫在监狱里见到从莫斯科赶来的妻子时，他惊诧地发现，经历了千辛万苦的妻子依然略施粉黛，衣饰华贵，美丽娇艳。文雅雍容的仪态，飘逸温柔的举止，为她增添了些许矜持的神采。一朵象征纯洁爱情的白色星形小花别在她的头发上，更为她平添了几分妩媚。此情此景，令穆拉维约夫眼中的泪水夺眶而出："我对不起你。你还是回莫斯科吧。我不愿你与我一同身受饥寒之苦。"但穆拉维约娃回答："为了我们的爱情，我要永远跟随你。让我失去一切吧：名誉、地位、富贵甚至生命！"七年后，穆拉维约娃贫病交加死在西伯利亚，她是第一个死于西伯利亚的十二月党人的妻子。期间，她的儿子夭折，父母去世，其他活着的孩子也体弱多病。她死后，他36岁的丈夫一夜之间白发苍苍。在穆拉维约娃的墓上，人们竖起了墓碑，点亮了祭坛，那祭坛上的灯亮了数十年，直至今日仍保存完好。

他们或许是法国姑娘唐狄和她的伊瓦谢夫。当唐狄获知伊瓦谢夫被判流放西伯利亚时，她立刻以最快的速度从巴黎赶到俄国，并向当局要求批准她到西伯利亚去与伊瓦谢夫结婚。有关官员不敢做主，将此事报告给沙皇。沙皇尼古拉一世叫人向她讲明她将会因此失去一切，甚至不能与别的到西伯利亚陪伴丈夫的十二月党人妻子那样享受某种宽大待遇。可她依然要追寻着爱人的足迹来到西伯利亚。沙皇尼古拉一世虽然愤怒不已，但也为这位法国女郎的坚贞爱情所折服。当唐狄到达西伯利亚时，当地的官员以未接到沙皇命令为由，不许她见伊瓦谢夫。于是她在到处是流放犯人的小镇上打听爱人的消息。据说她曾遇见过一个流放的强盗，这个强盗也为她的精神所感动，答应替这对忠贞的爱人传递书信，不顾风雪，不顾疲倦。终于，唐狄得到了许可证，他们结了婚，面对漫长而暗无天日的苦役犯生活，她始终没有后悔，也没有怨言。然而不幸的是恶劣的气候和苦难的生活沉重地压垮了唐狄，她倒下了。一年后，她的丈夫也随她而去。一对异国情侣就这样长眠在西伯利亚的千古荒原!

十二月党人所追求的信仰可能会慢慢被后人淡忘，但他们的爱情故事却是人类永恒不变的主题，源远流长，直至地老天荒。

伊尔库茨克有许多教堂，州政府大楼边上有座红色尖顶的天主教堂，叫波兰教堂。伊尔库茨克当年也是波兰囚犯的流放地，为满足他们宗教信仰需要，当地人修建了这座与俄罗斯洋葱顶东正教堂完全不同的尖顶天主教堂，它是东西伯利亚地区唯一的一座天主教堂。

在二战胜利纪念广场，无名烈士纪念碑在一排松柏的前面，纪念碑是一个很大的方形大理石平台，上面是一颗五星的雕塑，五星的中间燃烧着长明火，两侧摆放着鲜花。俄罗斯的纪念碑与中国的不同，都是躺着的大理石平台。在俄罗斯的很多城市都有类似的纪念场所，至今俄罗斯人对卫国战争烈士仍保持着深厚的敬意。

游览伊尔库茨克，旅行社考虑这里的景点比较集中，并且教堂都有台阶，轮椅使用并不方便，就建议能拄拐杖行走的可以不带轮椅。其实这是对肢体残疾人出行缺乏了解，毕竟北奥是第一次带残疾人旅游团。对于下肢残疾人，不远的路其实也很长。因为没有轮椅，雪虹首先就走不动了，她坐在石凳休息时，身子往后仰了一下，后背被树技擦伤了几道；丽珠也走得非常艰难，她脚疼得举步维艰。这以后，旅行社吸取了教训，要求团员有去游览活动都必须带上轮椅。

第十八章　贝加尔湖我的生日

过了赤塔，我们的前面就是贝加尔湖，我们的路程要沿着贝加尔湖行驶 3 天。宁为翻着北奥发给我们的《出行手册》读着：贝加尔湖是世界上最深、蓄水量最大的淡水湖，南北长 600 千米，最深处达 1637 米，有 336 条河流注入贝加尔湖。他兴奋地对我说“在贝加尔湖我们给你过生日，我们一定要去贝加尔湖游泳。”

从乌兰乌德往伊尔库茨克的途中，我们转到一个旅游基地。据说贝加尔湖沿岸分布着 130 多个这样的旅游基地和休养基地。在一处湖边，我们好奇地看到一部俄罗斯人自己用商务车改装的房车，前面是可以折叠起来的床铺，后厢是个厨房，锅里还正煮着面条。车主人见我们好奇，从车里取出吉他就弹唱起来。善于外交的丽珠待他一停下，就唱起中文的《喀秋莎》。他听了一会儿调子，就一边弹一边用俄文唱起来。这下我们可来劲了，围着他把我们知道的俄罗斯歌曲《莫斯科郊外的晚上》、《三套车》、《红莓花儿开》等等都搬出来。他弹吉他，我们一起唱，用不同的语言唱着同一首歌。经导游介绍才知道，这是一位吟游歌手，自驾车到俄罗斯各地。他送给我们一张他自己的弹唱光盘，我们赠送他民族包。后来跃林说，我们收下他的光盘时还应当给他钱，因为他是以此谋生的。

中餐就在这个旅游基地湖边的一片林子里进行。这里有许多小亭，在我们休息的亭子里还有来此旅游的一家俄罗斯人，小姑娘非常清纯美丽，跃林用 ipad 给她拍了好几张照片，然后让他们一起看他拍的照片。他们一家人围着跃林，尽管语言不通，但照片就是能够沟通的语言，大家看着时不时发出哈哈大笑声。这一家的奶奶请跃林喝酒，跃林端起一杯 vodka 一饮而尽，气氛更加融洽了，大家又一起唱起了俄罗斯歌曲。当我们不得不分手时，仍感到意犹未尽。

这时我们才注意到导游小刘正与餐馆老板的一个 5 岁左右的男孩聊得非常起劲，当我们必须出发时，那个男孩思考的竟然是要不要跟小刘走，如果跟小刘走了他的爸妈会不会因为想他而非常伤心。我至今也弄不明白小刘与小男孩都聊些什么，又是用什么方法让男孩动了想跟他走的念头。问小刘，他笑而不答。

伊尔库茨克的里斯特温卡镇被称为是“贝加尔大门”。在里斯特温卡镇我们品尝了贝加尔湖独具风味的“贝加尔湖烤鱼”，和国内旅游点一样，这里也有许多小商品工艺纪念品。

贝加尔湖是世界上最古老的湖，形成迄今有 2500 万年历史。西汉时期贝加尔湖是在匈奴的控制范围内，著名的“苏武放牧”的故事就发生在这里。苏武是西汉大臣，奉命以中郎将持节出使匈奴，却被扣留并流放到北海——也就是现在的贝加尔湖，牧羊 19 年才得以回国。贝加尔湖在元代曾归入中国版图，属“岭北行省”。到清朝时，清朝政府与俄罗斯签订了尼布楚条约，放弃了外兴安岭以北地区的主权，贝加尔湖才归了俄罗斯。

我 54 岁的生日就在自驾伦敦的旅途中，而且是在贝加尔湖畔，真是太巧了，这还要感谢田总的安排。

这天上午，我们的车队正从伊尔库茨克驶向利斯特维扬卡小镇，对讲机里传来丽珠甜美的歌声：“祝你生日快乐”，先用普通话，再用粤语。然后说“小瑜姐姐生日快乐!”我的心一下子就被幸福包围了。

这两天，大家都在准备给我过个生日。筹办生日 Party 的钱是 4 个人的罚款。之前是春荣迟到、晓凤没按规定统一着装，后来是跃林和宁为各喝了口酒，每人都罚了 600 元。其实我心里如明镜，除了晓凤，他们 3 人都是主动甚至是有意认罚的，目的就是集资给我过生日。这份情我铭记心中，感激不尽。前一天小刘就接到任务去办采购了，准备晚上在贝加尔湖畔为我举办生日 Party。

吃过午饭，上午的浓雾消散了，暖暖的太阳照耀在湖面，我和宁为、跃林、晓凤已做好了游泳准备。湖边有人躺着晒太阳，还有几个穿着厚厚的潜水服的“水鬼”在潜水。跃林率先踏入水中，“好冰凉的水啊”，他一边喊着一边“扑哧”地跃入水中游出几十米。跃林回到岸上，用两只断臂使劲拍打着身子，说“才这一会儿工夫身子就冻麻了。”说着又再次进入水中。我连忙举起相机连拍了好几十张。宁为穿着矫形器入水动作繁杂，他先艰难地走到湖边，找个合适的位置坐下，然后脱矫形器，然后将身子慢慢移动到湖水里。但他一进入水中，就扎了个猛子游出一两百米，游泳冠军确实不同，身手仍然那么好。晓凤虽然有些胆怯，她还是把脚泡入水中感受湖水的冰凉，并摆上 Pose 让我给她拍照。我也挡不住水的诱惑，放下相机就冲进水中，确实冷啊，水温大约只有 3～4 度。我戴着泳镜，湖水清澈见底，湖底是鹅卵石，还有一些水草。游几十米就感到皮肤被冻得生痛，我坚持着再游一会，皮肤开始发麻了，再游，感觉手脚都有些僵硬了。上岸时脚也迈不稳了，干脆爬着上岸。看看双臂，被冻得通红。

“痛快啊！”我心里直想喊。“痛快”这两个字真是微妙，虽然皮肤上有痛感，但心里却非常的畅快。借用白岩松的书名《痛并快乐着》，那个时刻似乎只有“痛快”两个字最能表达我在贝加尔湖游泳回来的感受。

贝加尔湖的夏日，一天里变幻无穷。清晨的贝加尔湖面被一层浓雾笼罩，湖天一色，朦胧神秘莫测。中午时分湛蓝的天空飘浮的白云映在水中，如同俄国大作家契诃夫描写的：“湖水清澈透明，透过水面就像透过空气一样，一切都历历在目，温柔碧绿的水色令人赏心悦目……”晚上，太阳仍悬挂在半天，落日的光辉映红了天空，隐约间却看见淡淡的月亮已渗透出清晖，此时，传说中的贝加尔湖水怪正悄悄露出水面。

我们住在贝加尔湖酒店，位于贝加尔湖畔的一个小山坡上。晚上，在酒店前面的平台上，两条木桌子摆满了丰盛的食品，两块大蛋糕是上午从伊尔库茨克带过来的，此时打开才发现漂亮的鲜奶巧克力蛋糕已经有点融化，但并不影响我们的食欲和热情。

生日的晚上，我向每一位朋友敬酒，感谢大家给予我的关爱和祝福，愿同样的祝福也给予每一位朋友。宁为特意带着的音响接上了麦克风，带着醉意我为大家唱一曲《橄榄树》，其实我能够完整唱好的也只有这么一首歌。建宇打开他的手机放出音乐伴奏，大家借着酒兴在月光下唱歌，俄罗斯友人也加入我们的狂欢，一起唱着俄罗斯歌曲并跳起舞来。

我的背后是美丽的贝加尔湖，我的头顶是一轮圆月，我的身边是我真诚爱着的朋友们。贝加尔湖见证了我的幸福和感激，一个终生难忘的生日晚会。

Party 结束了，建宇还一人静静地坐在那儿听着他手机里播放出的歌陷入沉思——可能是想家了。

有人说生日是母难日。这一天，我特别想我的父母，没有母亲地支持我就不能实现自驾伦敦；没有父亲的认同我就是走出来了也忐忑不安。就在这一天，我收到爸爸发来的邮件：

“今天将在美丽的贝加尔湖滨，大家为你庆贺 54 岁生日，这真是够浪漫，可留念的一天。我和你妈、姐姐们都为你高兴。祝你生日快乐！取得最后胜利！

我送你一首俄罗斯民歌《贝加尔湖》。

原词是：

贝加尔湖是我们的母亲，

她温暖着流浪人（受难者）的心。

为争取自由挨苦难，

我流浪在贝加尔湖滨。

我改写为：

贝加尔湖是我们的母亲，

她温暖着残疾人的心。

为争取尊严奔奥运，

我们驰骋在美丽的贝加尔湖滨。

为你们助兴。不要多喝酒。等着看你的生日照片。”

生日的晚上，我第一次喝到 Vodka，口感浓烈如同金门高粱。我端着 Vodka 向每一位朋友敬酒，并且都一干而尽。坐在我边上的春荣给我倒酒，每一次都越倒越少，估计是看我平日里静默，喝起烈酒却如此威猛给吓到了。

非常感激春荣，这一天我没有喝醉。不过小刘说我一直在找车钥匙——我的车钥匙放在外衣口袋，而我穿错了东娅的外衣，所以怎么也找不到车钥匙。看来也不是没醉，只是没有醉倒罢了。

非常感谢东娅，这一天她醉倒了。试想，在一个喝着 Vodka 的生日 Party，如果没有一个人醉倒，那该是一件多么令人遗憾的事。东娅的酒量一流，当我看东娅开始滔滔不绝地说话时，曾担心东娅会不会喝多了。雪虹很有把握地说不会，她说与东娅认识几十年从未见她醉过。但东娅确实醉了，第二天还说难受。我以为这就是东娅的性格，在关键时刻能够挺身而出，包括醉酒。

非常感谢大家，这一天我虽然没有醉，但其实心已经醉了。浓浓的烈酒浓浓的友情，怎能不醉人！其实我不喜欢喝酒，但如果需要喝酒时，我选择白酒，并不因为我有酒量，而是因为它只要微微的一点就能给人产生强烈的震撼。我喜欢白酒，远远地看着它不过似水清白，走近了才能闻到它浓郁的芳香——也有人觉得呛鼻，喝上一口顿时感受它火辣辣的刺激。喝白酒我不喜欢掺和其他饮料，不掺和任何饮料的白酒才能产生那种纯粹的热情，就如同我也只喜欢喝黑咖啡一样。

我对酒是无知的，我们喝的 Vodka 是什么牌子我不知道。

对 Vodka 的了解，仅听小刘说，Vodka 的制作少不了马铃薯。它是以谷物和马铃薯为原料，经过蒸馏制成高达 95°的酒精，再用蒸馏水淡化至酒精度 40°～60°，并经过活性炭过滤，使酒质更加晶莹澄澈，无色且清淡爽口，不甜、不苦、不涩，只有烈焰般的刺激，这是 Vodka 独具一格的特色。俄罗斯男女老少都喜欢 Vodka，特别男性公民更是离不开它。我们途中经过的小饭馆也都有吧台，面包可以没有，酒却不可或缺。有传闻二战时期给士兵的供给中 Vodka 是必须的，因此有人说卫国战争的胜利应当记 Vodka 一等功。但目前俄罗斯人口骤减，也有人归因于男人喝酒太多，不知是否要记 Vodka 的大过。其实，酒本无功过，就看人怎么喝它了。喝酒过量绝不是好事，尤其像 Vodka 这样的烈性酒。

不知是不是我对白酒的偏爱，还是受女儿爱看的动漫《黑塔利亚》的影响，当我问女儿需要我从俄罗斯给你带什么礼物时，女儿说要一瓶 Vodka，还说她有 Vodka 情结。这瓶远道而来的 Vodka 现在正站在她的书橱里。

第十九章　列宁广场和列宁雕像

俄罗斯是个崇尚英雄的国度，列宁是那个时代的英雄。在西伯利亚的许多城市，甚至村镇都有列宁广场和列宁雕像。列宁雕像形态各异，有的戴帽有的脱帽，有的挥手有的肃立，有的全身有的半身，在乌兰乌德是一个巨大的头像。

我们进入俄罗斯后第一次看到列宁就是在乌兰乌德。宁为、健明、晓凤等几位早起的人一大早已到列宁广场转了一圈，回来后宁为像是发现了新大陆："列宁广场有个非常大的列宁头像雕塑。"出发前我们全体人员都到列宁广场，宽敞的广场一侧是绛红色的石头平台，青灰石的列宁头像安放在方形石墩上，塑像的背后是一排稀松的松柏。

"来，我们一起拍个合影。"宁为招呼着。"拿出国旗来。"

大家站成一排，有的拉着中国国旗，有的扯着横幅"梦想之旅　2012 北京——伦敦中国残疾人自驾行"，就在凝思的列宁雕像前合影。看到列宁，就像看到我们认识多年的老朋友格外亲切。让列宁同志做个见证，中国残疾人千里迢迢自驾车来到列宁的故乡，我们自豪啊。我们在列宁塑像前振臂高呼"梦想之旅　勇气人生"。是宣言，也是激励自己勇往直前。

意犹未尽，也不记得是谁第一个举着五星红旗在列宁像前拍了张照，大家也都争相仿照，举着红旗又拍了好几张。

生活在我们那个年代的人，对列宁是再熟悉不过了，他秃顶大头，却智慧超群；他个子矮小，却器宇轩昂。当年，电影《列宁在十月》、《列宁在1918》是那些贫乏日子里的精神大餐，我们每个人都不知重复看过多少遍，耳熟能详，特别是电影中的经典台词："面包会有的，牛奶也会有的。""让列宁同志先走!""为了列宁，""看着我的眼睛!""干吗老缠着我啊?"更是经常挂在嘴边。

久违了，列宁。记忆中的列宁，就像我们在克拉斯诺亚尔斯克看到的列宁全身像：穿着一件风衣，戴着顶帽子，似乎风尘仆仆从哪里赶来。他的左手是插在裤子口袋里，右手是他经常性的动作——拇指插在腋下的位置，似乎正面向一群观众情绪激昂地做演讲报告。他的声音在广场回荡："摆在工人阶级面前的是两条路，一条是胜利，一条是死亡。"他的演讲极具感染力，为了加强语气，他就像克麦罗沃的列宁雕像——身子微微向前倾，右手挥向前方："死亡不属于工人阶级!"列宁对他的反对者决不手软，他说："在你向一个人还击的时候，你怎么能知道哪一拳重些，哪一拳轻些呢?"但列宁的人格魅力恰是他的爱憎情怀和率真。他抱起误入克里姆林宫的小姑娘娜塔莎放在沙发上，说："你愿意和我一起工作吗?你画画我写字。"他对瓦西里说："你现在的任务是去睡觉。"他把牛奶煮溢出锅，竟像个顽皮的孩子哈哈大笑，悄悄溜走时还要回头看一眼大人的反应。他就像站立在新西伯利亚的那个列宁，穿着休闲的风衣，一手插在口袋里，脚步有些急，和我们一边走着一边交谈。

列宁广场唤起了我们心里深深的列宁情结。1991年苏联解体了，许多以列宁命名的城市、街道都改了名，列宁格勒又叫回圣彼得堡。去年，俄罗斯执政党统一俄罗斯党曾就是否安葬列宁遗体开展网络调查，网站名称为"再见，列宁"，提出的问题是"您是否支持土葬列宁遗体的设想"，有两个选项"是"或"否"。据说，共有25万人在网上投票，其中近70％的投票者赞成将列宁遗体移葬。这一结果遭到俄罗斯共产党质疑，他们指责统俄党在调查时做了手脚。他们也通过俄罗斯电台在青年中进行问卷调查。91％的受访者认为，谁想要移葬列宁，首先为国家做的事应比死者生前做得更多。只有9％的人认为，国家的主要广场不适宜作墓地。

其实在列宁逝世后，列宁夫人克鲁普斯卡娅曾在报上发表声明说："我对你们有一个很大的请求，不要把自己的悲痛变成对他个人的表面崇敬。不要为他竖立纪念碑，不要建造用他的名字命名的宫殿，不要举办豪华的隆重纪念仪式。"但没有人采纳。"过去将列宁遗体防腐处理或许是愚蠢的，但现在将他的遗体迁走更为愚蠢。"这是一位俄罗斯学者的评说，我非常认同。

今天，列宁仍站在西伯利亚，站立在俄罗斯，至少是我心灵的慰藉。

进入俄罗斯后，那些色彩夺目的小木屋又是西伯利亚草原上一道美丽的景观，更让我回到儿时的记忆。小时候我学画的房子，都是三角的屋顶，屋顶上有个小烟囱，方形的屋子有两个田字形的窗，房子的边上画个木栅栏，再画上树，我会给房子涂上鲜艳的色彩。一直以为那是童话中的房子，并不去寻找现实的依据。没有想到，西伯利亚的房子全都是这样的小木房，而且都有美丽鲜艳的色彩。红色的、蓝色的、绿色的、白色的，在草原上非常的醒目。一些比较讲究的小木屋，窗户和门会有雕刻，涂上的颜色也特别的艳丽。一些小木屋的周围用木栅栏围成，放置农具，还有牛羊猪狗鸡鸭圈养其间。虽然许多小木屋都已经陈旧、破败，但我依然感觉亲切，我喜欢这些小木屋。

行驶途中，有时可以看到成片的木屋，在人烟稀少的西伯利亚，显得非常壮观。在距离伊尔库茨克 47 公里的安加尔河边，还有一个木屋博物馆，集中了 40 多座塔尔茨木质民族建筑古迹，讲述着 17 至 20 世纪贝加尔湖沿岸老百姓的日常生活和文化特点。

我查了有关资料，才知道这种俄罗斯小木屋叫“木刻楞”，具有冬暖夏凉，结实耐用等优点。木刻楞被称为彩色立体雕塑，主要是用木头和手斧刻出来的，有棱有角，非常规范和整齐，所以人们就叫它木刻楞房。木刻楞选用石头做地基，粗长圆木或长条木板一层一层地叠垒成墙壁。传统方法在圆木之间填充苔藓，苔藓生命力极强，会长满木头之间的空隙，可以起到防风的作用。现在，采用黄泥、砂石拌上茅草，也有用塑料薄膜和混凝土，再加上涂料。修建木刻楞房一般情况下都不用铁钉，而是用木楔。建筑精致的木刻楞在房檐、门檐、窗檐上都有木雕和彩绘，一般民居则简单朴素。木刻楞房盖好以后，人们在外面涂上自己喜欢的颜色，也有的刷上清漆保持原木本色。

从伊尔库茨克出来经过图伦小镇，我们入住的酒店有一个响亮的名字：中央酒店，其实非常简陋，是没有电梯的五层小楼，但已经是图伦最高最好的建筑了。在往图伦的途中，广袤、原始、荒凉，路也很不好。在颠簸和尘土飞扬中我们走进一个农庄，说是农庄其实也就只有三五户人家，木栅栏外是一片平整的草地，鲜花寂静地盛开，还有几只洁白的鹅悠闲地散步，边上停着一部拉达车。木栅栏内是一个不大的院子，杂放着一些农具，有一户人家还养了一只狗。木屋不大，只有一层，但看上去颇为整洁。一个农夫和他的妻子与我们的导游交流，我们想进他们的小木屋瞧瞧，被客气地拒绝了。

经过一个很小的农庄，恰逢一对新人结婚，新娘穿着洁白的婚纱，新郎是一身白色西装，有十几个他们的亲朋。美丽的新娘吸引了我们的眼球，我们立即停车凑上前向他们祝福，并与他们合影。新人及亲朋因为我们的到来也非常的高兴，视我们如从天而降的贵宾。虽然语言不通，但绽放的笑脸是最好的名片和最真诚的祝福。新郎新娘还特意到我们的车队前拍照留影，大家都很开心，欢声笑语回响在西伯利亚寂静的农庄。

我们已经看不到那传说中的集体农庄，集体农庄已随苏联解体而成为历史。但是看到大量荒废的土地，寂静的农庄，总感觉有哪里不对劲的地方。宁为感叹宁夏大量的土地如同他的秃顶一毛不长，更为这片肥沃土地的荒芜感到心痛：“这么好的地，可惜了！”或许宁为从俄罗斯这片荒地里看到了商机？其实已经有不少中国人关注这个市场。俄罗斯有大量的土地没有人种植，许多村庄房子闲置，土地废弃，俄罗斯人很愿意出租土地并且租金便宜。俄罗斯农村人口流失非常严重，10%的农村都没有人了，尚留存农村的人也不再从事农业和畜牧业。而中国恰是人口密集，劳动力富足，农民勤劳、肯干、工作效率高。在俄罗斯吃不到蔬菜，俄罗斯人自己不愿种植了，蔬菜得从波兰和荷兰进口，价格高。到俄罗斯去，仅种植蔬菜一项就可以开发不少土地，安置不少中国农民，并创造不菲的效益。哈哈，我都被诱惑得想到俄罗斯开发土地了。

第二十章　残疾人出行的障碍

残疾人出行，最大的障碍是台阶，最大的不便是如厕。

图伦的中央酒店没有电梯，达克拉斯诺亚尔斯克入住的 ogni 酒店虽然有电梯，但门前就有十几级台阶，进入酒店到电梯间还有五级台阶，并且都没有扶手。内部设施破旧如同我们 20 世纪 70 年代的招待所，虽然有 wifi 但信号非常弱，没多久竟然又停电了。旅行社考虑大家上下楼梯不方便，安排晚餐送到房间，可直到 11 点才送来。

自驾途中，无数次遭遇台阶，遭遇无数级的台阶，住宿酒店的、餐厅的、旅游点的，莫不令人望阶兴叹，但叹息归叹息，面对台阶还得努力攀登。我们自带了无障碍坡道，两级的台阶可以伸缩，三级台阶还可以适用，但五级以上的台阶就太高了。如果没有扶手，爬台阶则更是难上加难。

如果不是与轮椅使用者或重度残疾人同行，许多障碍和无障碍设施会被我不知不觉地忽视。有一年我和天明、人杰去北京旅游，记得大约是 1997 年的事。他们俩都是重度下肢残疾人，天明完全得依靠轮椅，人杰拄双拐。我们三个人乘坐火车，还随车携带了两部嘉陵三轮摩托车——残疾人代步工具又叫机动轮椅车，到北京后，北京残联吕争鸣副理事长借给我们一部轮椅。那次，我们三人一张轮椅两付拐杖两部摩托，在北京畅游了许多地方。时隔多年，最后留下深刻印象的，却几乎都与环境障碍和无障碍设施有关。

那时福州的无障碍设施还比较落后，看到北京的无障碍设施让我们赞叹不已：下地铁有长长的坡道，过马路的地道、天桥、人行道都修了坡道，许多公厕都设有方便残疾人的专座。我们到中央电视塔参观，入门就见一块醒目的牌子，上面明确规定：除残疾人车，其余车辆不得入内。有了这一条"倾斜"政策，我们便驾车驶入大门，畅通无阻，来到购票处，售票姑娘见到我们这一行便主动告知：残疾人登塔只需半价（一张票50元，残疾人只需25元），接着又用电话与塔上联系，告知来了三位残疾人，让他们准备轮椅接待。此时，我们正望着通向塔下的十几级石阶不知如何是好，售票姑娘又过来指点我们怎么通过一条专门为残疾人开设的有扶手的坡道，可以把车开到塔下。这个通道有三个弯，坡不陡，宽度设计合理，我们很容易就把车开上去了。这个无障碍坡道设计十分合理，与建筑整体设计融为一体，不占空间、美观、实用。来到塔下，已有两位姑娘迎出来，轮椅早已准备好了，她们帮助我们坐好轮椅，乘坐电梯上塔。这一切都是那么的和谐、自然，仿佛她们已操作过多次，早已熟悉这每一道程序。

但去天坛就没能够享受这样的"礼遇"。我们的三轮摩托车被工作人员拦住不允许进入，说是有规定："所有机动车不得入内。"我们解释："这是残疾人的代步工具，相当于我们的脚，不是一般的机动车。"但解释无效，只能把"脚"搁在门口，真令人尴尬啊。我们询问："有没有轮椅可以租用？"回答很干脆："没有。"没办法，我们三人，一部轮椅，一付拐杖，从天坛东门进入祈年殿。我之前已去过天坛，那时没感觉到有这么多的台阶这么多的槛，因为轮椅、拐杖，这些台阶、门槛好像是突然冒出来似的，横陈在我们面前，一次次地挡住我们的路。多亏一路上都有游客帮忙，抬着、扶着，一路慢慢地游览到达回音壁。到回音壁才知道，我们游览的路径，实际上是从天坛的东门走到了西门，而我们的车还停在东门，回去，意味着我们还要走同样长的路才能取到车，三人顿时感到筋疲力尽。突然看到西门口停着很多"面的"，不必再走了，我们可以乘坐"面的"绕到东门。但万万没想到的是，"面的"竟然是带着我们从西门进了天坛，穿过天坛来到东门。"不是说园内不准机动车行驶吗？刚才我们还在门口与保安、管理人员磨破了嘴皮，可他们就是不允许我们开车进来。"我纳闷地问"面的"司机。司机神情古怪地笑着回答："我们很熟悉了，长期都在这里开车。"

这是十几年前的事了，沉淀在记忆中的竟都是这些。

自驾伦敦更要艰难得多。我们团队中健明、建宇、小鹏、东娅、宁为都是拄双拐的重度残疾人，健明、建宇残疾程度尤其严重，雪虹平时可以拄单拐，但因为胖，上台阶也要用双拐。但大家在自驾出行前都已做好了充分的准备，再高的台阶，只要需要，大家都要上而且都要能够上，没有消极情绪没有抱怨。有人帮助时，可以坐在轮椅上让两人或三四人抬上台阶，更多的时候就是倚靠两只拐杖，一步一步地往上挪。经常可以看到这样的画面：健明酷酷地抿着嘴使劲，小鹏侧着身默默移步，宁为大咧咧地甩着腿，东娅、雪虹挪着步子喘着粗气。建宇就用他的独门招数，坐在轮椅上反身让一个人帮忙拉着他的轮椅，他自己向后转动轮椅，轮椅就一级一级地移上台阶，很高的台阶也都能对付。

上厕所又是一个难题。出发前我们做了充分的准备，买了两个坐便器，还买了一大堆的塑料袋。坐便器就像一张有扶手的椅子，座位的中间是空的，座位下面嵌着一个便盆，可以把塑料袋套在便盆上使用。

走在途中才知道想的与实际操作还是有很大的差距。坐便器在室内使用方便，在室外特别是在公路上使用，就太怪异了，大家谁也不想用，结果买了坐便器一次也没有使用上。休息区的卫生间有的条件不错，但在俄罗斯条件好点的厕所多是收费的，费用在 10 到 30 卢布之间，我们笑说，换的卢布仅够尿尿了。更多是简易卫生间，不仅卫生条件差，还有台阶，无扶手，有的下方还是悬空的，上面铺上几块板，让人无法落脚，更不用说拄拐杖了。这种卫生间让我想起我随父母下放农村时的情景，那时农村的厕所都是这个模样：几块木板铺在两米多高的粪坑上，如厕时可以清楚地看到农民们视为宝贝的东西，甚至还有不少的虫在蠕动。于是大家逐渐选择了回归大自然的做法，行动方便点的在路边解决，不方便的在车上用塑料袋解决。女士们则互相围拢借车身及衣服、伞等遮羞。方便的时间也是大家休息、拍照的时间。于是择景尿尿也成为一件趣事，田总还调侃我们这一路走来义务为俄罗斯大草原施了肥。

没有出来时，我无法想象这么一批重度残疾人自助出行，诸如此类的问题如何解决。在没有行动前，我们往往会把困难想得很大，大到无法逾越，于是就困住了自己的手脚。残疾人自己不敢出门，残疾人家属不放心残疾人出门，残疾人工作者不愿意组织残疾人出门，或许还有人觉得残疾人出门只能添乱，于是残疾人都被困在家里子。北京残奥会时，就有外国记者提出："中国有 8 千多万残疾人，为什么在中国看不到残疾人?" 其实，多数的残疾人都还走不出家门。

我们呼吁社会环境无障碍，我们也在致力于共同创造美好的社会环境，但残疾人出行，残疾人旅行，残疾人自驾，不可能等待环境全无障碍了才出行，也不能期待走到哪里都有人帮助。如果那样想，残疾人就一步也走不出家门了。事实上，无论何时，无论何处，对于残疾人来说，环境障碍都必然存在，即便你去的是无障碍环境建设上乘的欧美旅行，也同样会遇到障碍。

有障碍并不等同于不能走出家门。“生命之歌公益网”自 2007 年开展“让残疾人旅游不再是梦”活动，已组织残疾人旅游了北京、杭州、青岛－大连、深港澳－海南、成都－汶川－重庆－西安、杭州－上海、江西－福建、哈尔滨－长春－铁岭－沈阳等地，每次都是通过网上报名，参加的残疾人都有近百人。他们鼓励残疾人不带陪同，自己勇敢地走出家门，通过互帮互助，实现旅游的梦想。通过残疾人的旅游，去发现环境中存在的障碍，去克服障碍，同时让更多的关注无障碍环境建设，呼吁社会建设更美好的无障碍环境。

当然，勇敢走出家门并不是一味地胆大，为了能够出行，为了安全出行，残疾人首先还是要学会并掌握自我克服障碍的方法。残疾人面临的障碍因残疾的部位和程度的不同而不同，克服障碍的方法也因人而异，掌握最适合自己的，最安全有效的方法。比如残疾人在酒店浴室就会遇到诸多障碍，健明就自有办法，他会向服务员多要好几块浴巾铺在地上，对于他来说，沐浴和浴后，坐在地上才是最安全的。遇到很高、很窄的台阶时，比如上下大巴之类，为了确保安全，建宇会选择直接坐在台阶上，慢慢地一级一级移动身子。

出行的勇气就在于你对出行的各种障碍在思想上已经有了充分的准备，没有做不到，只有想不到。我们的出行原则应当是：竭尽所能，无所顾忌，只要能够达到目的，只要安全有效。

第二十一章　最美的建筑是教堂

教堂是俄罗斯最美的建筑。不论你走在俄罗斯的哪个地方，无论城市还是乡村，那些造型各异、色彩斑斓的教堂总是被建造在高处或市中心，点缀着那里的风景，是最耀眼的建筑。俄罗斯以东正教为主。东正教是与天主教、基督新教并立的基督教三大派别之一。教堂是极具特色的球形顶，形状像个洋葱头，“洋葱头”涂成各种颜色，或镀上黄金、白银，色彩斑斓。东正教的教徽也不同，十字架有三条横木。导游说第一条横木代表耶稣的头，最底下的斜杠代表耶稣的脚。布尔加科夫《东正教》是能够读到的为数不多的关于东正教的书，书中介绍东正教把圣母玛丽亚尊为高于一切造物主的、“最贞洁的司智天使和荣耀无比的天使”。圣母就代表着全人类，就是人类本身，是在圣子面前为全人类说情的人，所以东正教信徒为这种说情而不断地祈祷圣母。圣母画像被认为能够显灵，对圣母的爱和崇拜是东正教笃信精神的灵魂，是这种笃信的心脏。

俄国是一个长期政教合一的国家，东正教占统治地位，直至 1917 年十月革命。苏联共产党限制宗教信仰，教堂大部分被关闭。1991 年苏联解体，共产主义信仰从俄国人的意识形态中突然消失了，整个社会笼罩在一片迷茫和躁动中。此时东正教迅速恢复，东正教信徒迅猛增长，人数大约占到俄罗斯总人口的三分之二。普京就是一个虔诚的东正教徒，他曾说：“没有东正教，就没有俄罗斯。”

在新西伯利亚市，晚上六部车都去做保养，我闲着无事翻阅《出行手册》：新西伯利亚是西伯利亚最大的城市和经济、科技、文化中心。国立新西伯利亚歌剧舞剧院是这座城市最漂亮的建筑之一，它始建于1931年，在俄罗斯享有盛名。圣亚历山大涅夫斯基教堂建于1896～1899年，是这座城市最早的石头建筑之一，也是19世纪末俄罗斯建筑的杰出代表，1992年教堂被修复。我独自步出酒店，虽然已是晚上八点多，但天空还非常的亮——夏日的俄罗斯昼长夜短。离天黑还有好几小时，我想去《出行手册》介绍的地方看看。

我们入宿的新西伯利亚酒店无障碍设施很不错，轮椅可以一路畅通。在酒店门口遇到建宇和手拿新西伯利亚地图的健明。我说我打算去的地方，与健明一拍即合，建宇也乐意同行。不过，建宇更兴趣商场之类的地方，只与我们一同走到大街上就奔商店去了。

健明是我们这个团队中活动能力最强的，每到一个地方，他都寻来地图，按图乘公车、地铁，教堂是他必去的地方。我则遵循医生的教导，尽可能省着用腿，期望着让早已超负荷的过度使用的健腿能够多用几年。但说白了还是懒，似乎与年龄也有关系，早年旅游时那种竭尽全力的劲头没有了。

出发前与健明在QQ上交流的最多，他的博客访问量大，有许多粉丝。邵健明是个非常典型的上海人，考虑问题细腻，做事认真执着，关心团队的伙伴们，但涉及他个人的情况，他就闭口不谈了。自驾伦敦45天下来，大家彼此之间多多少少都互相交流一些个人情况，唯独他，总是抿着嘴眨着眼故作神秘地说“不能说”。那神情非常逗人，大家就都说老邵同志从事的是“保密”工作。

每次看到健明抿嘴都忍不住地想笑，这是他照相时的标准表情。为什么抿嘴？因为他的门牙似乎都掉光了，一张嘴就只看见两颗可爱的大虎牙，问他怎么不去补个牙，他还是抿嘴“不能说”。看来他是非常钟情于自己的这两颗大虎牙，但照相时却一定要抿上嘴，大概这两颗牙也属于他的个人私密，不能对外曝光。我们常逗他咧开嘴，可他的定力好，不上当，不过我还是乘他不备时拍下了一张“私密照”。

邵健明负责通过微博上传我们一路上的新鲜事，他做事一丝不苟，走到哪儿都还顾不上休息就先问有没有wifi，就开始用手机拍照传信息。他非常关注无障碍，什么地方有坡道、有无障碍停车位、无障碍汽车等等，他总能够第一个发现。更难得的是，每到一个城市他都要了解公共汽车、地铁的无障碍，都要转着轮椅亲自去乘车去体验。这对于健全人在异国他乡都因为语言不通而难以实施，更何况一个重度残疾人，一个轮椅使用者，面对的更是各种各样的障碍和困难，但他始终能够克服万难，坚持不懈。我就畏惧于做这样的努力和体验，特别是在长途驾车一路疲惫的情况下，为此，我要向邵老师深深鞠个躬，表达对他的敬意。

邵健明，只要认准了想要做的事，他就一定要去做，并且一定要做到底。没有后悔，不去后悔。而且，他独立性很强，轻易不求人，甚至有人主动帮助也会被他拒绝。他会对别人伸出的援手非常坚定地说“别动”，那口气和态度有时还真会把对方吓了一跳。当然，对于来自美女的帮助他还是乐于接受的。

我们出酒店一个转弯，顺着一条大街很快就看到了列宁广场。列宁高大的塑像站立在临街的广场上，左侧是工人、农民的塑像，右侧是三个士兵的塑像，塑像的后面是松柏和花圃，走过花圃就是新西伯利亚歌剧舞剧院。

新西伯利亚国家歌剧舞剧院确实非常的漂亮，正面是希腊帕提农神殿风格建筑，两排24根高大的方形立柱，庄重宏伟，是俄罗斯最大的剧院之一。据报道2005年重修工程耗资3300万美元，之后的大剧院就有了自动化的舞台设备，成为俄罗斯科技最先进的剧院。它的主建筑是个大穹顶，据说是欧洲第一座没有钢支架支撑的圆顶建筑，圆顶以数千片银色瓦片覆盖，绚丽夺目。非常遗憾那天剧院没有演出，没有灯光，我和健明只能绕着大剧院高大的围墙走了一圈，感受这一建筑的宏大壮观。歌剧舞剧院两旁林荫下是展廊，介绍剧院知名的演员，不过全是俄文一个字也看不懂，只是漫步其间感受一下那种氛围吧。有资料介绍剧院有800多名员工，其中大约一半为演员，被公认为是俄罗斯最具实力、最优秀的演员阵容。

离开新西伯利亚歌舞剧院，我们开始寻找圣亚历山大涅夫斯基教堂。但顺着地图指引的方向，似乎走了很久还没找到，询问路人，也由于语言不通而难以明确方向。每次看到一个石头建筑的楼房就猜想会不会是我们要找的教堂，有两次健明说“应当就是这里了”，但都错了。我还进入一个建筑内，却是一家医院。从医院出来往前有七八级的台阶，正犯愁时，一对俄罗斯人指引前面有个简易的有轨坡道，也就是在台阶上增加两条轨道，正好是轮椅的宽度。

下了坡道我们还在茫然时，忽然看到一个教堂的尖顶——熟悉的“洋葱头”和竖立的十字架，正是我们寻她千百度的圣亚历山大涅夫斯基教堂。拜占庭风格建筑的教堂，暗红色的外墙壁渗出橘红色的灯光，在幽蓝的天空下，一座城堡似的轮廓。这座教堂与保加利亚稍晚时间建成的位于索菲亚市中心的同名教堂风格相似，保加利亚圣亚历山大涅夫斯基大教堂是巴尔干半岛最大的东正教教堂，也是保加利亚东正教的主教堂，是为了纪念俄罗斯与土耳其第十次战争，使保加利亚脱离土耳其人统治获得独立而建的。亚历山大涅夫斯基亚是俄罗斯民族英雄，13 世纪俄罗斯人的领袖，诺夫哥罗德大公，在涅瓦河打败瑞典人被称为涅瓦河英雄，他在冰上之战中打败立窝尼亚骑士团而名声大振，他还采取了怀柔政策对待蒙古，成功保持了俄罗斯的统一。我们在昏暗的灯光下拍了几张照，效果都不如意。在静静的教堂铁门外坐坐，走到了，看到了，似乎也就满足了。回到酒店已晚上 12 点。

在秋明，与丽珠随意街上走走，无意中也到了一个白色蓝边的教堂，非常美丽，正面门的上方是一幅圣母像。教堂的保安非常热情，推着丽珠的轮椅带我们走进教堂。教堂的内部装潢十分豪华，穹顶上悬挂着很多吊烛，四壁是由马赛克和小块彩色玻璃拼成的圣像壁画作为装饰，在灯光的折射下发出宝石般的奇异光芒，还摆放着许多金碧辉煌的贵重器皿。出来时他主动要求与丽珠合影，可惜语言不通，他想让我们把照片发给他，在丽珠的本子上写了一堆的东西也看不懂，关键是没有留下电子邮箱。

西伯利亚地域辽阔，面积超过整个中国。我们从东向西，一路所见，土地肥沃，森林茂盛，水资源充足。地下更有石油、煤矿、天然气以及各种矿产。俄罗斯科学家、作家罗蒙诺索夫曾经说过：“俄罗斯的强大在于西伯利亚的富饶。”

第二次世界大战时期，西伯利亚地区是苏联的大后方，四分之一以上的钢和钢材、三分之一的生铁和近一半的煤炭和焦炭都生产于西伯利亚。几十年来，工业一直在向东推进。新西伯利亚是俄罗斯四大工业区之一，我们途经的克拉斯诺亚尔斯克市、额木斯克市、秋明市等也都是重工业、军事工业和石油生产基地。秋明的萨莫特洛尔油田在世界上名列前茅，石油开采量占全俄总开采量的一半以上。但在西伯利亚的这些工业城市，我也看到人口密集，城市规划差，建筑平常，交通拥挤，水污染严重，空气质量也很差。西伯利亚在为俄罗斯作出巨大经济贡献的同时也牺牲了自然环境。

在达额木斯克市我们住的旅游者酒店，就在额尔齐斯河畔。额尔齐斯河源出中国阿尔泰山西南坡，自东南向西北奔流出国，经俄罗斯注入北冰洋，是唯一从中国经俄罗斯流入北冰洋的河流。离晚餐还有一段时间，宁为拉我去游泳，遇到小鹏，就一同往河边去。一片沙滩就使得轮椅无法靠近水边，宁为着急却无可奈何。他说去叫跃林，让跃林背他到水边。不巧，这一天跃林驾驶 6 号车时被一根木棍打中汽车空调压缩机，空调罢工了，跃林要找维修店看看能否修好。

太阳依然暖暖地照在沙滩上，许多游泳和晒太阳的人，我挡不住水的诱惑，向沙滩冲去。当我踏入水中，才发现脚下的沙含了太多的污泥，水也不够清。想着家乡的闽江，那条清澈的河流。一路欣赏的西伯利亚湛蓝天空在这里也蒙上了灰色。我更喜欢那片原生态的，几乎没有被开垦的西伯利亚，而人类的业绩——城市，我似乎听到了叹息声。

有一年我去了大漠戈壁。在那广漠的大地上，除了一些红柳和骆驼刺外，你看不到一点生命的痕迹，只有砾石，只有粗沙。我被震惊得失语，震撼得心疼。我已习惯了江南那绿色生命的勃勃生机，它可以从石缝、墙缝里冒出来，屋檐上也会有它的足迹，更不用说满山遍野的绿。站在玉门关的小山坡上，看到远处有一片绿黄，那是一片泽地，有人说那里原本是一处湖泊。玉门关曾经是：“人民繁盛，牛马遍野”，曾经有羌笛、杨柳，有绿洲、湖泊、草甸、湿地、雪峰，否则不会有千佛洞雄伟的造像，壮丽的壁画，不会有飞天的向往。是什么原因导致水的消失？是什么原因使得绿色在此节节溃退？古城楼兰如今安在?！我不能说这都是人类为了自身的利益盲目垦伐所致，因为 300 万年前地球上就出现了沙漠，但有一点却是肯定的，人类的无序开发促使了荒漠的迅速蔓延和扩大。

比较起来，我更喜欢那片原生态的，几乎没有被开垦的西伯利亚。

沙滩上，我的旁边是一位与我年龄相仿的女子，她大约已经游过，正舒适地在晾干身上的水。我坐在酒店的浴巾上，与那位女子一起分享牛肉干和饼干，没有太多的语言，只有简单的动作和微笑，这也是一种交流与融入。

在城市我们才有机会进入中餐馆。行驶在西伯利亚，每日的红菜汤令大家食欲不振。西伯利亚的中国人不多，游客更少，所以中餐馆也少，直到克麦罗沃，我们才有机会吃到中餐。大家点的最多的就是蔬菜，还直夸好吃。中餐馆的老板是中国人，娶了个俄罗斯妻子，标准的美女，把几个男同胞羡慕得直流口水。这位东北老乡在俄罗斯已六七年，第一次看到中国残疾人自驾车，并且要去伦敦，他非常感慨："前所未有，前所未有。中国残疾人都能自驾车走出国门了，这也说明咱们中国强大了。你们真了不起啊，中国了不起啊。"

咱们都是中国人，他乡逢故人，格外亲切。这家中餐馆正门上写着大大的"XAH"，问老板是什么意思，他说是俄文"漢"字，他的餐馆就叫"漢"。餐馆租的是当地一个盲人协会的场所，老板说，我与你们残疾人有缘啊。因为有缘，老板一定不肯收餐费，说是敬佩我们算是请我们。

秋明的一家中餐馆叫"MAO"，老板是个俄罗斯人。走进餐馆满眼尽是"毛"元素，到处都是毛泽东大大小小的照片，还挂着红布横幅："同一个世界同一个梦想""伟大祖国欣欣向荣""大力支援农业"。

西伯利亚城市因为有中餐馆而亲切。

ХАН
КИТАЙСКАЯ КУХНЯ

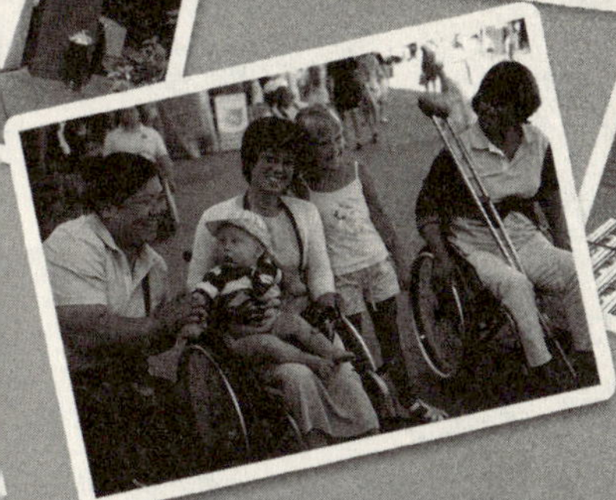

第四卷　我们进入欧洲了

经过位于叶卡捷林堡的欧亚分界，线我们就进入欧洲了。这里有很多美女,也有很多警察；有许多城堡还有许多教堂；似乎非常熟悉,其实还是非常的陌生。走近莫斯科,试着听一听俄罗斯的心跳。我来到圣彼得堡，看到了一扇已经敞开得通往西方世界的窗。

第二十二章　我的“屁股”被踹了一脚

从秋明往彼尔姆，途经叶卡捷林堡。叶卡捷林堡是以女沙皇叶卡捷琳娜一世的名字命名的，末代沙皇尼古拉二世就死在这里。第一次世界大战期间，俄国爆发二月革命，沙皇宣告退位，俄国结束了君主制的统治。十月革命后，末代沙皇尼古拉二世一家被布尔什维克政权强令搬到叶卡捷林堡，1918 年 7 月 17 日，尼古拉二世一家七人，其中沙皇和他的皇后，还有他们的五个孩子，最大的女儿 23 岁，最小的儿子 14 岁，全部被秘密枪决。同时被枪决的还有一名御医和三名待从。

这一段历史在苏联时期很少被人提及。1991 年苏联解体后，历史被重新改写。这位昔日被认为是暴君的俄罗斯末代沙皇，又被今天的俄罗斯认为是最伟大的俄国人之一。俄国人在找到沙皇一家遗骸的地方修建了这座滴血教堂，一座白色金顶的建筑，宏伟壮观。正面铺着草坪的斜坡上方，一个巨大的东正教十字架与一组精美的人像群雕组合在一起，那是末代沙皇尼古拉二世一家七人的雕像，边上还有巨幅照片，也是尼古拉二世和他的家人。

1998 年，尼古拉二世家族的遗体被隆重安葬在圣彼得堡的彼得保罗大教堂中。当时的俄罗斯总统叶利钦在葬礼上讲话：“尼古拉二世及其家族遭集体枪决，是我们历史中最可耻的篇章，我们希望以安葬这些无辜的受害者，为我们的先人赎罪。我们要以忏悔来告别这个世纪，对俄罗斯来说，这是一个血腥的世纪，令俄罗斯失去和谐的世纪。”2000 年，尼古拉二世家族被俄罗斯东正教会追封为殉教圣徒。2008 年 10 月 1 日，俄罗斯最高法院正式为尼古拉二世平反，宣布他的家族是苏联镇压下的受害者。最高法院发言人奥金佐夫说："本院主席团宣布，对沙皇尼古拉二世及其家人的镇压毫无理由，并恢复他们的名誉。"

突然我想吐槽了，历史是个什么玩意儿。无意中写下这句话时，并不知道有一本书名就是《历史是什么玩意儿》，作者名叫袁腾飞，中学历史老师。他说："有人说我颠覆了历史，那么想请问，你了解的那个我颠覆之前的历史，是不是被颠覆过的？如果是，那我只不过是把颠覆的东西，又颠覆过来了。"历史就是这么被颠覆来颠覆去的，到处都在说揭秘，到底真实是什么？其实，就是还未成为历史的今天，我们又能了解多少真实？

在滴血教堂前拍照，我们的车排成一列停靠在路边。拍照离停车处还有几步路，我先上车想开车接宁为。上车后插上锁匙开油门，刹车，换挡，车却没有前进。突然感觉车子被撞了一下，吓我一跳。还不明白是怎么回事，跃林到我车窗前。"你为什么倒车？"他气势汹汹地问。

"我没有倒车啊，我车还没动呢。"我茫然地说。

他看我的车。"你油门都没开。后溜了知道不。"他帮我开了油门。我下车看，2号车车头已经开出，把我的车屁股撞了个坑陷进去了。

"怎么会这样！"我纳闷极了。

春荣、宁为都问我，"你干吗倒车？"

"我没有啊！"我郁闷极了。

自驾伦敦，头10天是兴奋期，不知疲倦为何物，大家每天起早贪黑，充满新鲜好奇。第二个10天是疲劳期，兴奋点过了，体力透支开始显现，加上饮食不习惯。第15天可能是一个疲劳的极限期，15天后身体渐渐过渡进入适应期。我曾试过驾车整整一天，考验自己的体能和耐力，一天中也有兴奋期、疲劳期和适应期，有一段时间感觉特别疲劳犯困。春荣基本上是全程一人驾驶，雪虹在小鹏的手受伤期间也是一人驾车。健明一直是乐呵呵的人，现在也沉默了，我们看他脸色不对，真担心他吃不消又不肯说。

长途自驾车对于我是第一次。头几天开车，因为新手上路反而是小心翼翼。十几天下来自我感觉车开得很顺，大家时不时还夸夸我，开始有些飘飘然了。而此时身体已经明显疲乏，长时间在车上，我一直感觉人处在前后晃动中，有时车都停下来了我以为还在行车，甚至躺在床上休息时都还感觉人在动。而我的驾驶技术仍有许多不足，这时更需要警觉，需要特别谨慎。安全第一，小心驾驶，慎之又慎！我一直告诫自己。

怎么会出现这样的事呢？我静下心来想。我来开车，跃林也来开车，他的车就紧跟着我的车。我上车后开油门，刹车，换挡。跃林在我刹车灯亮的时候凭经验判断我的车将向前开动了，因为我的前面已没有车，我只要直接向前行驶就行了。根据我们两车停放的距离，只要我的车向前行驶了，紧接着他就可以将车向左向前开出。所以当他根据我的刹车灯判断我车子向前移动时，他迅速打方向盘向左并加油门，偏偏这时我的车没有动，因此他的车一下子撞到了我的车上。他的判断是针对正常行驶做出的，而我背离他的经验，违反了常规。

我无言了。

宁为说："车子没事。"他很有经验地用拐杖轻轻地敲敲车子的凹陷处。"外壳是塑料的，被太阳烤得发软，只要轻轻敲敲，一会儿凹陷的坑就会恢复正常，不会有一点痕迹。"

果真，到晚上车子已看不出曾经的损伤。

雪虹特别叫我到她的车前，她伸出手对我说："祝贺一下。"

"祝贺？祝贺什么？"

"今天车被碰人无碍是一件好事啊。我们长途开车都知道，没有一点儿磕磕碰碰是不可能的，所以如果发生一点小事，我们倒是高兴。"

"哦，谢谢你！听你这么说我心里好过多了，要不我心里正郁闷着。"

"真的是好事。所以我特意叫你来要说给你听，我们大家都要谢谢你。"

"谢谢！"听雪虹善解人意的一番话，恼人的感觉释怀了许多。在这个团队中我是最缺乏驾车经验的，一切从零开始，如果驾车途中出现一点磕碰的话，发生在我身上最为合理。

但这事对跃林却是个伤害，为此我感到愧疚。

自驾伦敦团队里，名气最大的应当是何跃林。见到何跃林之前我已在中央电视台节目里看见过他，电视报道他刚参加了2004年在云南昆明举办的全国场地越野赛，虽然他不是正式选手，但作为表演赛他的成绩却超过了第二名选手，被冠以"无手车王"称号，我还在电视里看他表演用双断臂拿针缝扣子。我老父不再反对我自驾伦敦，也因为知道了团队中有何跃林这样的驾车高手。

2004年何跃林一举成名了。之后，他以自己精湛的车技和媒体宣传为他营造的良好知名度，以及他的家乡是丽江旅游景区的优势，创办了何跃林租车行、丽江茶马古道旅游开发有限公司，自任总经理，彻底改变了他的生活轨迹。

2007年何跃林参加了第十届马来西亚国际热带雨林汽车挑战赛。他给我看过他的国际驾照，不知道是不是那个时候在马来西亚申请的。按说有了国际驾照就可以申领国内驾照，可中国不同。曾听说丽江交通部门要给他办本驾照，但他拒绝了，他希望国家不仅对下肢残疾人放开驾考，也能够让上肢残疾人参加驾考，仅仅把驾照给他一个人已没有意义了。他因无照驾驶被罚二十多年，现在，以他的名气，在国内驾车没有人再要罚他了。

就在我们自驾伦敦临行前，跃林还参加了在宁夏举办的沙漠汽车越野拉力赛，他给我发来几张照片，车在沙漠上腾空而起，与他一同参加沙漠汽车越野拉力赛的春荣由衷赞叹，跃林驾车技术已达到人车合一这个最高境界。

跃林是这次自驾伦敦的行车总指挥，春荣是他的副手，压阵，充当尾车。听他用对讲机指挥着车队，与春荣前后一呼一应，是一种特别的享受。

跃林是完全凭自己的技术实力而获得成功的。因此在他的眼里，技术实力高于一切。崇尚技术，渴求技术，发自他的本能。凡属于技术的东西他都非常看重，充满新奇和好学，学了必自信能掌握，然后不断实践提高。比如对汽车、对讲机、ipad、照相机等等，他很自信可以无所不能。

跃林的自信不仅在技术，还在于他能够驾驭了自己的残疾。他对自己断臂的训练过程肯定是非常艰苦的，但如今他的断臂已发挥出我们的手所具有的大多数功能，并且在有些方面远超过了一般人。我见识过他用断臂摆弄对讲机、ipad、照相机，当他用一截秃臂准确并快速地按着一个个小按键时，谁还能说这断臂亚于手指。他喜欢给人夹菜、倒茶、倒酒，也喜欢为人拎包、推轮椅，拆装轮椅更显得动作娴熟，独自给汽车换轮胎则让我为之折服。他断臂的灵活性和承受力确实属于一流。

为了便于断臂操作，跃林总是挽着袖子。他的习惯性动作是挥舞着他那裸露在袖子外边的一双断臂，虽然比一般人短了一截，但却更加有力。看他挥舞着断臂阐述自己意见时，那断臂好像是乐队指挥手里的指挥棒；当他的断臂在女孩子面前挥动时，那断臂又仿佛成了魔术棒，迷得一群女孩子围着他团团转。嬉笑与怒骂都看他怎么挥舞那截断臂，谁要是惹恼了他，那断臂就如同棍棒在手，给你一顿乱打。

跃林行车二十多年，创无事故记录，没想到却撞上我这么个倒霉的人，他要对此耿耿于怀了，是我使得他无限风光的驾车生涯有了灰色的一笔。

离开滴血教堂，我们继续向西行驶。我们的行程只是路过叶卡捷林堡而没有进入市区，但叶卡捷林堡的“欧亚分界线”纪念碑是一定要去的，它标志着我们进入欧洲了，这是我们出行的第15天。叶卡捷林堡市位于乌拉尔山脉的东麓。乌拉尔山脉是俄罗斯境内南北走向的一座山脉，是欧亚两大洲的分界线。

欧亚分界线纪念碑设在公路一侧的小山坡上，被开发成旅游点。入口处有一个小小的停车场，最靠近坡道的地方设了两个无障碍停车位。一个半球上镶着俄文“欧洲亚洲”，它的西边是一只雄鸡，东边是一只翼龙，莫非雄鸡代表欧洲而龙代表亚洲？

纪念碑的背后是我们驶向欧洲的AM51国道，前面是一片柏树林，树上挂满了各色布条。一棵树上钉了一排小木板，上面标注着从各个国家城市到叶卡捷林堡的路程，其中有一块写着广州到叶卡捷林堡5367km，另一块写着中俄友谊之旅叶卡捷林堡到北京4953km两块牌，我们已经走过了三分之一的行程。

通往纪念碑是个大约50米长的坡，大家轮椅聚集坡下，在宁为的指挥下，大家一起铆足了劲冲上坡，冲向纪念碑，冲向欧洲。轮椅上坡有一些费劲，但也正因为费劲才更能激发勇士们的热情，大家一路喊着冲到坡顶。

欧亚分界线纪念碑是一个约3米高的三棱金属塔，从它的正中间，一条用白色大理石镶嵌的约20厘米宽的线，一直延伸到人行道上，这就是欧亚大陆两洲分界线。纪念碑的左侧是俄文“亚洲”，右侧是俄文“欧洲”，代表东边是亚洲，西边是欧洲。大家在纪念碑前摆弄出各种姿势拍照、合影，有的两脚各站一洲，有的躺在分界线上，有的干脆爬上了平台，让照相机摄像机记录下这难忘的时刻。我们每个人的心中升腾起横跨欧亚的豪迈，我们来了！我们冲向欧洲了！

第二十三章 美女与警察

俄罗斯的美女世界闻名。刘爱民的《触摸俄罗斯》上说："俄罗斯的美女比率非常高，如果美女在中国是百里挑一，在法国是十里挑一，在俄罗斯就是两者有其一。我走在大街上只要一抬头，迎面美女纷至沓来源源不断，让人觉得在俄罗斯逛大街是一种心旷神怡的享受，永不疲倦。"团里的男士们见到美女就凑上去拍照，俄罗斯姑娘似乎天生就优雅大方，没有一点扭捏拘谨，她们充满自信，十分乐意与大家分享她们的美丽。宁为常叫我给他拍照："快拍快拍，我边上那个。"他说话时眼睛瞟向美女。他是见了美女都想站在边上和她们一起拍照，但还有点不好意思开口，只好借自己拍照把美女捎带上，醉翁之意在美女啊。

但我觉得最美的还是俄罗斯少女，细细的腰修长的腿饱满的胸，显示出早熟女性的美丽，皮肤白皙柔嫩充满光泽，青春的脸上洋溢着明媚的阳光，明亮的大眼睛透出圣洁的光芒，我为之倾倒。

在喀山我也有幸被"美女"了一回。在没有规定统一着装时我换上裙子，一件老式的连衣裙。观看马戏表演后，与马戏团的负责人合影，这个老马戏却说要与我单独照一张，我听了大吃一惊，春荣戏说："今天你是美女呀。"在步行街，一位母亲突然问我，能不能和她的孩子一起拍张照，把我乐得心花怒放，臭美了一回。可能是因为连衣裙，在一群穿着 T 恤的伙伴中确实有点不一样。

国立喀山马戏团就在喀山市的克里姆林宫边上，一个马戏团独有的大蒙古包建筑里。我们去观看马戏表演，门票 800 卢布。观众席设在二楼，没有电梯，轮椅只能由工作人员抬上二十多级的楼梯。

俄罗斯马戏在世界上享有盛名，早年，每一位沙皇都有自己专署的皇家马戏表演者，这些表演者以马戏、驯兽为家族事业，世代相传，形成了许多今天仍然活跃在世界马戏表演舞台的著名马戏世家。俄罗斯国家大马戏团已成立一百多年，是世界规模最大、表演水平最高的马戏表演团体之一，高空钢丝、快速马技、驯狮、虎、熊等都是非常经典的节目，众多优秀演员是世界马戏表演领域的佼佼者。俄罗斯马戏多次来中国访问表演，但票可不是太好买的哟。我最喜欢驯演大型猛兽，如狮、虎、熊、象、豹等，特别是驯豹表演是难得一见的精彩节目，豹的身材矫健，动作敏捷，与人在舞台上的表演充满了灵动。场地设计也颇有特色，表演池从旱地到注满水，增加了水中表演，在幽蓝的灯光下充满了浪漫情调。

喀山城市建设得很漂亮，但无障碍却做的不到位，又正逢修路，路面状况很差。晚上 8 点多看完马戏表演回酒店的途中，我们以轮椅代步，3 个导游助推 11 部轮椅忙不过来，大家就把轮椅串着：一人推轮椅，轮椅再推轮椅，可以接上两三部甚至更多。但路面有障碍时这样推行很危险，要能够及时放手各自行动。东娅就在此时摔倒了，她的轮椅被石头卡住，她的手还抓在前面的轮椅上，而前面的轮椅还在前进，于是人就拉扯着摔倒在地，右手臂在拉扯时关节脱臼了。

对于双下肢残疾的人，手是支撑身体，移动身体的关键。手臂受伤，人就完全动弹不得了。大家七手八脚地把东娅抬上轮椅，她左手护着脱臼的右手忍痛吸气。回到酒店，立即打电话请医生，半个多小时后来了个医生，简单检查后要求立即送医院，医院的汽车就在酒店门口。十点多，田总、巴亚儿陪同东娅到医院，拍片后医生一个简单动作就让东娅脱臼的关节回复到了原位。真正不方便的是要把东娅坐在轮椅上抬上汽车，抬下汽车；从轮椅上抬到病床拍片，再从病床上抬到轮椅上。辛苦了田总和巴亚儿。

不过，东娅总算有惊无险，第二天就无大碍了。也就在这个傍晚，北京时间晚上 9 点多，跃林公司组织的西藏自驾旅游，一部车发生车祸，一名员工和一名游客在车祸中身亡。这是个灰色的日子。大家都因跃林公司发生的意外心情沉重，重压下的跃林也沉默了。

离开西伯利亚渐入繁华，车流量明显增加，而且多是大货车，警察也更多了。大货车行驶比小轿车慢，但俄罗斯的司机喜欢开快车，所以速度也不是太慢。车队行驶中经常中间夹着许多货车，需要适时超车。俄罗斯的公路多是单车道的，超车的关键是要注意是否有对头车，确保没有对头车时要把车开到逆向车道上，加大油门超车后尽快返回自己的车道上。开快车会超车是个技术，能够在车道上保持自己的车速，则是一种心态，也是一种享受。

那天晚上晓凤对我说："我越开越没有信心了，看到那么多的车我都害怕，都不敢超车了。"跃林与晓凤同车，看晓凤多次没有把握时机，该超车时不超车，不该超车时又超车，超车后回自己车道又太急，一路险象环生，非常恼火。"你会不会开车啊！你没看到对头车吗?"跃林在边上提醒晓凤"超车"时，晓凤还在迟疑，等到超车时对头车又已迎面而来。跃林心情不好生气起来口气生硬，"我上有老下有小，命都拽在你的手里你知道不。"晓凤被骂的越来越胆怯了。

晚上，团队专门针对驾车安全问题开会。有人提出要强调谁驾车谁负全责；有人说大家都已十分疲劳，不宜施加压力；有人认为现在重要的是如何加强安全。大家七嘴八舌，最后达成一致意见：

1. 由跃林首车，春荣尾车，每车关照前后车，保持车队队形；

2. 驾车时谁把方向盘谁负责；

3. 两小时轮换驾驶，保证休息。

车队调整后，指挥有序了，休息也有序了。

我们都担心途中出什么意外，大家也互相提醒遵守交规，谨慎驾车，但违反交规的情况还是频频出现。在国内出北京城时我们曾被警察拦下，那是因为北京限号，我们的两部车车牌号当日限行，但与警察解释后放行了。自驾结束后旅行社接到几张罚单，摄像显示第一天我们离开北京时，几部车都超速了，最高额的一部车罚款 2000 元。

俄罗斯公路上警察特别多，一路过来，被警察拦下不少于十几次，个别的时候是警察对我们这个车队表示好奇，一次是警察要求我们撕掉前窗玻璃的遮阳贴纸，但更多的时候是因为我们超速、压实线。每次都是巴亚儿下车向警察解释，然后警察因为我们是国外的车而且是残疾人驾驶而免了罚款，只给予警告就放行了。跃林可恼火了"别再跟警察说情了，该罚就得罚。"

只有一次例外。我们在往喀山途中，12 点午饭，用餐后跑了 4 小时突然发现时间是 2 点。时差非常的微妙，时间似乎倒流了。这时的时差较昨天又提前了两小时，与北京时间时差四小时。就在这时，我的车被警察拦下，说是压实线了。按照俄罗斯规定，压实线不仅要罚款，还要没收驾照两年后才能再考。在巴亚儿向警察解释通融后罚了 1000 卢布——不过是没有发票的哟，这是我们车队在境外第一次被罚，也是唯一的一次被罚。

我感叹我的运气之差。我自认为开车很谨慎，特别是这两天事情频发，我更是提醒自己小心驾车。是在什么时候压了实线我竟然不知道，在不知情的情况下被罚了。但我愿意认罚，一、可以警醒大家。我特意通过对讲机说："今天的罚款其实是早晚要发生的事，只是我很有幸地中奖了，希望我被罚后能让大家更谨慎开车不再被罚，这样我的被罚就值了。"二、进一步告诫自己：小心谨慎，平安胜过一切。我回忆行车途中什么时候压了实线，可能是单行道转双行道时，有一段左转道，先是可以进入的虚线，接着是左转指示，然后斜实线，然后又虚线并入单行道。我在这里超车，可能有错。问宁为，宁为确认这样行车是违规的。可见我对交规还不完全熟悉，不罚我又罚谁！

行车路上，方向盘在手，交规应当铭记在心。不论是站立在那儿的警察，还是潜伏的警察，或一个隐藏的探头，甚至是"牛"警察，都只是告诫我们珍爱生命，小心行驶。你的生命以及他人的生命都拿捏在你的手中，严守交规才是对生命的最大保障。进入北欧后，你看不到警察，但大家都严格遵守交规，因为每个人就是他自己的警察。

第二十四章 克里姆林宫

通常说得克里姆林宫，都是莫斯科的克里姆林宫，因此我一直以为克里姆林宫就是莫斯科那一个。到喀山，导游介绍这是喀山克里姆林宫时，我好吃惊。原来俄语中“克里姆林”是“内城堡”的意思，在俄罗斯的很多地方都有自己的“克里姆林宫”，其中，以莫斯科和喀山的两座最为壮观，都被联合国教科文组织确定为世界文化遗产。

在喀山我们住宿的宜必思酒店离喀山克里姆林宫就隔几条街，我们全都轮椅或步行过去。喀山克里姆林宫建在一个坡顶上，很远处就能看见白色的围墙和灰色、蓝色、绿色、白色的尖顶。上这个坡很陡，有汽车道也有轮椅坡道，轮椅坡道设在石条铺成的台阶的旁边，也是石条铺成的，轮椅并不好走。咱们的勇士们一遇到挑战就能立马激发出活力，意气风发斗志昂扬起来。他们驾着轮椅就往坡上冲，跃林在一旁鼓劲“加油啊，先到的有奖励。”田总和两位导游慌忙在旁边“保驾”，我看着心都提到了嗓子眼上，直冲着他们喊“小心！注意安全!”。

坡顶上高大的钟楼与白色的石头围墙连成一体，通过钟楼下方的拱形门进入城内，迎面就看到一座伊斯兰教清真寺，是1996年新建，据说是全俄罗斯最宏伟的清真寺。清真寺圆顶主体建筑的四角有尖尖的高塔，叫喧礼塔——每次礼拜前由四个人登高向四面八方高声朗诵喧礼词，方圆几十公里之内都能听得到，通知大家清真寺礼拜时间到了。喀山是鞑靼斯坦共和国首都，鞑靼族信奉伊斯兰教，在喀山克里姆林宫内，可以看到许多头围围巾的伊斯兰教徒。宁为也是伊斯兰教徒，见到他们备感亲切，还买了一顶伊斯兰的小圆帽。在清真寺的旁边就是有着400多年历史的东正教大教堂。伊斯兰教和东正教，两大宗教和睦共存的景象是喀山的特征。在喀山市就有27座东正教教堂和31座伊斯兰教清真寺，这是世界各地都难得一见的宗教奇观。

顺着石块铺成的路面向前行，就看到喀山的名片，一座引人注目的建筑——7层红色尖塔，叫苏尤姆别卡尖塔，以鞑靼族喀山汗国末代王后的名字命名。相传伊凡雷帝率领莫斯科军队攻占喀山之后，被美貌的苏尤姆别卡所吸引，欲娶她为妻。国破家亡的苏尤姆别卡无奈只得答应，但她向伊凡雷帝提出：七日内为她修建一座高塔。伊凡雷帝下令工匠们不分昼夜地修建了这座七层的高塔，完工之后，苏尤姆别卡又说，她要登上塔顶向自己的子民和城市告别。登顶之后，她却突然从塔顶纵身跳下身亡。因此，苏尤姆别卡尖塔又成为喀山的精神象征和荣誉标志。苏尤姆别卡尖塔还是一座“斜塔”，据说塔顶朝东北方向倾斜了1.9米。

莫斯科的克里姆林宫世界闻名，享有“世界第八奇景”的美誉，这里曾是历代沙皇的宫殿和重要的宗教场所，是莫斯科最古老的建筑群，十月革命后，成为苏联的党政机关所在地，苏联解体后改成俄罗斯总统府所在地。参观的人很多，我们很高兴检票口还有无障碍通道。克里姆林宫整个建筑群呈现三角形，分成政府办公区域以及游览区，政府办公区域不对游客开放，办公区和游览区划有白线，绝不可以跨越。

克里姆林宫由四座城门20个塔楼和若干个教堂、钟楼、宫殿、大厦等组成。塔楼有高的、矮的、圆的、方的，还有16角形的，其中有五座塔楼的尖顶上都安装着一个巨大的红宝石五星，是1937年苏联政府下令取代塔顶标志着沙俄帝国皇权的双头鹰，最重的一颗红宝石超过1吨重，红星底部加装了轴承，在遇到强风时就可以转动而不会被折断。苏联解体后，关于要不要恢复双头鹰标志仍在争议中，似乎这样的话题会延续很长的时间。最为壮观的救世主塔楼是克里姆林宫乃至莫斯科的象征，塔楼上的自鸣钟每隔15分钟敲打一次，每天的6点、12点和24点通过俄罗斯电台报告莫斯科时间。

克里姆林宫的四座教堂：十二使徒教堂、圣母升天教堂、天使长大教堂及圣弥额尔教堂都是经典之作，建于15至16世纪。十二使徒教堂在十月革命炮轰克里姆林宫时受到严重破坏，后改作艺术博物馆。圣母升天大教堂最为巍峨壮观，一直是俄皇举行加冕大礼的地方，靠南边还保存着装饰有精美木雕的伊凡雷帝的宝座。大教堂内的吊灯是黄金白银制作，墙壁和屋顶上有很多圣像画和彩色浮雕壁画，据说这里的圣像图共画有1000个左右的圣人。历代莫斯科大主教，还有后来历代俄罗斯东正教总主教，都安息在这座教堂里，沿墙排列着他们的坟墓。天使报喜教堂有9个金顶，规模不大，却最具魅力，是皇宫家族礼拜堂，是皇族婚礼、皇子受洗的地方。里面保留着俄罗斯最古老的圣像壁画。天使长大教堂里边设有沙皇和皇后的坐椅，四周的壁画均以金箔装饰，还安放着莫斯科公国历代王公和俄国沙皇的灵柩，共46具，包括伊凡雷帝。这些大公和沙皇的遗体原来都安放在白色石棺里，到20世纪初石棺外面用专门的青铜材料包覆起来，现在我们看到的是一个个铜制棺材。

我们在教堂广场合影，吸引了不少中国游客好奇的目光，我们这一溜长长的轮椅队伍，在克里姆林宫也是一道独特的风景。不少人过来询问，对我们长途自驾车到莫斯科表示惊奇，知道我们还要驾车到伦敦更充满了惊奇和敬意，纷纷要与我们一起合影。现在中国到俄罗斯旅游的越来越多，多选择莫斯科、圣彼得堡双城游，旅游安排的景点基本一样，所以我们会在其他景点再次遇到熟悉的面孔，有的甚至是住在同一个酒店。

两层楼的武器博物馆，曾经是斯大林办公楼，他的夫人娜杰日达在这里自杀。普京办公楼正在装修。赫鲁晓夫掌权时期建的克里姆林宫大礼堂，也叫杜马大厦或会议大厦，这座现代化的建筑与克里姆林宫原有建筑风格迥异，引起俄罗斯人的争议。克里姆林宫还陈列着一尊大炮和一口大钟。有文字记载：大炮造于1586年，重40吨，炮口的直径达0.92米，可容下3人同时爬进，炮前有4个堆在一起的炮弹，每个重为两吨，为吉尼斯世界纪录上最大的榴弹炮。炮架上有非常精美的浮雕，不过这尊大炮实际上并没有使用过，主要是拿来炫耀军事实力和技术的。钟王高5.87米，直径5.9米，重约200吨，1735年铸成，号称世界第一大钟，钟壁上也铸着精美的塑像和图饰，如沙皇阿列克谢与皇后安娜的像，还有五幅神像，但这口钟铸成后尚未敲响就出现了裂痕，掉下来一大块，现在就放在边上，许多人就冲着这个缺口拍照。这钟被称为“世界上从未敲响的钟”，大概沙皇时代都追求大和华丽，而不注重实用。

在下诺夫哥罗德又见到克里姆林宫，红褐色的砖外墙，给人厚重温暖的感觉。下诺夫哥罗德克里姆林宫是诺夫哥罗德最古老的建筑，建于公元13世纪。下诺夫哥罗德的克里姆林宫位于伏尔加河和奥卡河交汇处的高地上，早期作为军事防御工事，周围高墙环绕，墙上有城垛和13座塔楼。今天的下诺夫哥罗德克里姆林宫已经失去了军事战略意义，开辟了的供市民游览的公园，设置花坛、凉亭和休闲散步的长廊，从观景台还可以远眺伏尔加河壮丽的景色。建筑物被用于日常生活，有交响乐团、艺术博物馆，还有军事装备展览馆，陈列着卫国战争时期生产的坦克、大炮和各类迫击炮，还有具有传奇色彩的“喀秋莎”火箭炮。苏联时期，克里姆林宫内的几座教堂被拆除，在原地修建了典型的办公大楼，现在的下诺夫哥罗德州政府所在地。我们的车队多次从克里姆林宫里的墙外驶过，但都没有进入，似乎就为了给我们留下更多的念想。

第二十五章　伏尔加河流经的城市

伏尔加河如同中国的黄河、长江一样，是俄罗斯的母亲河。伏尔加河由200多条河流汇聚，经下诺夫哥罗德流向喀山，最后注入里海。说到伏尔加河脑子里就会呈现列宾《伏尔加河上的纤夫》油画，烈日下一群衣衫褴褛的纤夫拖着一艘大货船，他们显得筋疲力尽，步履沉重地前进在漫漫沙滩上。纤夫低沉的号子与伏尔加河流交织在一起，那是《伏尔加河船夫曲》："哎嘿哟嗬，哎嘿哟嗬，齐心合力把纤拉!"

第18天，我们来到伏尔加河畔的下诺夫哥罗德，下诺夫哥罗德市是高尔基的故乡。我们这个年龄的人对高尔基都太熟悉了，早年都读过他的作品《童年》、《在人间》、《我的大学》、《母亲》、《海燕》等。苏联时期，下诺夫哥罗德市曾被叫做高尔基城，苏联解体后又恢复旧名，但这里以高尔基名字命名的仍有高尔基大学、高尔基水电站、高尔基国营地方发电站等，还有一座二层楼的高尔基故居。因为时间匆忙，这些地方我们都无缘访问。不过，走在下诺夫哥罗德的河畔、街道，想着上百年前的高尔基或许也曾在这里走过，对高尔基的故乡，就更多了几分亲切。

我们住宿的酒店叫船坞公园酒店，酒店门前就是一艘船的造型建筑，酒店客房的窗户正对着伏尔加河。这一天正好是俄罗斯的"铁路交通节"，我就在酒店的阳台上观看伏尔加河两岸焰火，焰火放了近半个小时。丽珠、宁为、春荣出外游览，正逢庆祝"铁路交通节"大型演唱会，他们也被热情邀请参加，演唱会的门票是个纸制手环，丽珠一直不舍得脱下，一种很有特色的门票。

俄罗斯的节日很多，我们在彼尔姆正逢俄罗斯“空降兵节”，途中遇见好几部车插着一面红红绿绿的旗子，不知道是不是空降兵旗。有一部车最疯狂，一个人从天窗钻出半个身子，身上裹着这样的旗子，手里还拿着一瓶酒，对我们一边挥手一边喊着什么。没有警察出来干预，大概是因为空降兵在俄罗斯地位太不同一般了，他们是蓝天的骄子，又是大众的宠儿，是俄罗斯的王牌军。在一场战争的胶着中，甚至在已处于劣势的情况下，突然空降兵如神兵天降，迅速加入战争并扭转局面，这确实非常神奇。我们看到公园里、街道上到处都是聚集的，拎着酒瓶子的，身穿蓝白条纹背心，头戴蓝色贝雷帽的空降兵和退役的老兵。晚上我们在加油站，看到天空中飘动着许多滑翔伞，非常美丽。

下诺夫哥罗德距莫斯科仅有400公里，这一段路是我们一路走来路况最好的，道路基本上相当于我们国内的高速公路，左右车道隔离，往返都是两车道。途中我们给车子洗了个澡，干干净净清清爽爽地进入莫斯科。

在莫斯科我们入住的是宇宙宾馆，门口站立着戴高乐塑像。导游说这是1980年莫斯科奥运会时法国人投资建的，当时为五星级酒店，后交由俄国人经营。法国人走时将内部的红木全部拆走，只留下一个五星的外壳。中国旅行团多入宿这个酒店，导游称这里是四星早餐，三星住宿，服务只有二星。从我住的12层房间窗户向外看，前方有摩天轮、航天纪念博物馆、全俄展览中心、电视塔。向下看，路上全是车，缓缓在移动，也难怪莫斯科会被称作是移动的停车场。

莫斯科是欧洲人口最多的城市，据说占据了整个俄罗斯人口的十分之一，但道路却是上个世纪七八十年代的，难以满足需求。莫斯科街道上的车辆确实是多得无法形容，但比较中国各个城市都出现的堵车现状，我以为莫斯科的情况还算好的，虽然车多，但行驶有序，没有见到想加塞的，大家都能够表现出足够的耐心，慢慢地开缓缓地动，毕竟总是在动，那些加塞的车子才是造成堵车的真正原因。看到媒体报道，莫斯科市已向西南方向扩大版图，面积将扩大一倍多，主要目的就在于解决困扰莫斯科多年的交通拥挤问题。

尽管莫斯科交通拥堵，但仍是世界上绿化最好的城市之一，这确实非常难得，城市的三分之一都在绿树中。法国总统萨科齐访俄罗斯后，就评价莫斯科是一个森林中的城市。

在往莫斯科的途中，导游小刘一再告诫大家，莫斯科治安非常差，千万不可独自外出，晚上不要在外，乘的士要小心。小刘在俄罗斯留学期间曾在莫斯科遭遇打劫，当时他独自一人到莫斯科，乘的士时被打蒙，两个小时后才醒来，头被打破，身上钱物被洗劫一空，至今还心有余悸。但健明是个富有责任心的人，他严格要求自己每到一个城市都要去考察公交和地铁，考察无障碍，有时跃林或晓风陪同，有时他就一个人。莫斯科地铁世界闻名，更是一定得去的。我们到莫斯科的当天晚上，健明就转动他的轮椅，带着地图出发了，他坐了公交乘了地铁，用事实证明莫斯科治安并不那么可怕。回来时，他非常得意地说，他遇到许多好心人，其中不乏美女。

莫斯科地铁一直被公认为是世界上最漂亮的地铁，地铁站的建筑造型各异、华丽典雅，是俄罗斯人的骄傲。每个车站都由国内著名建筑师设计，各有其独特风格，建筑格局也各不相同。地铁站多用五颜六色的大理石、花岗岩、陶瓷和五彩玻璃镶嵌出各种浮雕、雕刻和壁画装饰，照明灯具也十分别致，就像一座座富丽堂皇的地下艺术殿堂。挂着“M”标志的地铁站遍布市区的每个角落，不过因为都是早期建筑，所以没有无障碍设施，对于轮椅使用者是个遗憾，但也正因此让健明能够真实感受到莫斯科人的热情。

可以与地铁媲美的是那些斯大林时期的哥特式建筑，这种建筑上端具有哥特式建筑挺拔、尖顶、高耸入云的特点，而底层基座则具有体积大、方正、对称、稳重的特色，以体现社会主义发展时期的豪迈气概和万众一心、蓬勃向上的精神面貌。这是斯大林推崇的建筑风格，也称作斯大林式建筑，斯大林原计划要在莫斯科建成13座这样的建筑，在建第八座时斯大林去世了。斯大林逝世后，斯大林式建筑风格被赫鲁晓夫以“昂贵的规划设计和奢侈的装饰”为由颁布法令予以终止了。未建成的苏维埃宫被拆除，取而代之的是赫鲁晓夫式的简单、实用、砖混结构的5层建筑。已建成的7座斯大林式建筑是：莫斯科大学、外交部大楼、交通部大楼、艺术家公寓、文化人公寓、乌克兰饭店和列宁格勒饭店。

莫斯科河横穿整个莫斯科市，在莫斯科河上耸立着彼得大帝和古罗马战舰的巨型雕像，建于20世纪90年代中期，这座雕像有60米高，彼得大帝站在高大的战舰上，默默地俯瞰着俄罗斯。

晚上，我们在酒店二楼观看民族舞蹈，每张票1600卢布。表演非常精彩，让我想起张烈带我去北京建国大厦看京剧。不过对于民族艺术的弘扬，还是张艺谋的印象系列更有创意，更加恢弘，更富于诗情画意。

在莫斯科两天我们没有自驾车而是乘坐大巴游览。一方面原因是增加了 7 名团员，他们从北京直接飞莫斯科，接着与我们一同自驾车到伦敦，我们称他们为 B 团，6 部小车已坐不下。另一方面也考虑在拥挤的莫斯科车队出行不方便，我们也不去给莫斯科交通添堵了。但上下大巴对肢体残疾人太不方便了，特别是重度肢体残疾人，残疾人还是自驾车好啊。

在汽车往红场的途中，一幢建筑物工地令我眼前一亮。习惯了国内建筑工地的脏乱，现在虽然也用围墙圈起来，但仍有许多裸露。我家附近就有一个学校的工地，从拆房开始，工地的喧闹噪声、出入的重型汽车、路边留下的沙土、压坏了的街道路面、天天可以看到工地上的工程进展。福州前年开始建地铁，更是把整个区域，整条路面弄得不堪入目。而我在莫斯科看到的这个工地，是完全密封式的，外边还用这个建筑效果喷绘图包裹起来，喷绘图的窗口上有孩子在嬉戏。周围环境依然整洁、美观，全无建筑工地的感觉。

莫斯科红场，是每个到莫斯科游览的人必定要去的地方。我也有一种迫不及待的冲动，想早点看到红场，今天的红场。我们先聚集在马涅什广场，国家博物馆前一尊朱可夫铜像。朱可夫元帅身着戎装，精神抖擞地骑在一匹战马上，深邃的目光遥望着远方。二战中朱可夫功勋卓越，却因功高盖主，战后遭到诬陷免职，直到生命的最后一刻也未被平反。1995 年 5 月俄罗斯纪念世界反法西斯战争胜利 50 周年，朱可夫的名誉才被恢复，当时的俄罗斯总统叶利钦特别为他竖立了这一尊青铜塑像。我们看到一只小鸟正站立在朱可夫将军的帽子上，构成很有趣的一幅画面。

塑像的左边是等待瞻仰列宁遗容长长的队伍。莫斯科和圣彼得堡的导游欧阳对大家说："列宁墓内部光线暗，又有好几级台阶，建议行动不方便的直接去红场，还特别强调她带的其他团有人就在里边摔倒。"但多数人都去了，包括建宇、宁为。在我们许多人的心中，对列宁有一份抹不去的感情。我并不认同这种遗体保留的方式，但走近列宁，我满怀崇敬。默默地走到列宁的身边，对我敬仰的列宁深深三鞠躬。苏联解体了，列宁有知会作何想？今天，对于列宁和苏维埃政权已有许多不同的评价，今天的社会，后人又当如何评价？

从列宁墓出来就到了红场，置身红场却完全没有我想象中的红场的感觉。其实我也不明白我想象中的红场是什么模样，应当广阔吧，应当宏伟吧，应当有种神圣的感觉吧。“十月革命一声炮响，给我们带来了马克思列宁主义”，红场，曾经是全世界共产党和社会主义国家向往的地方。站在红场才感觉红场好小呀——导游说红场只有天安门的五分之一大，很乱的感觉——正好碰上红场整修被围起了一半，红场就显得更加窄小了。

红场的“红”虽然不是因为它的颜色，但红场四周的建筑物主色调还真的都很红。南面是瓦西里升天大教堂，这是有 9 个金色洋葱头顶的东正教教堂，中间一个特别高，周围八个错落有致，都镶嵌着不同色彩和花纹，像是儿童搭的漂亮积木。瓦西里升天大教堂是伊凡雷帝为了纪念 1552 年战胜喀山鞑靼军队而下令建筑的，伊凡雷帝为了别处不再出现这样美丽的教堂，残忍地下令弄瞎了建筑师的双眼。东侧是国立古姆百货商场，商场与条石铺成的地面构成统一的古朴风格，建成于 1893 年，今天已成为世界知名的十家百货商店之一。北侧是国家博物馆，一座三层的红砖楼。西侧是克里姆林宫，红色的围墙与尖顶塔楼连成一片。列宁墓位于西侧的中央，在列宁墓与克里姆林宫红墙之间，还有 12 块墓碑，包括斯大林、勃列日涅夫、安德罗波夫、契尔年科、捷尔任斯基等前苏联政治家。红场的主色调虽然是红色的，但周围的建筑内容却呈多样化，有宗教，有陵墓，有政府，有百货。

在这里，我们见到列宁、斯大林的特型演员，他们在招徕顾客，拍张照收费每次 200 卢布。喜欢热闹的丽珠、宁为也与他们合影，他们不肯收费，非常友好。

无名烈士墓在克里姆林宫西北侧墙外的亚历山大花园里，深红色大理石陵墓上是钢盔和军旗的青铜雕塑，墓前有一个凸型五星状的火炬，从建成时一直燃烧到现在。一句名言出自这里：“你的名字无人知晓，你的功勋永垂不朽”。在这里我们观看了每小时一次的士兵换岗仪式，这个岗原来设在列宁墓。

第二十六章　新圣女公墓

到莫斯科一定要去新圣女公墓。在俄罗斯人的心中，墓园不是告别生命的地方，而是重新解读生命、净化灵魂的殿堂。新圣女公墓建于16世纪，原来它只是一块埋葬修士的普通墓地，由于环境幽雅和地理位置隐蔽，19世纪渐渐成为俄罗斯知识分子和各界名流的最后归宿地。目前这里已有两万七千多座墓，每个墓碑都是一件雕塑，它们是墓主灵魂与墓碑艺术巧妙的结合体。走在新圣女公墓，我由衷赞叹雕塑设计的独到和雕塑艺术的精湛，更感叹俄罗斯墓园文化的超凡脱俗。

要参观两万多件雕塑，你想用多长时间都不嫌多，但我们只有半天时间。我只能拿起照相机拼命拍照，走过路过，认识与不认识，都先拍下来再说。只有导游特别介绍的几位，才能够在他们面前短暂驻足。

走进新圣女公墓大门，沿着主路就看到路中间一块突出的白蓝红三色大石头，导游说这是叶利钦的墓，以白蓝红三色条俄罗斯国旗作为叶利钦的墓碑，是俄罗斯给予叶利钦的最高奖励。俄罗斯人对叶利钦的评价普遍不高，但都认同是他创建了今天的俄罗斯，白蓝红三色旗是因为叶利钦才飘扬在今天的俄罗斯上空，因此将俄罗斯国旗作为他的墓碑最合适。在整个新圣女公墓，只有叶利钦墓没有一个字，无字墓碑体现了俄罗斯人的智慧，是非功过由后人评说。

苏联领导人赫鲁晓夫的墓也很有特色，赫鲁晓夫非常写实的头像镶嵌在以抽象派风格交错排列的几何形状黑白大理石间。赫鲁晓夫为什么没有与其他苏联时期的国家领导人安葬在红场是个谜，但比较红场冰凉的大理石，我觉得新圣女公墓有鲜花绿草，还有智者云集，其实是逝者的最佳归宿。导游介绍赫鲁晓夫墓碑是苏联最有名的现代派雕塑大家涅伊兹维斯内的作品，赫鲁晓夫生前和这个雕塑家水火不容，曾多次公开贬低涅伊兹维斯内的作品，甚至侮辱他的人格。但赫鲁晓夫临终前却嘱托家人让涅伊兹维斯内为他建造墓碑。涅伊兹维斯内答应了，但提出了一个条件是，无论他把墓碑雕刻成什么样，家属都不能要求一丝一毫的改动。雕塑家用赫鲁晓夫一直不喜欢的现代派抽象艺术设计墓碑，但赫鲁晓夫的头像保留着赫鲁晓夫喜欢的写实风格。他们用这种方式，在赫鲁晓夫死后握手言欢。

印象深刻的还有苏联外交部长葛罗米柯的墓，墓碑上是刻成阴阳两副面孔的雕像，表现了葛罗米柯作为外交天才的两面人性格。我们还意外地在导游的引导下来到王明的墓前，墓碑是身穿中山装的王明半身雕像，这位中国共产党早期领导人因为政治的原因被安葬在异乡，墓碑上的俄文写着："王明同志　中国共产党和国际共产主义运动的著名活动家　1904.4.9～1974.3.27"。在路的斜对面是他的夫人孟庆树，也是中国共产党早期领导人。

戈尔巴乔夫夫人和斯大林夫人的墓也是导游必带着大家参观的。戈尔巴乔夫夫人赖莎站立在有许多墓格的墓墙前面，她于1999年死于白血病，赖莎全身雕像是她年轻时的形象，她微侧着头，手里还拿着一枝花，神情似乎有点淡淡的忧伤。斯大林夫人娜杰日达的墓在靠近新圣女修道院的围墙边，一块洁白的大理石头塑像罩在白色的方形有机玻璃里，似乎有点惨白的感觉，她的脖子上横着一只手，导游说娜杰日达是被斯大林掐死的，这只手暗示着她的被杀。

卓娅的墓是我们一定要去的。我们称东娅为东方的卓娅，因此更要来看看真正的卓娅。小时读过《卓娅和舒拉的故事》，英雄卓娅和舒拉是我们学习的榜样，特别是卓娅。在新圣女公墓，卓娅高高站立在一块花岗岩石头上，她身体微微向前倾，头向后昂起，衣服被撕开裸露着胸膛，她美丽、坚贞、不屈的形象令人震撼。导游说卓娅塑像的表情和姿势就是年仅17岁的她被德军绞死时的真实写照。卓娅的弟弟舒拉和他们的母亲科斯莫杰米扬斯卡娅也都安葬在这里。

那个年代的英雄还有奥斯特洛夫斯基，他的墓碑记录下他临终前的那一刻——他的一只手放在书稿上，饱受疾病折磨的身体微微抬起，眼睛凝视着远方，墓碑下面还雕刻着伴随了他大半生的军帽和马刀。奥斯特洛夫斯基以自己为原型写下《钢铁是怎样炼成的》，他的名言至今仍回响在耳边："人最宝贵的是生命。生命每个人只有一次。人的一生应当这样度过：当回忆往事的时候，他不会因为虚度年华而悔恨，也不会因为碌碌无为而羞愧；在临死的时候，他能够说："我的整个生命和全部精力都已经献给了世界上最壮丽的事业——为人类解放而斗争。"那个年代的作家还有《青年近卫军》的作者法捷耶夫，他的墓碑是他与他的青年近卫军战士在一起。

我喜欢的俄罗斯作家果戈理、契诃夫也在这里会聚。果戈理的遗体是后来迁入新圣女公墓的，迁移时人们打开果戈理的棺材后惊讶地发现果戈理竟然没有了头，他的头骨居然不翼而飞了。经追查后发现是果戈理的粉丝，当时著名的戏剧家巴赫鲁申买通了看守墓地的修士，将果戈理的头骨挖了出来，视为珍宝收藏在家中。真相暴露后巴赫鲁申迫于压力交出了头骨，但在运输途中，果戈理的头骨却再次神秘失踪了。如今，埋在新圣女公墓的只能是一个没有头的语言大师了。契诃夫的墓碑是座小巧玲珑的白墙灰顶小屋，屋顶立着三根铁矛，可能寓意他是19世纪末俄国伟大的批判现实主义作家。契诃夫的墓碑上有四个非常特别的指印，据导游说这是表明他死于结核病，传染病。普希金、列夫·托尔斯泰等文学大师也安葬在此，很遗憾我们没有走到。

还有很多很多。新圣女公墓的雕塑各具特色，名人生前都会请自己最中意的雕塑家，为自己雕刻一尊最能体现其本人历史价值的作品。世界著名的米格战斗机设计者米高扬的墓碑是一架插入云霄的米格战斗机。坦克炮的设计师拉夫里洛维奇的墓碑设计成一块厚度为100厘米的弯曲钢板和上面的3个弹孔，形象地向后人炫耀他研制的炮弹威力是多么的巨大。著名男高音歌唱家索比诺夫去世后，他的墓碑是一只垂死的天鹅，这只美丽的天鹅是索比诺夫灵魂的化身，震撼所有前来参观的游客。

看过新圣女公墓，对我们国家的陵园——那些千篇一律的水泥墩，不免生出许多感慨。我们的陵园，布局那么整齐划一，每一块墓地都同样大小，同样的墓碑，同样的墓穴，比棋盘上的棋子还整齐。水泥砌的陵园不长一棵草，一些人工平整的花圃装饰着灰色的墓。而且就是这样的墓地，也同我们的居住的几乎同样模式格子间楼价一样，墓价也在疯涨。比较起来，我喜欢俄罗斯的墓地，除了新圣女公墓具有独特的艺术氛围外，其他我们途中见到的墓地，有些在路边的山坡上，有些在村庄边上，它们共同的特点就是它们具有很明显的不同点：都有些生者试图表达逝者特点的东西，这个特点使这个逝去的人在墓地里与其他人区别开来，至于周边的杂草野花甚至荆棘，都使墓地多了自然和自由的气息。

离开莫斯科城时，宁为的心情特别好，我们的俄罗斯行程就要进入最后一站圣彼得堡了，他拿起手机录音，记录此时的感受。

这时正好过桥，头车指挥“向右并道行驶”，最右道是公交车道，应当行驶右二道。最后3部车却行驶到公交车道，下桥时因占用公交车道被警察拦下，在导游的解释下免罚放行了。下桥后道路复杂，右侧下桥后，一、右转，二、直行后右转，三、直行过天桥洞，四、左转。头车一边与警察协调处理3部车违规的事，一边还在指挥车队行驶。

我不知道有车辆被拦下的事，面对复杂的车道，在宁为满怀豪情的自录音声中我注意听着头车的指令。“右侧下桥后直行”，我下桥后没有右转继续直行。宁为一边录音一边也在听指令，他只听到“右”字却见我没有右转以为走错，着急地嚷嚷起来“右转，你没有右转。”这时头车另一条指令“直行后再右转，不要过前面的天桥洞”我们都没有听清，车子已驶过天桥洞。看看前面没有我们的车，知道走错了，经验丰富的宁为立即叫我停车。这时对讲机传来3号车的声音，他们也闹不清该往哪儿走，宁为让3号车先跟着我们。

我们通过对讲机告诉头车，1号车、3号车走错道了。这时头车还没走多远，田总立即让巴亚儿走路过来带我们回主路。

从叶卡捷林堡过来短短几天，我的车被碰撞，被警察罚款，走错道，可以说自驾行该经历的全都经历了。

出莫斯科城后，载着B团的大巴车司机是俄罗斯人，严格按照规定车速行驶，休息时间进休息区方便，一次20卢布。我们这些老团员一路自由行驶贯了，感觉跟着大巴约束太多，速度太慢，午餐后就与大巴分开先行一步。

离圣彼得堡还有200多公里时，天一下子黑了下来，乌云盖天，接着就是倾盆大雨。天黑，雨大，路滑，我把着方向盘睁大眼睛小心驾驶。昏天黑地中开车特别专注，心无旁骛，天地间仿佛仅我一人在独自奔驰。这样的时候总让我想起很久以前看过的一片电影，片名已经不记得，只记住一个镜头：一个摩托车手在飞速行驶中超越一切，他驾驶着，奔驰着，竟穿越到了未来世界。

我们穿越红尘，穿越大雨，穿越黑暗，迎接我们的是傍晚辉煌的落日和典雅美丽的圣彼得堡。

第二十七章　彼得大帝建造的城市

圣彼得堡是我们此行俄罗斯的最后一站，也是俄罗斯最美丽的城市，散发着浪漫而高贵的气息。300 多年前，这里还是一片荒芜，彼得大帝就在这荒凉的沼泽地上，建立了一座新城市——圣彼得堡。300 多年前的彼得大帝就是这样规划他的城市——它应当具有西欧若干大都市的建筑艺术特点和城市设计理念；要像他所喜爱的同样是建立在沼泽地上的城市阿姆斯特丹那样整洁有序，绿荫丛丛；还要有坚固的要塞、便利的港口和大型造船厂。是一座既美丽宜人又坚固实用的俄罗斯城市，它将成为他的首都，成为俄国通往欧洲的门户。

在圣彼得堡，被提到最多的是彼得大帝。我们多次路过彼得大帝的雕塑，他耸立在涅瓦河畔，坐骑高高地扬起前蹄，踏在一块巨大的花岗岩石头上。彼得大帝一手握着缰绳，一手指向前方，仿佛正统领着千军万马。我有总感觉，彼得大帝就一直没有离开圣彼得堡，当圣彼得堡人普京喊出“给我 20 年，还你一个奇迹的俄罗斯。”时，似乎还是彼得大帝的声音“若天假我以年，圣彼得堡将变成另一个阿姆斯特丹。”

走进夏宫，眼前的景致瑰丽夺目，我们进入到一个喷泉与雕塑的世界。从上花园大宫殿前往下花园看，一个大喷泉阶梯和一个直径大约 40 多米的圆形喷泉群，由许多个喷泉和金铜像组成。水池的中央是“参孙搏狮”的金色铜像，参孙用强有力的双手将狮子的嘴掰开，泉水从狮子口中喷出，喷泉水柱直冲蓝天。周围那些小喷泉，有的是青蛙大张口，有的是大人小孩在吹喇叭，都有喷泉强劲射出。喷泉群射出的水飞洒而下如雨如烟如雾，蔚为壮观。

这是著名的隆姆松喷泉，大力士参孙象征着俄罗斯在北方战争中战胜瑞典。狮子代表瑞典，因为瑞典的国徽是一头猛狮。水池通过一条笔直的水渠，直通远处的波罗的海芬兰湾，这条水渠叫参孙运河。

夏宫是彼得大帝的杰作，建于1704年。彼得大帝出访巴黎时，着迷于凡尔赛宫的建筑，特别是美丽的喷泉，他要建一个俄罗斯的凡尔赛宫，并且要超越凡尔赛宫。彼得大帝邀请法国建筑师、艺术家和工程师，以凡尔赛宫为蓝本规划设计建设夏宫，他自己更是亲自绘制草图，极力在各个方面仿效欧洲，包括欧洲宫廷最流行的时尚。夏宫的喷泉较凡尔赛宫更具特色，因为凡尔赛宫的喷泉虽然壮观，但因为电力不足只在有宾客来访时才开放。彼得大帝要让喷泉天天喷涌不息，他利用上下花园18米的落差压力，不要水泵，不要动力，就让这众多的喷泉在下花园同时朝天喷发。三百年来夏宫的喷泉源源不竭，蔚为奇观。

从上花园到下花园拾阶而下，一路观赏两边的金色雕像。轮椅可以从外围绕进去，但路远，感受也不同。大家帮着把轮椅抬下十几级的台阶到下花园。夏宫中的喷泉还有金字塔喷泉、太阳喷泉、罗马喷泉、亚当喷泉、夏娃喷泉、小枞树喷泉、橡树喷泉、小伞喷泉等等不胜枚举。喷泉全部开放喷洒如银河飞溅，引人入胜，那些造型各异的镀金雕塑，在喷放的水柱里显得熠熠生辉，我们就仿佛行走在雕塑和喷泉的室外展览馆。镀金雕塑大多取材于圣经故事和传说，而那些在夏宫中随处可见的石雕——据说有200尊左右，多以古希腊古罗马寓言中的神话人物为主，是意大利威尼斯著名雕塑家们的作品。

300多年的夏宫经历战火和岁月已满是创伤，2005年俄罗斯开始重修夏宫工程，经过5年，花费了7亿卢布，夏宫终于重现了昔日的光辉。我们非常幸运，看到的是刚修复后的夏宫。

走在夏宫便想到中国也有一个夏宫——圆明园，曾经与彼得堡的夏宫一样绚丽，甚至可以说是更加豪华壮丽。法国大文豪雨果描述圆明园："你只管去想象那是一座令人神往的如同月宫的城堡一样的建筑。""即便把我国巴黎圣母院所有的全部宝物加在一起，也不能同这个规模宏大而富丽堂皇的博物馆媲美。"那些入侵者回忆："这是《一千零一夜》中的场景，是一种幻影，就是疯狂也想不出我们眼前确实存在的美景，必须有一种集诗人、画家、历史学家和各种常识于一身的人，才能图写出圆明园。”可惜圆明园已不能再修复，那几个残留下的石柱，追述着曾经的辉煌，更记载着落后和被掠夺的耻辱。

顺着一条林荫大道一直走到芬兰湾，这里植物葱郁，森林幽静，灌木整齐，鸽子、松鼠与游客相伴，欧式建筑相映成辉，还有绿篱、花坛、小凉亭和喷泉，好一派浪漫风情，令人流连忘返。我们在芬兰湾前合影，感受从波罗的海吹来的寒风。一尊手持三叉戟的海神波塞冬雕像又吸引了我们的眼球。遇见几位学生，主动上前推轮椅帮助我们，在俄罗斯又见青年志愿者，备感亲切，其中还有一位中国留学生。

在夏宫，还有一段小插曲，关于童泽。

童泽的残疾程度和我差不多，也带张轮椅，同样是为了与轮椅同行时比较省劲，而且他腿刚动过手术，医生交代不要过量运动。但B团到达莫斯科的那天，老江的轮椅不知被航空公司转运到哪里去了，一直追踪到我们快离开俄罗斯时才取到轮椅。没有轮椅，老江行动困难，于是童泽就将自己的轮椅让给老江用。

我与轮椅残疾人一同出行时，喜欢推上一部轮椅，名为助人，实际上是把轮椅当扶手，方便自己也方便他人。在夏宫游览时，童泽主动为我服务，帮我推轮椅。童泽与我是老朋友，选择推我的轮椅大约也考虑我是个“老人”，我理解童泽帮我也是帮他自己。但我操纵轮椅技术娴熟，并不需要太多的帮助，正好晓凤就在我边上，晓凤平时没用轮椅，多用拐杖，转动轮椅就显得非常吃力，我建议童泽去帮晓凤。

我与童泽早先认识。那应当是在2008年中国残联第五届全国代表大会上，第一次见面就收到他分送给大家的一本书《人道主义与残疾人发展》，看了真是吓一跳。全国从事残疾人理论研究工作的人不多，能写出20万字残疾人理论著作的更是屈指可数。看简介他是个企业家，企业家又研究残疾人理论的，应当说是独一无二了，真令我佩服得——不能用五体投地，但至少对他刮目相看。之后中国残联、中国肢协开会活动之类的，我都会特别注意他的说话——洗耳恭听。

他常穿一套黑色的衣服，还带点暗纹，再戴个墨镜，就像一个黑社会老大。与小导游刘振宇两人结伴走到哪儿都在关注品牌店，小刘也喜欢大墨镜，两人站一块既像是黑帮又像是父子，但小刘与他说话动作没大没小的，两人又像是兄弟。

童泽把服务晓凤当做己任，他说“晓凤与外国友人交流去了，我还到处找呢，担心没把她服务好。”没料到那边跃林却打翻了醋罐子，他看童泽鞍前马后地陪着晓凤，为晓凤又推轮椅又拍照，脸色就阴了下来。春荣也竭力为跃林打抱不平，还摆出随时可以帮着跃林决斗的架势，视童泽为“第三者”。几天之后童泽知道此事，大呼冤枉。“都是你让我去帮晓凤”童泽对我抱怨。之后，童泽认准了“助残”就只助我，后面的行程里童泽就成了我的轮椅推手。

第二十八章　涅瓦河上醉一回

看过果戈理的《涅瓦大街》就想走一走涅瓦大街，那天我与田总、健明、老江、老许一起逛涅瓦大街。这条 300 多年前就设计建造的大街，今天仍是圣彼得堡的主干道。比较我国各个城市都在重修的"老街"，基本上都是仿古新修，而且路面窄小，宽不过 10 米。涅瓦大街上除了人和商品，一切都是 300 多年前的。今天我们走在 1710 年的涅瓦大街，两旁的石头建筑依然坚固，全长超过 4 公里，宽 25 至 60 米，有六条车道宽——当时还没有汽车，不知当年彼得大帝怎么想得到建这么宽的街道。从涅瓦河畔的海军总部一直延伸到亚历山大涅夫斯基修道院，横贯莫依卡河、格利巴耶多夫运河及喷泉河，是当年造船工业运送材料的必经通道，如今是圣彼得堡市民和游客最喜爱的历史老街。我们路过一家通信商店，老江见店门上竟然写着中文：一分钟一卢布，拉我们一块进去，买一张卡 150 卢布可打 150 分钟，大家都给家里打电话。其实我们都上网，打电话是感觉好玩又便宜。往前坐进一家咖啡店，一边喝咖啡一边就可以上 wifi 了。

涅瓦大街边上就是著名的喀山大教堂，因喀山圣母而建并因传说喀山圣母三次显灵而名气飙升。第一次显灵是伊凡雷帝时期与蒙古战争，喀山圣母多次显灵使蒙古大军不战而逃。第二次显灵于俄法战争，元帅库图佐夫在反攻前到喀山教堂喀山圣母前祈祷，圣母托梦给库图佐夫元帅告知他将出现从未有过的寒流，这次寒流使拿破仑·波拿巴军队冻死过半不战而败。第三次显灵于第二次世界大战，东正教教皇向喀山圣母像祈祷，圣母再次托梦给教皇说寒流将第二次出现，这次寒流使德军冻死过半，坦克无法开动，飞机无法起飞，士兵冻僵无法扣动扳机。喀山圣母像被东正教视为“俄罗斯的守护神”，很有趣的是喀山圣母像真品多次消失，它的复制品一样灵验。喀山圣母像真品有的说现在保存在美国的博物馆内，有的说她辗转流入了梵蒂冈后被挂在教皇的办公室里，2004 年还给俄罗斯东正教会。我也弄不懂我在喀山大教堂看到的喀山圣母像是不是真品。

我们进入大教堂时，正逢弥撒时间，听不懂神父布道，但那声音庄严富有心灵穿透力，唱经团在神父正对面的二楼小阁楼上，有乐队也有领唱，非常好听。教堂内壁画雕塑高大肃穆，金碧辉煌。喀山大教堂的外观也非常宏伟，有 94 根粗大的圆柱组成半圆形的长柱长廊，柱廊前面站立着俄军统帅库图佐夫塑像纪念碑。

涅瓦河畔的彼得保罗要塞与圣彼得堡同龄，是圣彼得堡著名的古建筑。彼得保罗要塞本来是用于防卫入侵和发动战争，建了 6 座棱堡和其他军事设施，但实际上它从来没有发挥过军事作用，后来成了国家监狱。我们看到一些囚牢建在地下底处，导游说涅瓦河水涨潮时水直接进入牢内，囚牢又成为水牢。这里关押过拉吉舍夫、车尔尼雪夫斯基、高尔基等人。要塞内有圣彼得保罗大教堂、钟楼、圣彼得门、彼得大帝的船屋、造币厂、兵工厂、克龙维尔克炮楼、十二月革命党人纪念碑等建筑物。其中，最著名的是圣彼得保罗大教堂，彼得大帝以及俄国历代沙皇就安葬于此。大教堂的钟楼高 122 米，钟楼的塔尖上十字架金光闪闪直刺蓝天，是全城最高的建筑物。

接着我们还参观了伊萨基辅大教堂和滴血大教堂。伊萨基辅大教堂与梵蒂冈的圣彼得大教堂、伦敦的圣保罗大教堂和佛罗伦萨的花之圣母大教堂并称为世界四大教堂。滴血大教堂，也被称为复活教堂，因亚历山大二世沙皇在此遇刺身亡而被命名为滴血大教堂。

游览冬宫只安排了两个小时。两个小时要走 1050 个房间、1886 道门、117 层楼梯时间都不够，更何况这里的雕塑、油画、壁画、瓷器、漆器、珐琅等艺术品几百万件。我和东娅、丽珠、跃林、春荣与大部队走散了，在迷宫似的冬宫里迷失了方向，5 个人只能待在一个地方等导游来找我们。其实不迷路也是赶场似的从一件件艺术品前走过，欣赏二字是一点儿也沾不上边。我买了两本冬宫画册，一路慢慢观赏。

说到冬宫，最先让我想起的竟然是 1917 年的十月革命，起义队伍在这里逮捕了资产阶级临时政府成员，攻下冬宫成为十月革命取得胜利的标志。

不过这座古老建筑已经安装了轮椅升降平台，大家依次升降虽然慢，但还是愿意体验一下冬宫的无障碍。在冬宫的后院里竟看到一个雕塑，一个拄双拐的残疾人，背上背着一个沉重的石头，他弓着背显得十分艰难。大家觉得特别好奇，这是什么意思呢？导游说这是现在的艺术，什么意思不知道。凭直觉，我想大概是雕塑家想表达残疾人背负的艰辛吧。

在俄罗斯的最后一天又正好是宁为的生日。导游小刘订了蛋糕，可又忙着到机场取老江转了一圈终于归来了的轮椅，没想到手续还很复杂，他带着蛋糕回来时，已经很晚了，蛋糕没吃着大家都去睡觉了，非常遗憾。生日少了蛋糕，也少了热烈的气氛。

但宁为的生日还是过得别开生面。下午在涅瓦河上乘游船观景，二层游船，上层是露天的可以观景拍摄，因为天上下着细雨，大家都集中在游船的一层观看俄罗斯民族舞表演，还可以一边看表演一边饮伏特加，还有水果点心。近距离观看美丽的俄罗斯姑娘跳舞，令宁为春心荡漾，大家一同祝宁为生日快乐，更让他心花怒放。主持姑娘们表演的是一位俄罗斯大妈，当知道今天是宁为的生日时，也带着姑娘们来敬酒，并给了宁为一个香吻。这可是有照片为证的哟。宁为不知是酒醉还是吻醉了，他非常感慨，一再重复着说："生日这一天被'借我五十个'吻了，唉，怎么不是'借我十个'呢？那个大妈至少是'借我五十个'了呀。"

宁为的"借我五十个"是自创的俄语，因为俄语中"姑娘"是"借我十个"，"少女"是"借我七个"，所以大妈之类的就类推为"借我五十个"了。宁为这一醉到了晚上都还不太清醒。

涅瓦河是俄国四大河流之一，全长 74 公里，有 28 公里位于圣彼得堡的范围内，其余在列宁格勒州境内，经由圣彼得堡注入波罗的海芬兰湾。圣彼得堡整个城市就是沿着涅瓦河两岸扩展开的，市内水道纵横，由 300 多座桥梁相连，桥的模样也是千姿百态，所以圣彼得堡又有"北方威尼斯"的美称。在涅瓦河上乘游船观景是种享受，轻歌曼舞，微风吹拂，两岸景色慢慢掠过。放眼望去，湛蓝的涅瓦河上白帆漂浮，还有几艘游艇，几艘仿古游船。

"到圣彼得堡应当去看芭蕾。"导游说。欣赏芭蕾舞表演是自费项目，导游问愿意去看芭蕾舞《天鹅湖》的登记代购票，一张票价 200 美元，价格虽然不菲，但报名很踊跃。且不说大家是不是都有那艺术修养，是否都能够看懂并欣赏芭蕾舞，但就看看那一个个俄罗斯芭蕾舞演员，也够让人赏心悦目的。俄罗斯人的腿特别长，人体比例最佳，最适合跳芭蕾舞了。

芭蕾舞源于法国，但将芭蕾舞推向艺术顶峰的是俄罗斯人。俄罗斯最优秀的芭蕾舞剧目和剧团，又大多诞生于圣彼得堡，可以说圣彼得堡是俄罗斯芭蕾舞艺术的摇篮。圣彼得堡的剧院非常的多，据说有二百多家，建筑风格多是穹顶设计，内部还设有圆弧状的小包厢。高档的如马林斯基大剧院，是俄罗斯文化地标之一，建成于 1860 年，拥有世界上最大的舞台和观众席，观众席有五层，那可真个是壮观。凭这一点，就可以感受到俄罗斯人对艺术的追求，甚至有俄罗斯人“没有戏剧就无法生活”的说法。比较我年过半百了也没能看上几场戏，真可谓是一个精神世界的贫民。

据说，俄罗斯人看芭蕾舞剧一定要正装打扮，男的西装革履，女的盛装——或晚礼服或时装。甚至冬季还要准备两双鞋子出门看戏，因为鞋子会沾上雪水，所以她们穿一双还要再拎一双，等进剧场后换上包里那双漂亮的鞋子。对于俄罗斯人，到剧场看戏是一件非常重要的社交活动，所以穿戴都非常讲究，这既体现了俄罗斯人对艺术的崇尚，也体现俄罗斯人的优雅和高贵。

健明是观看芭蕾舞的积极分子，他非常欣赏俄罗斯艺术的大气和高贵气质，可以说是我们这一拨人中最有艺术细胞的人。为了到圣彼得堡时观赏一场芭蕾舞表演，他可是事先做好了准备，特别携带了一套西装。健明说“穿正装显得庄重，也体现对经典艺术和演员的尊重。”其他人可就傻眼了，谁也没有想到要带西装。

“没穿正装就不能进剧院看芭蕾舞吗?”

小刘说，“现在没那么正规，没有正装也可以。”

不巧，导游说订票时我们已经离开酒店在大巴上，健明自然没有能够带着西装。这一天游览时间安排又紧，看演出前健明一再要求回酒店拿西服领带，可司机说酒店太远，时间来不及。这对健明打击太大了，他携带西装就是为了这一场芭蕾舞剧，怎能不穿上呢?！况且这不仅是着装问题，更重要的是看芭蕾时的心情和表达对高雅艺术的崇敬。因为不能返回酒店拿西装，健明非常不高兴，晚饭时间他留在车上不愿意下来，导游特意为他送餐他也没吃。

最后，因为没有穿西装健明放弃观看芭蕾舞演出，而其他没有穿西装的都去看热闹了。

“观看演出的观众没有一个穿西服打领带。”回来时有人说。

健明一脸不屑，“那只是个小剧场，不是国家级别的。”

在圣彼得堡，按原来的行程安排，我们与当地残疾人组织有一个交流活动。但北奥的联系工作事先没有做好，只让当地的留学生与这个机构打了招呼，并没有说明我们交流的目的，以及我们的人数，准备往哪儿去等等，以至我们到达约定的对方组织活动地点时，对方负责人一看我们这么多的人，就表现出紧张和不乐意，婉言谢绝了与我们的交流。只有我潜入他们的活动场所，看他们的活动场所很小，确实也容纳不下我们这十几二十人，场所中有三四个残疾人正在跳轮椅舞。

失去了一次接触俄罗斯残疾人和残疾人组织，了解俄罗斯残疾人生活的机会，大家都感到有些遗憾。

更遗憾的是我们终于要与小鹏、雪虹、晓凤和小单分手了。对于他们 4 个人，圣彼得堡是最后一站，他们要从圣彼得堡飞回北京。

大家依依不舍，却都回避着不去说分手的事，怕说了就触到了心痛处。二十多天最艰苦的行程我们一同走过，同甘共苦，更留下了许多美好的记忆。临别时，我们在酒店门口最后一次合影，然后挥挥手驾车而去，不去回头怕看到他们怅然若失的模样。

到达芬兰的晚上，我打开 QQ，雪虹在呼唤：“姐姐，我们四个成俄罗斯难民了。”她调侃说：“晓凤坐在酒店门口抹泪，小鹏说回不去就在圣彼得堡开黑的士。”

雪虹与负责送他们上飞机的当地导游电话联系，却总是听到一大串听不懂的俄语，看他们联系不上导游我心里着急，就马上召来了小刘，小刘联系了当地导游，才知道是雪虹的手机没钱了，电话打不出去，虚惊一场。

不能一同走完全程，真是非常的遗憾。

第五卷　人类宜居之地

似乎人类对美好的向往和追求,在这里都已经成为现实。走进北欧就如同走进一个童话世界。环境美丽,科学进步,经济发达人人平等。人民生活富足而又简朴,勤奋而又悠闲民主而又自律。还有传说中的国王、王子和公主,皇宫、卫兵和海盗。

第二十九章　波罗的海的女儿

从圣彼得堡行驶 200 多公里就到了北欧的边境检查站。俄罗斯出关时，俄方警员两次上车查验护照，又让我们每个人都挨个下车排着长队办理个人护照的签关，接着再排队办理车子的出关。尽管残疾人上下车、排队都很不方便，还是这么重复排队耗了三个多小时。接着车子排队进入芬兰边检大厅，同样又是排队，准备，等待，还因为芬兰边检查不到我们驾驶的荣威车型而耽搁了不少时间。但是，当芬兰警员知道我们是残疾人时，不需要我们下车，替我们同时代办了车辆和人的入关手续。我还注意到办检窗口有个蓝色的牌子，上面写着：对残疾人给予特别通道办理手续。从满洲里出境时我们也享受绿色通道，但那时是旅行社与边检站疏通关系后给予我们的特别关照，在这里，我看到的是人文关怀已通过制度化进入常态。

进入北欧后，沿途各国就无需再办理各种边检通关手续了，国与国之间甚至都难以找到明显的界线。多数情况是，我们行驶在路上不知不觉中已到了另一个国家。比较我国，省市甚至县的公路上都会有明显的界碑或标志，或者写着某某县（市）欢迎您，离开时是某某县（市）欢迎您再来。界定明显，也给出行带来了限制，我们到台湾、香港、澳门还要签证，出国就更不用说了，弄得我们团队伙伴还有被拒签的，这一点上，还是在欧洲方便。从瑞典到丹麦通过厄勒海峡大桥时，我特别注意才看到，在桥过三分之一的位置上有个欧盟会旗，当中写着 Danmark，那就是表示出瑞典进入丹麦了。欧盟更像是一个国家，虽然各国有自己的货币但欧元在除英国、瑞典、丹麦以外的欧盟国家可以流通，虽然各有自己的语言但大人小孩都可以用英语对话，有统一的旗帜，有比较一致的制度、福利和习俗。

出了边检站再有200多公里到达芬兰首都赫尔辛基，一路上，人明显地少了，环境非常整洁，就是乡村小屋、路边的树木花草，也都显得干干净净，连空气都透着一股清爽。这里人少，绿化程度高，森林绿化率达到70%。梁导在对讲机里说："大家可以摇下车窗，做深呼吸，把体内的废气排出。这里空气中的负氧离子特别多，是一个天然大氧吧。"说这句话时，生活在北京的梁导一定很感慨北京的雾霾天气，所以在北欧的途中梁导不止一次地重复着这句话。路上的汽车也有了很大的变化，大卡车几乎不见了，取而代之的是集装箱车；小轿车越来越高级，很特别的是许多小轿车后面还拖着个小货厢，偶尔还拖个房车厢——这让我十分向往——车顶上也常见顶着行李包。路面质量明显更好，交通更规范，车速、超车道、转弯等都标得清清楚楚，公路上车虽然还是那么多，却不那么拥堵了，大家都遵守交通规则，循序而进，开车变得轻松。

芬兰的地陪导游十年前留学芬兰，他说，那时到芬兰留学免费还发钱呢，不过近两年这个政策没有了，但留学生毕业后在北欧找工作相对还是容易，目前中国人在芬兰大约有5000人。北欧人不加班，下班了就回去，休息日去旅游度假，只有中国人才加班。他说他自己就属于想要多赚钱特别卖力加班的中国人。欧洲各国都特别规定司机驾车一天不得超过9小时，并且不得连续驾车2小时，我们看到出关口停了很多大集装箱车，就是司机在休息等时间。司机上车都要刷卡，驾车多长时间自动记录，到点了车就不动了，强迫你休息。这方法还真不错，避免疲劳驾车酿成交通事故。我们一路自驾经常是超负荷连续作战，特别是田总、春荣，每天开车都十几个小时。其实，自驾旅行特别要注意的就是合理安排好时间，避免疲劳驾车，确保行车安全。

走进北欧，我们就走进了一个童话世界。安徒生的童话故事世界闻名，他为人类创造了一个令人神往又充满奇异色彩的世界。北欧就是一个童话，北欧创造的社会模式——人人平等、富足、享受"从摇篮到坟墓"的高福利令世界瞩目。北欧各国虽然地处高纬度，冬季漫长气候寒冷，但却是最适宜人类居住的国家。北欧人口稀少，北欧五国的总人口才2500万，还不到我们一个省的人口数，北欧五国实行高税收高福利，成为最具经济竞争力的地区。北欧人生活富裕，人均GDP世界排名前20，挪威、丹麦、瑞典三个国家的人均GDP都超过美国，但北欧人不追求奢侈名牌，喜欢简单、朴实、宁静的生活。中国经济不发达，奢侈品消费却高居世界首位。北欧的教育制度宽松，学校注重学生学习的快乐和兴趣，而不是考试成绩的名次，但北欧人却普遍酷爱学习，富有创造力。这确实是一个令人神往的地方。

芬兰首都赫尔辛基是我们进入北欧的第一站，我们在赫尔辛基只有一天的时间。

市中心的议会广场是旅游者一定要去的地方。第一眼看到的就是优雅地站立在近百级台阶上的路德大教堂，又称尼古拉斯教堂，希腊廊柱支撑的乳白色教堂主体和淡绿色青铜圆顶的钟楼格外醒目，借助地势和精美结构形成的宏伟视觉使其成为赫尔辛基市的地标性建筑。尼古拉斯教堂是路德派新教教堂，路德派源于马丁·路德的宗教改良运动，是多数北欧人的宗教信仰。

教堂右侧也是一幢黄色建筑，那是赫尔辛基大学，是芬兰的最高学府，世界名牌大学，在全世界的大学中排名大约第60位。在教堂的正前方，在铺满石块的议会广场中心，站立在广场中央的竟然是沙皇亚历山大二世的铜像，建于1894年，当时芬兰还是俄罗斯帝国的大公国。1917年俄罗斯十月革命，芬兰共和国宣布独立，但却保留着这座铜像，以纪念亚历山大二世统治期间给予芬兰广泛的自治。中国破“四旧”时捣毁了那么多的雕塑和建筑，相比之下，突显了芬兰人的包容。铜像底座四周是四尊小雕像，分别象征着和平、科学、艺术和正义。代表正义的是一个女子，据说也是芬兰的象征。

广场上有个红色的镜像Q字，导游说，这是一张供游客休息的椅子，曾获得芬兰设计创新奖。芬兰是个高度重视并发展创新机制的国家，“创新”、“设计”无处不在，渗透到人们日常生活的方方面面。在广场东侧的南码头，一位妇女在展示销售她自己设计制作的陶艺。芬兰的设计，充分体现芬兰人平等、民主、朴实的传统思想和纯粹、简洁、洗练的处世风格。

南码头的一侧是停泊大型国际游轮的港口，总统府在港口北，是当年沙俄统治时期沙皇的行宫。另一侧就是露天集市的渔人码头。导游带我们在这里逛逛，采购些纪念品。有芬兰刀、驯鹿皮、驯鹿角和首饰等各种传统工艺品，还有草莓、樱桃和许多叫不出名字的水果，色泽鲜艳，看着都让人嘴馋。北欧物价相当稳定，几十年不变。看到驯鹿就会想到芬兰这个圣诞老人的故乡，每年的圣诞夜晚，圣诞老人就从这里乘着驯鹿拉的雪橇，把圣诞礼物分送给世界各地的孩子们，也把爱和希望带往世界各地。

西贝柳斯公园，是为了纪念芬兰的大音乐家西贝柳斯而建。公园临近港口，停泊着许多帆船和游艇。北欧国家家庭汽车拥有率已达100%，帆船和游艇拥有率达到70%。公园面积很大，碧草如茵，内设有餐厅及咖啡座。游人或在这独自啜饮咖啡欣赏美景，或拿一本书阅读，这种享受宁静生活的画面在北欧随处可见。园内最独特的建筑是西贝柳斯纪念碑和西贝柳斯头像雕塑。西贝柳斯纪念碑由600多条银白色不锈钢管组合，就像一架巨型管风琴，当海风吹过，气流穿过钢管发出时而高亢时而低沉的风鸣声，以纪念这位音乐大师为人类创作的音乐如同天籁之音。西贝柳斯的金属头像镶嵌在一旁巨大的岩石上，他似乎在沉思，在创作，也在聆听。这是芬兰著名女雕塑家艾拉·希尔图宁的作品，于1967年西贝柳斯逝世十周年之际完成。

岩石教堂的设计也是独具匠心，如果导游不说，从教堂门前走过，还以为是个防空洞之类的场所，压根猜想不出这会是个教堂。岩石教堂建造在掏空的岩石中，露出淡蓝色铜制圆形教堂拱顶——俯瞰大概像个飞碟，一个不显眼的铜制十字架镶嵌在左侧的岩石上。走进教堂，如同进入一个很大的天然岩洞，最高处有9米，内壁仍保持着原始天然的花岗岩石壁纹理，一个巨大的铜制圆顶由180根放射状的钢筋混凝土斜梁支撑着，自然光透过斜梁间的玻璃天窗折射下来。左侧岩壁上一架巨型管风琴，美妙的音乐在大厅里回荡，每个进来的人都坐下静静地享受片刻这曼妙的悠扬。这哪里是教堂，分明就是一座音乐大厅。

美丽的赫尔辛基只匆匆一瞥，她的整洁、美丽、宁静已刻入记忆。旅途归来，当有人问我此行印象最深刻的城市时，我竟然脱口而出，芬兰的赫尔辛基，那个被称为“波罗的海的女儿”的城市，是我梦寐以求的地方。

从芬兰的赫尔辛基到瑞典的斯德哥尔摩乘游轮。17:30开船，第二天上午9:45到达。

时间比较充裕，梁导建议可以去跳蚤市场看看。这一天是周末，这是一个周末跳蚤市场。东西多数是各个家庭多出的或用过的，有些摊点摆放着小孩的书、衣服、鞋子，还有运动器材，看得出这家孩子成长的轨迹；也有女同胞专卖替换下来的衣服、鞋子、首饰等等。

接着我们开车去码头。车队到赫尔辛基后，B团提出也想开车，恰好A

团回去了3人，车队需要有人补充驾车，于是各车做了调整。1号车我和田总、梁导，2号车健明、跃林、宁为，3号车仍然是丽珠和建宇，田总原来开的车列为4号车，由丁宝明夫妇和江先生、童泽驾驶，5号车由兰平夫妇和许先生驾驶，6号车还是春荣和东娅。欧洲城市的街道并不宽，还有许多有轨电车道交错其间，刚开始都有些不习惯。特别是我们车队行驶，经常会出现红灯时车都停到电车道上的情况，如果不占电车道又担心车队走失，非常纠结。在去码头的途中，车队为了赶时间，在一个不能直行的路口违章穿过电车道直行。恰在这时5号车遇到一部电车，快一点就可以超电车而行，慢点就让电车过。过与不过正有些犹豫，6号车在后面看着着急，通过对讲机说，有把握就加快速度可以通过。于是5号选择超过电车，不料没能超过电车却与电车侧面来了个亲密接触，人家电车很结实，岿然不动，我们的车子轻，车轮刮伤了，车子瘫痪了。

电车司机报了警，5号车忙着应付眼前一摊子事没再与其他车对话了。前面的车通过对讲机知道5号车有情况，却不知人有没有受伤，车子情况如何。田总着急地坐上导游的车子立即返回，跃林处理这样的事情经验丰富也随车同去，我们其他车先往码头等候。登船时间到了，他们还没回来，大家着急却又只能干瞪眼，一直到快开船了5号车才到来。

大家终于舒了口气，询问之下知道，跃林此次堪称了得，大家面对坏了的轮胎都有些不知所措，只有跃林，抡起他的断臂现场置换轮胎，这一表演震惊中外啊。

在船上，5号车的人仍惦着报警的事，多次让梁导联系了解处理结果。该罚咱也认罚，不要在芬兰留下不良记录。导游说我们是外国车，人家不会在意的，不要联系，也没办法联系。就此搁置了，令5号车的人至今忐忑不安。对不住美丽的赫尔辛基啊。

过后知道，当时警察要查我们的车险，而我们的车只在俄罗斯做了境外险，进入北欧后没有办车险，于是就谎称车险资料已被带上船了。警察就开车与我们的车一同到码头，此时舱门都已经关下，马上就要开船了，警车被拦住没能进入，才让我们躲过了麻烦。田总解释，中国车在欧洲不能办保险。

不过总算是有惊无险，大家都平安上了豪华游轮“维京号”。

“维京”两字让我联想到最早的维京人，北欧海盗。先是有人说我这一趟自驾伦敦是闯江湖，这会儿可是上了“海盗船”当“海盗”来了。

游轮有11层，是海上五星级酒店，内设多个餐厅、酒吧、咖啡屋，还有剧院、舞厅、夜总会、芬兰桑拿浴，有各种表演，还设了赌场等。我们在船上享用了丰盛的自助晚餐：波罗的海鲱鱼、鳕鱼、三文鱼等各种海鲜琳琅满目，各类烤肉喷香扑鼻，各色蔬菜碧绿生青，还有面包、黄油、鹅肝酱、鱼子酱、水果、蜜饯、红酒、啤酒、果汁、咖啡一应俱全。晚餐后乘天还亮我们都上甲板看风景吹海风拍照，童泽和丽珠为我们表演泰坦尼克号的经典动作。看到甲板上有专门供狗狗便便的沙盘，便想到女儿总纠结着国内诸多地方对狗的限定，有点感叹。游轮在波罗的海上款步慢行，平静的蓝色海面白浪轻轻卷起，遇见一个希腊残疾人与我们一同合影，几个俄罗斯老人喝着伏特加与我们一同唱俄罗斯民歌。

晚上，我们到夜总会，参加一些抽奖游戏，听听音乐。赌场就设在夜总会，有21点数牌和押数字两种赌博，童泽、春荣、跃林玩21点，宁为去押数字，我和东娅帮着宁为挥霍钱。童泽输得频频加钱，而且每次押的筹码数都很大，最后玩掉1000多欧；宁为押数字丢了100欧，又玩21点继续输；春荣只买20欧筹码，最后赢100欧就歇手了；跃林基本持平。这些人果真都是海盗胚子，我算是长见识了。

第三十章　开放的市政厅

斯德哥尔摩市政厅有一座高高耸立的钟楼，它的顶端是 3 个金色皇冠，代表瑞典、丹麦、挪威三国人民的合作无间。我们在斯德哥尔摩多处转悠，都看得到这 3 个皇冠，据说它有 106 米高。

到斯德哥尔摩旅游，一定要去市政厅。这是一座设计独特的建筑物，建于 1911 年，历时 12 年才完成。墙体是由 800 万块瑞典传统手工打制的红砖砌成的，绿色藤蔓爬在墙上，露出窄长形的窗。路边的绿树荫下，是市政厅的设计者，瑞典著名建筑师拉格纳尔·奥斯特伯格的雕塑头像。我们的车停在市政厅的右侧，很高兴这里有无障碍停车位，无障碍卫生间，大楼内一层大厅在原高台阶的边上又加设了坡道，上楼层有升降电梯，不过比较小，一次只能乘一部轮椅。

市政厅必须在解说员带领下才能入内参观，一共有三种语言：瑞典文、英文和中文。中国到北欧的游客越来越多了。我们的解说员是个美丽的中国姑娘，已在瑞典工作多年，瑞典语说得好，英语也棒。

蓝厅是举办诺贝尔奖颁奖晚宴的地方。12 月 10 日是诺贝尔逝世日，每年的这一天，诺贝尔奖颁发后，瑞典国王和王后都要在这个蓝厅，为诺贝尔奖获得者举行隆重而盛大的宴会。蓝厅很大，参加颁奖仪式的大约 1300 多人围坐在这里。解说员风趣地说，每个人平均只有 60 公分的位置——相当于我们轮椅的大小，但获奖人员和皇室人员的空间大一点，70 公分。蓝厅很高，外墙的最上方是一排玻璃窗，自然采光很好，白天可以不需要照明。设计师原计划在红砖外贴上蓝色的马赛克，因为看到窗外蓝天映入，一种天然的美丽，于是决定不再做蓝色装饰，但保留了蓝厅这个名字。

二层议会厅，是斯德哥尔摩议员们开会的地方。议长只主持议会，决定由议员们表决。议员的座位是固定的，在座位上都贴有议员的名字，议员多数是兼职的，相当于业余时间当议员，所以议会都只在晚上 6 点后召开。议会厅右侧上方设许多旁听席，市民都可以自由参加议会旁听。议会厅屋顶设计成镂空的房梁和敞开的天窗，如同凌空倒扣的维京海盗船的拱。一方面是为了采光、透气；另一方面是寓意民主、公开——会议内容可以通过天窗在第一时间传给每一个市民。屋顶的天窗有一百个格，代表 100 名议员，后来发现偶数议员会出现票数相等的情况，就增加了 1 名议员。本届议会一共有 50 名女性议员，51 名男性议员，真正是女子占了“半边天”。解说员说，斯德哥尔摩市政厅只有 13 部公车，每天路线都公开，车牌公开，市民可以随时监督，如果在某个时间在非指定地点看到公车，市民可以提出质疑。

行政公开能够如斯德哥尔摩，腐败自然也就没有了生存的土壤。好比公车问题，在中国备受关注，提出改革也有十年了，但目前不仅未能解决，还成为老百姓关注的“三公”问题之一中最大的一个问题。首先是公车太多了，有说 200 万辆，也有说 300 万辆，400 万辆，虽没有一个准确的数字，但公车多却是毫无疑问的，仅我那个小小的单位，公车数都不少于斯德哥尔摩市政厅。公车多，利益群体大，互相牵连，互相维护，改革便难以动手，更不用说下个狠心动刀之类。况且，改革者也都是利益群体成员，改革往自己身上动刀，更加困难。公车多，于老百姓监督也带来困难，当然，我们的公车也不希望让老百姓监督。公车的受益者同样知道公车问题多，其中之一就是公车私用，这是明摆着的问题，哪里敢让老百姓监督。还有一些车子，别说路线不能公开，就是车牌也得保密，绝对不能公开。曾出现老百姓打听到领导的坐车车牌，于是守在政府大门口，看见车来了便拦下求助。为了避免这类事情的出现，似乎就有了采取安保措施的必要了，这也是中国特色。如此看来，中国离行政公开还有很长的路要走。

市政厅内陈列了历届诺贝尔奖的奖章，自 1901 年至今。奖章直径约为 6.5 厘米，正面是诺贝尔的浮雕像，据说金质奖章重约 270 克，内含黄金。诺贝尔的遗嘱将他的资产成立一个基金会，利息作为奖金划分为五等份，分别奖励给在物理界有最重大的发现或发明的人，在化学上有最重大的发现或改进的人，在医学和生理学界有最重大发现的人，在文学界创作出具有理想倾向的最佳作品的人和为促进民族团结友好、取消或裁减常备军队以及为和平会议的组织和宣传尽到最大努力或做出最大贡献的人。前四项奖在斯德哥尔摩颁发，和平奖在挪威颁发。诺贝尔奖已经成为世界物理、化学、医学和生理、文学领域的最高奖励。

市政厅还有许多精美的艺术作品，分别摆设在各个大厅。长条形的窗户，照见窗外波光粼粼的湖水。有一个被称作“金厅”的大厅，四壁全是一厘米左右的金片组合成的一幅幅壁画，解说员介绍金片有1800万块之多，在灯光下熠熠生辉，金光灿烂。正中墙上大幅壁画是端坐着的梅拉伦湖女神，她大大的眼睛，身体健壮，神采飞扬，典型的北欧女性的形象。

市政厅南面是一个较宽阔的花园，临梅拉伦湖，花园的草坪修建得很整齐，还有喷泉、雕塑，景色典雅、秀美，市民可以自由进入，是休憩的好地方。

在欧洲我们参观了好几个市政厅，而且都免费参观。欧洲的市政厅完全是开放式的，公务人员上班与游客参观可以同时并存，好像也不怕被影响工作，更不担心有什么上访者、闹事者。

瑞典的瓦萨博物馆值得参观，里面有一艘著名的战船“瓦萨号”。“瓦萨号”说它是一艘战船，我觉得真是太夸张太华丽了。但它确实是作为一艘战舰建造的。

长69米、高52.5米的瓦萨战舰，整个船体遍布着的都是精美的雕刻。船头高高翘起的斜桅上是一只狮子塑像，它的前爪托着瓦萨王朝的纹章，它身后的两侧是罗马帝国历代帝王的雕像。所有舱门、梁、柱都有雕塑装饰，舱室内也是雕梁画栋。有神明有君主，有身披盔甲的威武骑士、手持盾牌和刀剑的士兵，也有婀娜多姿的美人鱼和象征着美好和纯洁的裸女，有瓦萨王朝徽章和形形色色的纹章，还有《圣经》和神话里的各种人物等等。船尾的群雕更是华丽非常，大约有六层楼高，我们得乘电梯上楼才能看得清楚整个船尾。好像分成了八层，最上面的一层是两头希腊神话中鹫头狮身的怪兽，身披长发，前爪托着一顶皇冠，皇冠下是当时国王古斯塔夫二世的雕像；第二层是瓦萨王朝历代国王的雕像；第三层刻着古斯塔夫家族名称的缩写字母Gars；第四层有两头站立怒吼的雄狮护卫着瓦萨王朝的纹章；再下几层有天使、魔鬼、勇士、乐手等等我也说不上来的雕塑。据介绍，“瓦萨号”的雕塑有700多件，狮子被涂成金色，其他雕塑也都色彩艳丽。我们参观时船体已看不出这些雕塑原有的色彩，可能是被氧化了的原因，只有模型和一些展出的雕塑部件显示它们原来的颜色。

一艘战舰这么精心雕刻，弄得金碧辉煌的可以和瑞典皇家宫殿媲美，不仅是为了打仗更是为了炫耀和攀比。更有甚者，在建造过程中，当国王得知丹麦已建成双层炮舰的消息时，立刻决定将原计划修建单层炮舰的“瓦萨号”也改建成双层炮舰，这样就拥有了双排共64门舰炮，成为当时装备最齐全、武装程度最高的战船。国王丝毫不去考虑战舰设计是否能够承受这样的改建，其结果必然如同克里姆林宫的那口“世界上从未被敲响的钟”一样。“瓦萨号”战舰于1628年8月10日首航的那一天，船离岸还没有一海里，一阵大风浪过后，船就慢慢倾斜，仅10多分钟时间就在国王和岸上人们不可思议的目光中沉入36米深的波罗的海的斯德哥尔摩港内。

“瓦萨号”于1961年被打捞出来，1990年建立瓦萨博物馆对外展出，吸引了大量的游客。瓦萨博物馆设无障碍通道，还在入口处为行动不便的游客准备了轮椅；专门为视觉障碍的游客准备了一个“瓦萨号”模型，可以用手直接触摸；主影院安装有为听力障碍者减少背景噪音的感应回路装置——这是一项新科技，诺基亚已将这项技术用于手机，设计出听力障碍者专用的听力感应项圈，使通话质量更加清晰。

瓦萨博物馆的这艘战舰，保存着瑞典海上强国的记忆，无论规模还是外观上，“瓦萨号”都是一项顶峰之作，显耀君主和国家的权威、力量和野心，足以傲视海上诸强，代表了瑞典发展航海事业的宏图和迈向海洋的野心。但“瓦萨号”沉船也引发人们的思考，正是那个强权时代，炫耀攀比的心态和对华丽奢靡的追求，使“瓦萨号”成为一艘充满野心又充满悲情的战舰。

今天的瑞典已彻底退出了欧洲列强争雄的舞台，两次世界大战，瑞典都保持了中立，也因此让瑞典享有了200多年的和平，人们生活在平等、平和、平衡的环境里，生活富足，心态健康，那些暴戾和躁动，已随当年的“瓦萨号”永远沉睡在17世纪了。

驱车到距离斯德哥尔摩市区15公里的梅拉伦湖皇后岛，这里是瑞典皇室领地的核心。我们的车停靠在无障碍停车位上，驱动轮椅进入皇家公园，轮椅在碎砾石上发出沙沙的声响。碎砾石路适合马车行驶，但现在欧洲的许多园林仍保留这种设计，给花园营造更自然的美。导游介绍，在皇宫，碎砾石路还有一种特别的作用，有人在上面行走就会发出沙沙声，特别是晚上很远的地方都可以听见，给警卫工作提供了便利。

皇后岛宫是一座黄色绿拱顶的建筑，朴实庄重。宫殿临湖而建，湛蓝的湖面上几只白天鹅雍容可掬。宫后是皇家花园，由几何图案组成整齐的草坪，有许多雕像和喷泉，类似法国园林风光，因此皇后岛宫也被称为是瑞典的“小凡尔赛宫”。瑞典国王卡尔十六世·古斯塔夫一家就住这里，但宫殿中富丽堂皇的接见厅和礼仪厅，许多藏品，以及岛上的绝大部分的地区都对游客开放。绿荫、花园和周围的草地更是市民休闲、散步和假日娱乐的好场所。偶尔看到巡逻的皇家卫兵，并不影响人们闲适地坐在天鹅湖畔的长木椅上，或悠然地躺在树荫下的草地上，或漫步于喷泉花园中。我们还与几名巡逻卫兵合影，特别难得的是：老江用的是自己特制的轮椅，行驶在沙地上感觉过来不是很方便，就不想拍照了，卫兵在与我们合影后又特别单独与他合了影。大约卫兵的一项工作就是与游客照相，他们有很好的心态，并且懂得尊重人。

瑞典国王以平民作风著称，他每天早上从这里自己驾车到皇宫上班，下班后又自己驾车打道回府，几十年如一日。大概在这里就是与皇室成员甚至国王碰面，市民也不会当作是件稀罕的事。

国王和皇宫的财政资金需要得到议会的批准，每年不超过1100万瑞典克朗，主要用于维护皇宫，包括城堡、公园、宫内物品等，还得支付所有皇室成员的开销。1100万瑞典克朗平摊到每个瑞典人头上为50欧分——不足人民币5元。当然，国王和皇室的资金不完全依赖财政，他们还有自己的房产、实业和证券，但他和国人一样照章纳税，导游特别强调，瑞典国王是世界上第一个交纳税捐的国王。

北欧瑞典、挪威、丹麦都是君主立宪制国家，即在保留君主制的前提下，通过立宪，建立人民主权、限制君主权力，实现事实上的共和政体。瑞典国民对君主立宪制存在争议：一是由于皇室成员频频与平民联姻，对皇室的血统产生质疑，皇室还是皇室吗？二是国王对国家的作用越来越小，1975年瑞典通过的新宪法最终结束了国王在政治舞台上的传统地位，国王只是象征性的国家元首。不断有呼声要废除君主，瑞典还有过全民公决，但最后多数国民的意见还是给予保留君主，认为皇室对国家还是有贡献的。

皇后岛宫的左侧是皇家剧院，建于1766年，至今仍有古典剧目在这里演出，皇室成员在此观看演出讲究座次和排列。但剧院对外售票，许多人为能在这座世界上保存最好的古老剧院里看一场戏而专程跑来，这里常常座无虚席，一票难求。皇后岛上还有一座中国宫，在花园尽头的丛林里，建于1753年。中国宫色彩绚丽，红粉色的外墙、鲜黄色的门和翠绿色的琉璃瓦顶，充满了东方情调。宫内陈设也极具中国风格，屏风、瓷花瓶、漆盆、文房四宝和中国山水画等。在瑞典的皇宫看到中国装饰的建筑和艺术珍品，颇感自豪和亲切。

接着我们到皇宫观看卫兵换岗仪式，主要是侍卫队马术表演。瑞典皇宫是国王办公和举行庆典的地方，在斯德哥尔摩市中心，是斯德哥尔摩主要旅游景点。马术表演就在皇宫前面的一个半圆形大场子里进行，皇宫的外墙都是精美的浮雕，在这样的场地表演更有一种气势。观看的游客非常多，我挤到最前面拍摄了近一个小时的录像，确实精彩。侍卫队个个都是帅小伙子，服装也很漂亮——蓝色配上白色的装饰，铜制的帽子上面还有一个很精致的尖顶。我在大连看过女骑警表演，一个个英姿飒爽，只是人数没这么多，表演场地当然也不如皇宫来得气派。

此次手驾车之旅我们还参观了丹麦的王宫，丹麦的阿美琳堡王宫是丹麦女王伉俪及王子公主们居住的地方，四座外观完全相近的宫殿围成一个八角形的广场，当女王在王宫时，她所在的宫殿上方就升起丹麦国旗。广场的中央是腓特烈五世骑马铜像，据说是皇室特别请来法国雕塑大师Jacques用了20年的时间才制作完成，这座雕像可是价值连城。雕像正对着腓特烈教堂，一座绿色圆顶的大理石建筑。雕像的后面是一个喷泉，透过喷泉可以看到运河对岸的现代建筑歌剧院。王宫卫兵戴着顶高高的黑熊皮帽子，站在小小的仅仅能够塞进一个人的红色尖顶岗亭前，成了我们拍摄的背景。戴这种熊皮帽的应当还有法国、英国，据说是为了显得更高、更具威慑力，但我看着只觉得有趣。

在广场上看到聚集着许多戴着白帽子的学生。导游说这是学生庆贺高中毕业的一种仪式，这种白帽子是高中毕业庆典的必备之物，俗称“海军帽”。不同的学校帽子也有所不同，有的学生还用金线绣上自己的姓名、毕业年份。一顶白帽子承载着青春的回忆，是一份珍贵的纪念品，学生们只在高中毕业前后两三天才戴。

第三十一章 维纳恩湖滨的无障碍

进入北欧后我就基本上不开车了，由田总开车，梁导为副驾，我就坐在后座尽享沿途美景和休闲，还可以听梁导介绍欧洲风情。路两旁种植的是燕麦和大麦，还有甜菜，再有就是草。收割打包成圆柱形的草包，同样的草包北欧比俄罗斯多了白色薄膜包裹，点缀在草地之间煞是美丽。这里也有许多白桦林，看来白桦树也并非俄罗斯独有。途中又见不少乌鸦，让我惊耸的是乌鸦竟然是瑞典的国鸟，与我一直以为的乌鸦是不祥之鸟有天壤之别。自然放牧的牛群、绿色的田野、茂密的森林构成一幅幅美丽的画卷。农庄有无线网络，通讯发达，农民都只要坐在家中通过网络销售草、麦和其他农作物。但据说目前农庄多数也是中老年人，年轻人耐不住寂寞都到大城市中去了，城市的生活热闹并且充满活力。一路上看不到警察，但没有违规，没有抢道，没有堵塞。看不见的警察是电子监控和人们脑子里根深蒂固的交通规则。

进入服务区，卫生间无障碍设施非常好，还有一种坐便器卫生消毒设施，按一下按钮坐便器的坐垫就会自动扭转一个方向，设计得很有意思。福州长乐机场的坐便器用塑料套膜，按一下按钮就自动置换，也非常方便、实惠、卫生，在全国各地都很少见到。我们好奇一个洗车房竟然没有工作人员，就像加油站加油一样全部实施自助。“北欧，最贵的是人，最便宜的是权力。”梁导说，“这里老板给员工发一万元的工资就要缴三万元的税。”高税负可以给予每个国民高福利，从摇篮到坟墓全都顾及。高税负也迫使政府高度透明，让国民知道自己纳的税每分钱都是怎么花的。

我们的目的地卡尔斯塔德是瑞典第五大城市，人口 17.6 万人，该市有众多的河流、湖泊、绿地，还有充足的阳光。途中多次看到一个充满笑脸的太阳图标，导游说太阳是这个城市的标志，这里一年中有半年都是阳光灿烂，应当是瑞典阳光最充足的地方。经过诺贝尔博物馆，位于卡尔斯塔德郊外，这里是阿尔弗雷德·诺贝尔后半生居住和从事研究的地方。我们进入一个庄园，是瑞典诗人古斯塔夫·佛罗蒂的故居，诗人身后没有后人，社区收做纪念馆兼餐厅，中午、晚上我们都在这里用餐。前院几株大树参天，几株苹果树上还结着生涩的青果，一尊诗人的头像雕塑。两边各一幢小木屋，一边是诗人生前居住，另一边是他的母亲居住，现在都作为展览室，有诗人生平图片和DV，也销售一些工艺品，一位妇女在编制羊毛制品并出售，一个工人趴在地上细心地给小屋的椅子、楼梯刷油漆。正面是个餐厅，有方便轮椅通行的坡道。用餐自助，就在后院露天的花木丛中，远处可以看到维纳恩湖，还有小火车穿过。

田总的生日在我们进入卡尔斯塔德的这一天。田总和我同龄，我们一同庆贺他54岁生日。一路上，田总身先士卒，事必躬亲，为我们提供了细心周到的服务，大家都非常感激。在瑞典这位诗人的故居，在这富有诗意的庄园，我们也来个难忘今宵。大块的牛扒、鸡肉、土豆，开几瓶红酒还有俄罗斯的伏特加，我们一起举杯，祝田总生日快乐！

宁为耍了手段，用一杯白开水冒充白酒敬田总的伏特加，田总不知情一饮而尽，结果醉了，醉得很冤，至今仍耿耿于怀。餐厅的服务员都下班了，北欧人不加班，餐馆老板一人为我们办餐，更多的服务是我们自助：端盘、分餐和餐后收拾。

田总的生日也少不了游泳这一节目。维纳恩湖可是游泳的好去处，这一天下午阳光明媚，湖边有许多游泳者和专门来晒太阳和戏水的人，我和田总、北欧导游周威、梁导、宁为、跃林、兰平等几个喜欢游泳的，都迫不及待地跃入水中畅游了一番。

北欧的无障碍早有耳闻，但百闻不如一见。我们吃、住、行所遇到的环境障碍明显地少了，入住的酒店都有无障碍客房。在维纳恩湖畔，健明第一个发现了这里的无障碍。我和丽珠、东娅也要实地去看看，沿着无障碍标识牌所指的方向，先看到无障碍停车位，更衣室，然后是一个专门为轮椅使用者设计的无障碍入浴坡道。一个平台方便轮椅停靠，一条坡道从平台缓缓伸进水里，让轮椅、假肢、矫形器使用者到这里游泳时可以轻松地进入水中。对于轮椅使用者、使用假肢、矫形器等肢体残疾人来说，到湖滨、江滨、海滨游泳都很不方便，因为下水之前他们得离开轮椅、假肢、矫形器。残疾人期盼的是尽可能在不需要别人帮助的情况下，自由地享受游泳的乐趣。在俄罗斯额尔齐斯河畔，宁为就因为没有人帮助无法靠近河边而不能去游泳。通常情况下，离开轮椅、假肢、矫形器后他们就得坐在地面上靠手撑着移动身子到水里。如果是一片沙滩，轮椅不能靠近水边，他们就还得爬行更长的路。游泳后上岸、更衣就更加困难。说实在话，如果不是因为水的诱惑力太大，如此艰难的下水姿势有谁愿意？而且这一过程不仅仅是艰难，还非常令人难堪。

在维纳恩湖见如此完善无障碍设施，充分体现北欧人对行动不便者的观察细致和体贴入微，着实深深触动了我。整个设计并不复杂，所有的湖滨、江滨、海滨都可以做到。我们拍了好几张照片，希望推介到我们国内。我以为无障碍设施建设往往不是能与不能的问题，而是设计者在设施建设时有没有想到那些行动不便者，是不是决定为他们提供方便。

在哥本哈根商业街，因为宁为要买邮票，我们找到一个邮局，一个老邮局 No5，窄窄的门还有两三级台阶挡住了轮椅。宁为说："大姐，只好麻烦你上去了。"一个妇女看到我们要进邮局，就拉着我往前几步，她指着另一个门让我们进去。我一看："哦，这里有升降电梯。她应当是告诉我们从这里可以到邮局。"细看，还有一个无障碍标志，一个呼叫按钮。三级台阶就安置了这么个升降电梯，虽然很简易，但为轮椅使用者提供了可以到达邮局的通道。建筑或其他设施的无障碍，就是在设计中要确保残疾人能够在无人帮助的情况下毫无困难地使用。其实，建设无障碍环境不仅仅是为残疾人或行动有障碍的老年人，当你提着个大箱或推着婴儿车，都同样能够感受无障碍环境的好处。有专家做过统计，无障碍环境对 10%的人是必须的，对 40%的人是必要的，对 100%的人是便利的。

特别注意到一路走来都没有见到盲道，盲人出行应当还是很不方便的，即使是在欧洲。在布鲁塞尔见到两位带着一只导盲犬的盲人，他们似乎训练有素，行动自如迅速。台湾的街道和建筑物内有许多盲道，但跟国内一样没见盲人在盲道上行走。与台湾无障碍协会的一位工程师谈起盲道，他认为路上的盲道其实做不到连续，对盲人不存在实用价值，而建筑物内的盲道太多条，反而让盲人感到茫然，不知盲道要将他们引向何方，不知哪条盲道能够引导他们到他们想去的地方。他建议，建筑物内的盲道只要一条，引导盲人到服务台，接下去的工作应当由服务人员帮助盲人到他所要去的地方。

我很有同感。记得福州最早的无障碍设施是五一广场观礼台前面的一条盲道，鹅黄色的条砖，从东到西，形成一道醒目的景观。我们曾多次组织盲人到那盲道上体验行走，感受盲道带给盲人的方便和新奇，媒体更是多次报道，视为热点。虽然那条盲道只有短短的一段，其实没有任何实用价值，但它起到了无障碍示范作用，告诉大家，什么是盲道，盲道的模样和盲人如何在盲道上行走。十几年过去了，如今福州的盲道越来越多，据2009年福州市政工程管理处提供《福州市区道路设施一览表》数据，福州市区、金山新区和大学城区共有盲道超过23万米。这两三年盲道修建的更多了，新建和改建的城市道路，主干道、次干道，甚至支路都有了盲道。无障碍设施建设，盲道是一个硬件。城市道路建设，能够同步铺设盲道，是社会的进步，是文明的标志。

我曾与建设部门同志探讨过盲道遇到下水道井盖如何解决的问题，与同仁们督导过盲道中断或不规范问题，听朋友说盲道凸出太高她走在盲道上崴了脚的问题。尽管目前的盲道没有一条连续，路口中断了还有红绿灯提示，可一个个单位的入口处，人行道中断处盲道也中断了，脚下虽然有提示盲道，但提示什么盲人并不知道。还有转弯道，还有花圃等等，也都使得盲道断断续续、曲曲折折。不仅如此，城市盲道上行人、自行车、电动车来来往往，还有停车的、摆摊的等等拥挤不堪，别说盲人，明眼人走路也得分外小心。我曾以为这些都是城市发展过程中暂时出现的问题，仍认定盲道是盲人出行必须的设施，无障碍设施建设应当有更多的盲道。

然而，随着时间的推移，盲道确实是在不断地增加，却始终未见一个盲人在盲道上面行走。作为一名为城市无障碍设施建设工作了多年的残疾人工作者，我感到心中怅然，若有所失。一次在北京开会，中国盲协李伟洪副主席的一句话把我雷倒了："盲道对盲人是最危险的！"盲道本是为盲人提供行路方便和安全的道路设施，却成为对盲人最危险的路，这不能不说是无障碍的尴尬。我不得不质疑盲道：盲道确实适合盲人吗？此行，更坚定了我对盲道的质疑。我新近读到一项新的技术：在路面上每隔一段距离安装一个小小的射频识别芯片，芯片通过高频率电磁场将信息发射到盲人手持的白手杖上，盲人便可以获得信息自由行走。

在丹麦，一位专门为残疾人建造智能房机构的CEO给我们做了一次关于无障碍的报告，给我留下非常深刻的印象。

旅行社特别安排我们去距离哥本哈根20公里的卡斯特雷特城，这里是大哥本哈根的一部分。市政府大楼的一楼就是为市民介绍就业服务的场所，市长米格尔先生在二楼接见了我们，特别提到卡斯特雷特市积极引进项目，可以提供3000－4000个工作岗位。市长说，他为丹麦一个残疾人组织能够入驻卡斯特雷特市而感到荣幸，他们有很好的合作关系。丹麦这个残疾人组织的负责人耶斯伯先生，同时也是丹麦一家专门为残疾人建造智能房机构的CEO，为我们专题介绍了他们正在从事的残疾人智能房建设的理念及做法。

他说，每个人都有权利住在舒适的房子里，他和他的团队就是在致力于建造这样的房子，让每个人都能得到好的环境，都能够在里边舒适地工作、生活。他们要通过自己的实践实现自己的理念，并向世界展示。现在他们已经做到了，他们已建成一栋这样的智能房，可以作为一幢无障碍设计的展示房。他说，残疾人没有工作，不仅是身体障碍，更主要的是环境的障碍。残疾人不是不能工作，而是因为环境障碍导致他们无法工作。目前，关于残疾人住房建筑的知识非常的少，这样的房子不是不能造，而是因为这方面的知识不充足。一个建筑中只要一些小的改变，就能够让所有的人都适用，在建筑前没有规划设计好，建成后再改造费用就高了。建筑无障碍知识，不仅是建筑设计的人，还包括施工的人都要具备这方面的知识，甚至所有参与这个工程的人都要有这方面的知识。

他强调，建筑要考虑每个使用者使用的均等性。他举了个例子，一个中学食堂原来的设计是正面几级台阶，侧面是长长的无障碍坡道。他说，不坐轮椅的人直接通过台阶就进入食堂了，而坐轮椅的要绕到侧面的坡道进去，等他们绕坡道进入食堂时，其他人早已到达，座位都给占满了。他认为，这样的建筑设计就是不均等的。好的设计方案，应当为每个使用者提供能够同样方便并且能够同时到达的入口。他说，照明好的建筑，不仅方便视力有障碍的人，也能让听力障碍者清晰看到唇语，让所有的人也都能享受更充足的光线。白天能获得更多的光线也可以省电。

他还说，他们最初设计的这座展示房是圆形建筑，后来考虑到视力障碍者触觉的需要而改为五角形建筑。墙的建筑材料考虑到了听力障碍者。为了便于所有人进入建筑后能够很快找到你要去的位置，特别设计一块蓝色部分，先找蓝色位置再到其他地方就非常方便了。

无障碍的理念就是适合所有人的，为所有人提供方便、舒适的环境。耶斯伯先生给我们上了生动有益的一课。

第三十二章 维尔兰的人生雕塑

人生究竟是什么？从古到今都是一个永恒的话题。宗教、哲学、文学、艺术，无不通过各种角度，思考并解答着这个问题。挪威雕塑家古斯塔夫·维尔兰用了整整40年的时间，创建了一个人生雕塑公园，他的思考凝固在一座座雕像之中。

维尔兰雕塑公园沿一条850米的中轴线对称设计，由大门往内，分成“生命之桥”、“生命之泉”、“生命之柱”、“生命之轮”四个主题，全部用人体雕塑表现，共192座雕像和650个浮雕。雕塑全部由维尔兰一人创作，整个创作时间之长，创作内容之丰富，表现手法之独特，表达思想之深刻，堪称世界独一无二。

我们以雕塑群为背景拍一张合影，许多中国游客也主动要求加入我们的合影。

“生命之桥”长100米，宽15米，在桥的两侧花岗岩栏杆上，塑有58尊青铜雕像，通过人间挚爱亲情，表现人的情感世界。母亲抱着初生的孩子把他紧紧贴在脸上，父亲把儿子高高托上头顶，两个少年伸出双手向着太阳喜悦奔跑，小姑娘欢快地扑到父亲的身上，还有背着小孙子的爷爷，相拥的恋爱男女，正闹脾气的愤怒男孩，刚进入青春期感觉羞涩的少女，奋力想挣脱环境限制的男人等等。每尊雕像神态逼真生动，充满生活情趣；个个形体健壮，展现生命活力。

走过“生命之桥”，穿过一片玫瑰园，是主题为“生命之泉”的雕塑，表现人生的成长过程，从出生到死亡，从生命的最初涌动到最后的枯竭。“生命之泉”由 3 组雕塑组成，中间一组是圆柱形的高台，站立着四尊雕像，象征少年、青年、壮年、老年的人生阶段。雕像托着巨大水盘，应当有泉水顺盘的边沿流下，可惜我们参观时没有水，看不到流动的水幕。外围是个正方形的水池，每面墙上都有 5 幅造型各不相同的人与树的雕塑，表现人生的四个阶段：天真无邪的儿童，热情奔放的青年，成熟干练的壮年，年迈体弱的老年。围墙的四周是 36 幅浮雕，对应上面的树丛雕塑内容，更细致地演绎人类从生到死的全部过程。

再往前是“生命之柱”。兀立在圆台上的石柱是花岗岩雕塑，重 270 吨，直径 3.5 米，高 17 米，有 121 个神态各异的男女人体盘绕在石柱上。它是人类的图腾，是生命的象征。圆台的台阶上放射状地排列着 12 组石雕，每组三座人体石雕，向世人展现人间至爱真情。

登上 35 级台阶就是“生命之轮”，由 7 个男女老少人体交错环绕的一座青铜雕塑。它似乎告诉我们，人生是一个从生到死的过程，在这一过程中人与人之间相互依存，亲情、友情、爱情，息息相关。人类生命就是这样循环演绎，生生不息。

维尔兰雕塑公园没有解说员，对每一尊雕像，每一组雕塑的理解，都可能因人而异。我们漫步其间，感受着自己的感受，体会着自己的体会。公园为了视觉效果设置了不少台阶，但每一处都有无障碍坡道，全程轮椅畅通无阻。非常感谢维尔兰先生，他一直站在大门入口处的花丛中，手里仍握着锤子和凿子，他还有作品未完成，还要继续他的雕塑。

返回时才注意到，“生命之桥”的桥头上竖立着四根柱子，上面是四幅人类与恶魔决斗的石雕。从进门的顺序看恶魔是越来越强大，似乎象征着人类必然面临不可抗拒的疾病和死亡。但我正好是从公园内往外走时看到这四根石柱，顺序也就倒过来了，恶魔是越来越小了。一个人一旦参悟人生，就能够理解生命，懂得真爱，顺乎自然，从而知足常乐，健康生活。

在维尔兰先生的故乡，在诺贝尔和平奖颁发的地方，我们团队几个伙伴却先后发了脾气。

先是宝明夫妇。我们用餐的中餐馆卫生间设在二楼，恰巧餐厅对面的政府部门有个醒目的无障碍标志，健明先去探明了卫生间非常方便轮椅使用者，于是好几位都去了。我们快用餐毕，宝明还没回来。老杨筷子未动，他一直在等着宝明，显然心里忐忑不安。残疾人上卫生间最需要小心，宝明去了这么长时间，别在里边摔一跤什么的，大家建议他去看看。一会儿两人回来了，宝明平安无事，大家也舒了口气，老杨却气鼓鼓的，他拿了水瓶饭也不吃就走了。原来宝明看那厕所太好，拿起相机这里拍几张那里又拍几张忘了时间。看到老公生气，宝明饭也不吃了，赶忙追出去哄老公。丁宝明的性格与梁丽珠极其相像，说话、神态、装扮，还都喜欢照相，对生活充满新奇。宝明从事服装企业，我们的一套队服就是她捐赠的。他的先生喜欢摄影，总拎着一部大炮筒到处拍照，最经常地当然是把镜头对准他美丽的太太。这对夫妻恩爱，生气也因爱之切惦之深。

接着是周导生气了，在去霍尔门科伦山看滑雪台的路上。我们在离霍尔门科伦山还很远的地方就看到滑雪台了，看似乎就在眼前，转个弯却又不见了。我驾车，梁导指挥，周导开着面包车断后。到达山脚下时，5号车、6号车报告“吃红灯”，梁导说：“不要着急，上山的路只有一条。”我们慢慢向前，可好一阵还不见5号车、6号车。“你们就沿着主路走。”梁导通过对讲机说。但奥斯陆的路都不大，主路非主路也不是分辨得很清楚，两部车就这么跟丢了。奇怪的是断后的周导也不知哪儿去了，没和他们在一起，也没有跟上来。田总着急上火，匆匆回头去找，费了很长时间全部车辆才归队。当车队终于在霍尔门科伦山上汇齐时，周导跳下车就冲着5号车6号车吼了起来：“你们看见我为什么不停车！”弄得我们全体目瞪口呆。之前因为车队走失田总很着急，说梁导“你只顾自己往前跑，也不看看车队是否全部跟上了”。这时周导发火更令他生气，车队掉队是旅行社的责任，还冲队员吼什么吼，拉着他赶紧走人。原来5号车6号车掉了队时，周导一人开着面包车迎面驶来看到了，他想调转车头带他们上山，可他手里没有对讲机，急忙调过车头时却不见这两部车了，所以非常生气。其实5号车6号车也还纳闷，周导为什么看到他们也不停车只管自己开走，还以为这个周导只是随团玩玩的，所以仍在自己寻找上山的路。

霍尔门科伦山位于奥斯陆东北约13公里处，海拔371米。奥斯陆每年积雪期达120天，是天然的冬季运动场所。我们看到的滑雪台是奥斯陆为举办2011年北欧世界滑雪锦标赛而兴建的，凌空而起的滑雪道是悬臂式钢结构，高58米，看台有2.9万个观众座位，总造价达7500万英镑。经过一番折腾，我们到达滑雪场时已经是下班时间了，上滑雪台的电梯已停止运行，据说登上高处景致很不一般。我们只能在周围拍几张照，看到一只狗 Bikkja i Bakken 的雕塑，梁导说是一位滑雪名将的爱犬，好像就是挪威国王奥拉夫五世（Olav V）的，他死后，他的爱犬不久也随他而去。

丽珠也生气了。峡湾到奥斯陆的途中经过一个休息区，去时曾在那儿休息，有人在那里的超市买了东西说便宜。返回时时间充裕，旅行社安排在那儿再停留一个小时自由活动。时间到了，全体人员只等丽珠一人，她还在超市给老公儿子买衣服。大家说罚款吧，600 元。有人被罚大家心里都偷着乐。丽珠可不开心了，晚餐时生气地敲着碗说大家算计她。敲碗这动作也太不雅了，况且自己迟到了却说大家算计打击面也太大，引得春荣黑了脸跃林拍了桌子。宝明劝她，丽珠又说大家总拿她与建宇开玩笑。宝明也恼了："又不是十八岁黄花姑娘，都五十多岁了，这个玩笑还开不起?"但"开心果"——丽珠就是不开心了，灿烂的脸拉长了，爽朗的笑声停歇了好一阵子。

在离开奥斯陆往哥德堡的途中，宁为发火了。奥斯陆到哥德堡 310 公里，周导引路，我在 1 号车压后。经哈尔登退税点退税休整后，不知是哪位导游说，接下去的路很好走，速度可以加快，沿着 E20 公路一直走到哥德堡出口集合。5 号车闻毕飞车出队，3 号车紧随，2 号车上的宁为没有听到这话，见 5 号车 3 号车飞驰超他而去，非常生气。他在对讲机里吼着："想飙车回家飙去！是不是不服我啊，要不服我可以单挑啊，一万元赛一把都行。在这里逞什么个人英雄！"中午到餐厅，宁为还在气头上，一下车就冲着 5 号车气势汹汹地吼了起来，火气之大语气之重让大伙都觉得有伤友谊。大家解释的，调解的，安抚的，劝说了一番，宁为才渐渐冷静下来。上车后他通过对讲机对大家检讨自己冲动，态度不好。但强调大家要团队行动，按队列开车。离目的地越来越近了，大家千万要注意安全。此次自驾伦敦，我们要确保安全第一。说得语重心长，大家这下都认同了。

自驾旅行 45 天，大家在一起有点小摩擦，发点小脾气，是再自然不过的事，也是人性最真实的流露。

瑞典是北欧的汽车工业中心，我们的行程特别安排参观了两大汽车品牌之一的 VOLVO。沃尔沃总部所在地哥德堡是瑞典的第二大城市，是北欧最大的港口城市，又是北欧的工业中心，除了沃尔沃汽车，爱立信移动终端、宜家家居都在这里。哥德堡与哥本哈根、奥斯陆和斯德哥尔摩三个北欧国家首都几乎等距离，是北欧的咽喉要道。

哥德堡整洁美丽，交通也不拥堵，约塔运河从斯德哥尔摩流到这里最后注入波罗的海，更令这座城市充满了灵气。约塔运河于1810年开凿，全长约580公里，其中人工开凿部分为87公里，宽15米，深3米。古斯塔夫·阿道夫广场就在运河边上，广场中间竖立着哥德堡城的创建者瑞典国王古斯塔夫·阿道夫的雕像，市政厅就在这座雕像的背后。运河边上、雕像底座的台阶上，都坐着休闲的人，时光似乎就这么淡淡地从他们身边走过。哥德堡的气候还特别宜人，这里属于海洋性气候，冬无严寒，夏季凉爽，最高气温30摄氏度，最低气温不过0摄氏度。我很喜欢这里，真是个适宜人类居住的好地方。我们入住的酒店餐厅比大厅高出大约一米，有三级台阶，旁边就设置了电动升降平台。残疾人在这里生活没有障碍。

沃尔沃集团于1999年将旗下的沃尔沃轿车业务出售给美国福特汽车公司，2010年中国吉利又从福特手中购买了沃尔沃轿车业务，并获得沃尔沃轿车品牌的拥有权。东娅对沃尔沃汽车展览馆特别感兴趣，毕竟是从事汽车行业的，似乎这里就是她的基地，才到门口就激动地说："给我拍张照，我要放大了挂在公司里。"

展览馆实物展示了从1927年以来沃尔沃生产的一系列车子的最新设计模型。展厅一进门就是沃尔沃生产的第一部车雅各布OV4，我们在这部汽车的前面与展览馆馆长合影留念。沃尔沃的创始人是经济学家阿瑟·格布里森和技师古斯塔夫·拉尔森，这里不仅有他俩的照片、雕像，还有他俩早年创业时共用过的办公桌。

展览馆分两层，一层除了轿车，还有沃尔沃生产的概念车、客车、卡车甚至还有飞机发动机。PV444车型最能代表沃尔沃的成功，二战结束后，这款车型成为瑞典经济复苏中第一款流行轿车，销量达到近50万辆。Philip是美式大块头，装备了一台V8发动机。童泽登上一大卡车扮酷，一会儿又在飞机前与春荣、小刘摆造型。

二楼是各种轿车。大家一个个都是汽车迷，看得津津有味。几个人对着一部打开了前盖的车子一番研究，建宇、宁为干脆爬进一辆靓车拍照，健明对着一个发动机细细琢磨。我看不出道道，就选择自己喜欢的样式拍照。上二层有升降电梯和自动滚梯。我们轮椅多，都等升降电梯慢，春荣自恃年轻，抓着滚梯的扶手上。过后春荣才说手臂被拉伤，直到我们的旅程结束他的手臂都没好。这是个危险动作，切忌！

第三十三章　挪威峡湾

挪威峡湾并不在北京到伦敦的必经路线上，但我们的行程特别安排了峡湾，挪威峡湾被《国家地理旅行者》杂志评为世界最佳旅游地。去峡湾的路弯弯曲曲多隧道，为安全起见旅行社建议少开几部车，但大家驾车积极性很高，停谁的车谁都不乐意，最后还是车队全部出动。这一天是周末，清晨我们冒雨出发，此时，老外正在家里享受懒觉，卡车司机周末受限不能上路，否则工会可以提出上诉。往峡湾的山路上空寂无人，只有我们的车队奋勇向前。

挪威峡湾是冰川时期被覆盖在欧洲大陆北部的巨大冰川在上万年的时间里，以每千年半米的速度刨蚀成巨大的谷地，当谷底低于海平面时，海水侵入后就形成了幽深的峡湾。在挪威毗邻大西洋的 2.1 万公里的海岸线上，多是一个接一个的峡湾。最有名的峡湾有四个：松恩峡湾、哈当厄尔峡湾、盖朗厄尔峡湾和吕瑟峡湾。我们去的是松恩峡湾，因为交通最便利，并且有观光游轮和火车。松恩峡湾全长 240 公里，最深处达 1308 米，是世界上最长最深的峡湾，两岸山高谷深，谷底山坡陡峭，垂直上长，直到海拔 1500 米的峰顶。梁导说二战时期希特勒的潜水艇就隐藏在这里。

汽车往松恩峡湾的山路上，我们一路行驶一路观赏。青山峭壁在云雾间若隐若现，星散的小木屋，红的白的点缀其间，一些木屋插着挪威国旗，一些木屋顶上竟然长着厚厚的一层草，梁导说这是挪威峡湾一景——屋顶长草。挪威小木屋和俄罗斯小木屋比较，看不到陈旧和破败，每一座都那么整齐清爽；没有那些雕梁彩绘，突显简单朴实的北欧风格；修建方式少有传统的木楔，更多的是可以从宜家购买的组合房子，像玩积木似的一两个星期就可以拼装成一座小木屋。前面浓雾弥漫，看不清险峻的断崖，等待云开雾散时，却是一片绿的田野蓝的湖泊呈现眼前，恍若仙境，这些湖泊也是冰川时期的造化。山坡上长着一种苔藓，梁导说这种苔藓100年才长1厘米，是挪威峡湾特有的活化石。山顶上一块块不规则的白色，在荒山绿草间特别晃眼，细看才知道那些都是积雪。此时正值夏日八月，似乎近在咫尺并且也不见得特别高的山顶竟然积雪不化，确实匪夷所思，梁导说这又是挪威峡湾一景——终年积雪。一路上观看好几处瀑布，最精彩的一处大瀑布，在飞流溅沫间我忽然看到一道美丽的彩虹，吉祥的彩虹仿佛在为我们架设从北京到伦敦的坦途，感谢上苍的赐予。想到此行前与窗子驾车到石竹山寺，拍下的照片也曾见彩虹。

没有驾车的我在美景中融化自己，驾车的人这一路上却得百倍小心。在挪威峡湾驾车，考验大家的不仅是技术，还有胆魄。汽车驶过一个个蛇行弯道，许多路段非常窄，甚至有些地方还得单行。最惊耸的是那些"魔鬼隧道"，先是3.2公里的隧道，接着12公里隧道，隧道又多又长又黑又窄又多弯，最长的拉达尔隧道24.5公里长，1994年兴建，2000年完工。我第一次看到田总驾车时心里发虚了，他一路上都不舍得放下方向盘，但在挪威隧道还是把车交由年轻的梁导驾驶。途中见两张交通安全宣传画特别人性又富有浪漫色彩，一张是一半清晰一半模糊的美女头像，意在让司机放慢车速才能好好欣赏美女；另一张是父亲与儿子，提醒人们，安全驾车方能享受天伦之乐。

我们在弗洛姆小镇用餐，弗洛姆是位于松恩峡湾支流奥兰德峡湾最内部的一个小镇，居民只有大约450人。四周崇山峻岭云雾缭绕，有小河流水小桥人家，小木屋散布在山谷间。小镇上有小卖部、餐厅、咖啡馆，还有专门的房车营地停泊着许多房车。高山火车和观光渡轮都从这里出发。火车和游轮都是旅行自费项目，两项共160欧元，大家难得到此一游也都乐意消费。

弗洛姆铁路由弗洛姆镇到山顶米达尔与卑尔根铁路相交，全程只有20公里，海拔从2米提升到866.8米。弗洛姆铁路于1923年动工，1940年开始行驶蒸汽火车，1944年开始行驶电气火车。这条铁路线沿着陡峭的山坡和急转的弯度而建造，使火车能在山间上下盘旋行走，全程有将近百分之八十的轨道坡度达五十五度角，是世界坡度最为陡峭的普通火车轨道。铁路经过陡峻的山边，穿过弯弯曲曲的隧道，这样的隧道达20条，隧道长度加起来共就有6公里，是挪威铁路工程史上最大胆的尝试。为避免经过经常发生雪崩的地区，铁路建设时，在河上以及山谷底部有三次以交叉方式迂回绕过雪崩区，其中开凿了一条隧道使河水在铁路底下流过。弗洛姆铁路修建技术之高，工程难度之大，堪称世界之最。

早期火车车厢与站台都有高位差，但工作人员为我们提供了专用坡道，坐轮椅可以登上火车。从弗洛姆站出发，途经九个站到达米达尔站，约一个小时。火车从哈歌山脚向上行驶，一路上可以看到山谷底部风景秀丽的农庄、建筑在一块巨型岩石上面的农场和海拔位置最高的小村庄，狭窄的谷底奔流着弗洛姆河，那深邃陡峭的是伯瑞克文深谷，穿过桥梁、隧道，瀑布由陡峭的山边奔腾而下，前面却是终年积雪的皑皑山峰，还有弯弯曲曲的古老小道，每一处都是美丽的画卷。伯瑞克文站位于弗洛姆铁路中间，这里有两条轨道，可以让对面开来的火车在此地交会通过。在尤斯夫森站火车停留5分钟，这里专门修建一个观瀑平台，可以近距离观看气势恢弘的肖斯大瀑布，落差93米。突然悠扬的歌声自飞瀑间传来，伴随歌声一个扮演山中精灵的长发女子在一道残垣断壁处翩翩起舞。据说精灵是由两个少女同时表演，所以感觉精灵一会儿在左一会儿在右，一会儿在垣前一会儿又飞到壁上。只可惜天上还飘着雨，路又很窄，轮椅实在不方便通行，咱们许多位伙伴只能坐在火车上遐想了。

火车在米达尔站停靠10分钟。这是一个高原小镇，雪山就在身边，在标着米达尔海拔866.8米的地方，还看到无障碍卫生间的标识牌。返回弗洛姆镇的途中，我们这一个车厢的人都东倒西歪地睡着了。上山时的新鲜劲过去了，此时疲倦侵来，犒劳一路的劳顿，就在峡湾的火车上美美地睡了一觉。

弗洛姆高山火车游览手册有九种文字，其中包括了繁体中文和简体中文，火车车厢内的视频也可以选择中文。北欧的中国游客越来越多，北欧各个旅游点也更多考虑中国游客的需求。比如在瑞典的瓦萨博物馆也同样有中文游览手册和中文视频介绍。

在峡湾住了两个晚上。第一晚住在盖洛小镇，这是个滑雪基地，我们到来的季节只有要去松恩峡湾而路过的人。小镇很宁静，加油时看到房车驮着自行车，北欧人很懂得享受生活，一年总要花上一两个月时间外出旅游，自驾房车，再带上自行车，健身、游览都没有耽误。这里的自行车道也画得非常醒目，一路上都有背个包、戴着防护帽、骑着自行车的人。我们住的酒店似乎有一定历史了，特别用一些老木箱、木柜、椅子之类做摆设。酒店不大，却非常干净。第二晚住佛斯小镇，比盖洛大了许多。我们住的酒店还有好几个无障碍停车位，有无障碍客房，而且还是这个酒店里最大的客房。兰平夫妇享受这个无障碍客房，他们非常高兴，超大房间还有四扇临湖的窗户，床前还有会客区、办公区，卫生间也很大。我们入住时天色已黑又下着雨，没关注酒店周围的环境，早晨起来推开窗一看，好美丽的一片湖，春荣、兰平夫妇、田总已在湖边欣赏美景了。浓雾中的湖睡眼惺忪，宁静的湖面倒映着四周的青山，蓝天已透过浓雾，白云也露出了笑脸，几艘小艇已在水中行驶。旁边是一座屋顶长草的木屋咖啡厅，还有一座高高的纪念碑，一座古老的尖顶石头教堂。住在这里是不是离天堂很近啊。吸一口清晨的空气，潮湿中带着一股清甜。

上午我们还返回弗洛姆，从这里乘居德旺恩游轮到居德旺恩小镇，全程大约 2 小时。渡轮一样可以上轮椅，并且让我们优先上船。轮椅能够上到下层甲板上，不过到不了上层甲板。我跟着动作灵活的春荣跑到上层甲板，这里最高，可以居高临下。到船上才发现游客全是中国人，这个游轮大约可容纳 200 人。从莫斯科开始，一路上就都是中国游客，有时会在不同的景点多次遇到同一批中国游客。莫斯科－圣彼得堡、北欧是两条中国游客热门的旅游线路。

船上观景，与汽车上火车上又有不同。一、视野特别开阔，奥兰德峡湾两岸起伏的山峦以及前后透明清澈的水域尽纳眼底；二、看两岸的山都得是仰视，因此高山更显得宏伟了；三、船在慢慢行走，一道风景从进入眼帘到消失，有很长的时间可以细细品味，并且随着船的移动还可以从不同的角度观察；四、甲板上空气特别好，用梁导的话说，这里的负氧离子应当特别充足，深呼吸把体内的废气排出；五、坐在船上感觉特别安谧，如同在三峡，在漓江，在满是中国人的游轮上有时我竟然忘了自己是在挪威。

第三十四章　安徒生的故乡

从哥德堡经瑞典最南端的城市马尔默到丹麦的哥本哈根，我们驾车驰过架设在瑞典与丹麦之间的厄勒海峡大桥，那感觉真是好极了。厄勒海峡大桥就像是一座架设到天际的桥梁，平坦的丹麦与海岸线连成了一片，汽车就在海上飞驰，一直驶向蓝天。

厄勒海峡大桥有双层桥面，上为 4 车道高速公路，下为对开火车道。全长 16 公里，共有 51 座桥墩，中间是斜拉索桥，跨度 490 米，高度 55 米，是目前世界上已建成的承重量最大的斜拉索桥。该桥于 1995 年动工，2000 年正式通车。由于大桥在丹麦一侧紧邻哥本哈根国际机场，为避免飞行员以为这是飞行跑道而修成海底隧道与大桥连接。海底隧道长 4.7 公里，位于海底 10 米以下，由 5 条管道组成——两条火车道、两条双车道公路和一条疏散通道，是目前世界上最宽敞的海底隧道。厄勒海峡大桥是我们一路行来第一次也是唯一一次遇到收费站的地方，每车收费 34 欧元。

丹麦，是除冰岛外北欧最小的国家。历史上丹麦曾是北欧老大，国土并不小，但在与瑞典的多次争战中，都屡战屡败，国土就越打越小了。丹麦自然资源也比较匮乏，但软实力强，工农业都很发达，经济保持稳定增长，失业率不断下降，物价保持在稳定水平，人均收入在欧盟国家中位居前列。梁导还说，丹麦是欧洲的农场，尤其养猪业发达，年出栏 2500 万头猪，相当于丹麦 500 万人平均每人养 5 头猪，丹麦人养猪讲人性化：猪有游玩时间，猪舍还规定大小。

正巧了，北奥飞扬的老总张辉请我们在一个叫 TIVOLI 的地方吃猪排大餐，让我们有机会对这种人性化喂养的猪肉品质有了一个切身的感受。养猪人性化最终还是为了人类的食欲，猪肉味道确实好，制作也好。只是猪排的分量实在太大了，而且，张总为了让我们多品尝几种丹麦的其他菜品，每桌又增加了鱼排、牛排，根本吃不完，浪费了。我们都还品尝了丹麦嘉士伯啤酒，这个店的啤酒装在一个很大的竖着的亚铃造型的器皿里，他们的啤酒杯竟然也是这种造型设计的长条形玻璃杯，很有个性。北奥飞扬的张总经理也是福州人，老乡见面格外亲切。我们在丹麦期间用餐的中餐馆叫皇家饭店，也是一对福州人开的，他们在丹麦已有十年，现在全家都迁到丹麦生活了。张总不仅请我们吃猪排，还特意买了波罗的海的各类海鲜和丹麦水果送到这家中餐馆请我们品尝，非常感激。中国驻丹麦使馆文化参赞李金生也来了，并邀请我们第二天去使馆拍照。

我们按照约定前往中国驻丹麦大使馆时，周导在前引路，1 号车断后。一个红灯把我们车拦下了，梁导的原则是绝对不闯红灯，这是文明人最起码的要求。跟梁导同车很长见识，他说绿灯要快行，要尽可能让更多的车通过，同时可以减少排污。梁导通过对讲机对周导说，你们先走，我们自己会赶上。没想到梁导也会迷路，就在使馆区。看着都一个样的路和房子，问路多数也不知道。有些人对中国使馆似乎有点印象，可按照他们指引的路我们还是找不到。就这样，我们在使馆区，问路不下 5 次，有的一条路来回都走了三趟，花了近一个小时才找到中国大使馆。田总非常生气地批评梁导："准备工作都不做好，前一天就要把要去的地址输入 GPS，你就是太懒太自信，关键是工作不负责任。"不过终于还是到了，大家都在等我们。

中国使馆很小，并且一半还在整修。但在中国使馆，在五星红旗下，我们都有祖国就在身边的感觉。李金生参赞与大家合影，还赠送每个人一枚徽章留念。

离开餐厅时见一对 70 多岁的夫妇陪同自己 90 多岁的老母亲来这儿用餐。老母亲坐在轮椅上，夫妻俩开车带她来，他们身体都很硬朗。目前，北欧人口老龄化程度最高，60 岁以上人口中超过 80 岁的人达到 20%。很多北欧人 70 岁还在上班，瑞典已提出 75 岁退休问题。

过了厄勒海峡大桥就是西兰岛，我们进入丹麦首都哥本哈根。这里是一片平坦的土地，几乎没有山，周边都是海。从丹麦向任何一个方向行驶，40 公里就是海。很醒目的是一路高高的大风车，丹麦的风车公司是世界上最大的风车企业，梁导说，我们新疆达坂城的风车也是丹麦建的。沿着哥本哈根运河来到安徒生大街，哥本哈根城市建筑古朴，道路整洁有序，路上汽车不显得多，自行车却感觉多了，骑车不仅是健身，也是许多人的交通工具。不少自行车前面还安个斗，可以睡个婴儿也可以放物。其实自行车是最环保的交通工具。

我们从小就认识的安徒生和他的美人鱼就在这里。安徒生就坐在哥本哈根市政府大楼左侧临街的地方，他就是我们熟悉的模样，头戴绅士高帽，脖子上扎着领结，身着燕尾服，左手一根杖，右手一本书，侧头向东北望着自己的家乡，那个方向也是他的美人鱼坐着的地方。美人鱼坐在哥本哈根运河入海口岸边的岩石上，目光凝视着大海，思念着她的王子和海里亲人，神态忧伤而美丽。我们和所有的游客一样与安徒生与美人鱼合影留念。

沿着美人鱼雕像前面的长堤往南是吉菲昂喷泉，三叠喷泉的上方是吉菲昂女神扶犁挥鞭驱使四头壮牛犁地的铜制雕塑，铜牛的鼻孔珠泉喷溅，凝成薄雾，铜犁后喷泉汹涌，水声震耳。吉菲昂是北欧神话中的一位女神，相传古代瑞典有个叫Gylfe的国王，答应吉菲昂女神可以从瑞典国土上挖出一块土地，但只限时一昼夜，挖多少算多少。于是，吉菲昂女神就把她的四个儿子化为四头壮牛，用铜犁从瑞典挖走了一大块土地，并把它移到海上。从此，瑞典的国土上留下了一个维纳恩湖，而挖出来的土地就是现在哥本哈根所在的西兰岛。在吉菲昂喷泉的旁边有一座小教堂，叫艾圣班教堂，是丹麦唯一的一座英国式建筑教堂，彩绘的长条玻璃窗非常的美丽，在小小的教堂内还专门划出一个儿童活动区，令人感觉好温馨。

一天的时间在哥本哈根走马观花。路过警局，一幢白楼，梁导解释：你拿纳税人的钱就应当清白。市政广场非常的热闹，秘鲁人在跳土族舞还卖他们自己的音乐碟片，古老的小火车绕着广场跑，还有一座猛牛斗恶龙的雕塑。广场上到处都是人，有的坐在市政大楼前面的台阶上，有的就坐在广场的地上，有的甚至还互相搂抱着躺在地上，还见到两个带着导盲犬的盲人。从侧面可以进市政大楼，一楼是个展览厅，注意到有一张展厅示意图，标注着有无障碍卫生间。无意间我走进市政厅的后花园，看到一座安徒生站立的铜像，往前是一个宁静的处所，红墙上满满地爬着绿色植物，四周的草坪有几个休闲的人，林荫下的条椅上有人在看书，花园的正中间是一个喷水池。

第三十五章　为一个逝去的残疾人降半旗

在丹麦我们参观了一个专门为脑瘫患者提供康复服务的机构。这是当地政府办的福利机构，工作人员也都是政府工作人员。这个机构的负责人介绍，这个机构已有几十年的历史，目前住了几十个脑瘫患者，除了哥本哈根本地的，也接受其他地区的残疾人。残疾人住在康复机构的费用由个人承担，但政府对每个残疾人都给予较高的残疾人津贴，有些残疾人还有退休金，他们用这些钱可以选择住在家或康复机构里。目前世界公认，最适宜残疾人居住的地方是社区，即使残疾严重的人也是如此。而对完全寄宿型的残疾人服务机构持不支持态度，认为住在里面的残疾人受到了管理的约束，过着相同的规矩生活，失去了私生活和选择的自由。一个人在这样的环境里生活的时间长了，会导致麻木和顺从，对事物和事件失去兴趣，缺乏主动性，对一切事情都听之任之，丧失个性，不表达任何感情。

但是，总有一些残疾人因为家庭的原因不得不住到完全寄宿型的康复服务机构里。我们参观的这个机构，就是这样一所为脑瘫患者提供的完全寄宿型的康复服务机构。残疾人住康复中心是必须的手段，但不可能是最终的目的。机构负责人介绍，真正能够通过康复治疗回到社会上去工作的残疾人不足20%，更多的残疾人进入这个机构后就只能一直生活在这里，直到生命终结。为了尽可能减少长期生活在完全寄宿型机构里给残疾人带来的负面影响，有专业人士提出了一些解决的方案：一、要消除完全寄宿型康复机构的医院化倾向；二、要尽可能设置单间，增加私密性和自主性，允许生活在这里的残疾人有私生活和选择自己的生活方式；三、发展更多建设性活动，让残疾人可以选择做一些自己喜欢的烹调、清洁、园艺以及其他日常生活和兴趣活动；四、创造更多的机会让残疾人走出机构，增加更多与外界接触的机会；五、把外界的人带进机构，但在带入残疾人的私人空间时，必须是居住在内的残疾人的要求或是获得他们的允许。毕竟这里是他们的家，任何人，不论残疾与否，都有决定什么人可以到自己家做客的权利，住在完全寄宿型机构里的残疾人同样也应当享有这样的权利。

我也经常陪同领导到残疾人家里慰问，但并不是每次都感到残疾人真心的欢迎，有时你会感觉受到他们无言的排斥，有时你也会感觉他们的无奈目光。有一个残疾人说，他不愿意我带着领导到他家，因为他讨厌那种被居高临下地关心和被当作动物似的观赏的感觉，更不喜欢那些紧紧跟随着的摄像机。这句话我铭记在心，这是关乎一个人的尊严。我们经常想当然地以为领导慰问必是受欢迎的，其实未必，这恰是我们工作中容易被忽视的。有一次我去看一个10岁左右的残疾儿童，她的奶奶让她撩起了她的裤腿，给我们看她穿着矫形器的变了形双腿，双腿上都有动过手术的疤痕和因为穿矫形器而多处被磨出了茧，脚面上还有一处还在溃疡。看着这孩子的双腿让人心痛心酸，可我抬头看到孩子一脸恼怒的表情时，顿时一把利剑直刺我的心，即便是这个孩子的亲人也忽视了对残疾孩子应有的尊重。对于一个自尊心强的孩子，展示残疾是比残疾本身更令人窘迫和痛苦的，而这个孩子肯定不止一次地被逼入这种尴尬和困境。从事残疾人工作必须立足于人本的思考，要把人的需求、人的权利、人的尊严摆在最重要的位置，以尽量满足人的合理欲望和需求，避免造成人的不便和尴尬。

这所机构内约有十来座建筑，全部是平楼。居中的一座是办公楼，但看不到我们想象中的办公室，包括他们的负责人也没有办公室之类的地方，甚至连正规的办公桌都看不见。一间30多平方米大的接待室，也是活动室，有电视、休闲围坐的桌椅、小黑板等，几位残疾人坐在那儿聊天。与接待室相连的各个房间，主要是康复室、储物间等。我们与这个机构的负责人及一些工作人员和院民做了简单的交流后，工作人员带我们到各处参观。除了这座办公楼外，其他各幢楼都居住着院民。一幢楼住六七个院民，配专门的工作人员，负责三餐、卫生、康复及护理。每幢楼的布局相仿，有公共的康复、健身、娱乐、餐饮等设施。正逢午餐时间，六七个院民在餐厅围坐一张长条桌用餐，有工作人员提供服务。康复室有协助轮椅使用者进入海洋球池子的辅助装置，有专门的辅助入浴装置。整个机构都是无障碍的，从每幢楼内部到院子里，没有台阶，没有门槛，开门时按个按钮门自动打开，轮椅畅行没有障碍。院子里还种了许多花木，空地是草坪，许多处摆放了休闲桌椅。

每个院民都有自己独立的居室，每个居室都是两间套房，有单独的卫生间。我到一个女院民的房间，她的卧室兼做书房，有两个插满了书的书架，起居室除了沙发外还有一个摆满了小花盆的花架，边上有一张轮椅。屋里的陈设完全没有我在国内参观老人公寓、残疾人福利院及残疾人托养机构时看到的那种简单划一，我心里荡漾着温馨和温暖，这里不像是在一个康复机构里，倒更像是走进了一个残疾人的家中，这个残疾人以其鲜明的个性表明她的存在，她的审美、兴趣和对生活的爱，她区别于其他人进入你的眼里，融入你的心里。她穿着花衣衫坐在沙发上迎接我们，她说话有困难，但一直非常开心地笑着，是以此表达对我们到来的喜悦吧，我希望是这样。我送她一枚我们的徽章，工作人员把徽章别到她胸前时她更是欢快得手舞足蹈。

我们回到办公楼，突然，意外地，透过办公楼的窗户，我看到院子的中央竖立的旗杆上，丹麦国旗下了半旗。问工作人员才知道，前一天这里的一名患者去世了，机构为他降了半旗。为一个普通的残疾人，一名居住在康复服务机构里的脑瘫患者下半旗志哀，这太令人震撼了。这一幅画面永远定格在我的脑子里：在明朗的蓝天白云下，一片土黄色的建筑群中央广场上，旗杆上降下一半的丹麦国旗在风中飘扬。透过丹麦这个脑瘫康复中心为一名普通残疾人下半旗这件事，我理解，一个文明的社会正是通过这样的细节告诉人们：人人生而平等，每个人的生存都是有价值的，每个人都应当得到关注、重视和尊重，无论是伟人或庸人，健全人或残疾人，都有获得尊重的权利，尊重他人也就是尊重自己。

我只是走马观花地接触了这家丹麦的脑瘫康复中心，很遗憾没机会更进一步了解它是如何运作的，以及它的管理和它的服务。但从它极具北欧简约风格的建筑外观，到它无障碍设施的细致处、院民的个性化居室和为一个去世的院民下半旗的举动，你能够感受到人的价值和尊严。国内近几年正兴起残联“二次创业”，各地残疾人康复中心、培训中心、托养中心等等拔地而起。去年我到外省一个市参观残疾人康复中心，十几层的高楼，一进大厅那个宽敞、豪华和气派，管理人员非常自豪地说这里是按五星级标准建设的。可我总觉得这种奢侈与目前残疾人的状况，与我国目前的经济发展太不相适应，那种表面上的豪华等同于浪费。引导员带着我们一层一层地参观，更让我感觉我们看到的多数内容都是为了给人参观而设置的，剔除了“参观”的内容，它不过是一个华丽的空壳子。我们投入大量的资金建设“康复中心”，派出许多人到欧美进步国家学习，引进各种先进的康复设备，学习先进的康复技术，但往往忽视了最根本的内容，那就是对人的尊重。

我们开始建立残疾人托养机构，肯定是由于经济的原因，我们还做不到为残疾人寄宿安排单间，更不用说套间了，但我们确实很少，甚至是压根就没去想残疾人个人隐私之类的问题，意识中，这个问题似乎是不必去思考的问题，因为我们总是以为还有更多的更为重要的残疾人的问题需要我们去考虑。我们开始注重服务了，但我们的服务更多的是考虑我能给予的服务，而不是立足于满足残疾人的服务需求，甚至，在服务过程中处处体现的是管理，对居住在托养机构中的残疾人，我们提出的是规范和协调，是组织和服从，是约束和纪律。当然，这决非残疾人领域所独有，我们的学校、医院、老年服务机构等等，无不以管理代替了服务，甚至居高临下管理着我们的服务对象，并不以为这样的服务有什么不当。

在这里，我看到的是人性对每个人的尊重。在这里，我看到的是人类对美好生活的追求。这是一种理念，而不仅是表面的形式。物质生活可以有高下，但对生命的尊重，对美好生活的追求不会也不应当改变。对于我们，可能还将有一个漫长的过程，有必要从每个人做起，尊重每个生命的价值和尊严。

第六卷 诠释宽容

悠久的历史,发达的经济,经典的文化,一直是人们心目中最富饶、最先进、最具实力的地方。走进西欧在感受富裕的同时还可以看到人类奋斗的足迹。但这里还有扑朔迷离红灯区、吸毒者、同性恋,以及暴力,它们就生活在我们的身边。

第三十六章　对捐赠可以说不

丹麦与德国就隔着个波罗的海，我们驾车 150 多公里后摆渡 45 分钟就到达德国，在德国境内再驾车 160 多公里到达汉堡。德国是全世界唯一在高速公路上你想开多快就可以开多快的地方。德国总体上说是一个严谨的国家，但开车例外。一般德国人在不限速的公路上驾驶汽车，开到时速 180 公里是件稀松平常的事，而开到 250 公里的也大有人在。德国人应当感到非常的自豪，因为他们不仅有世界上最好的车，还有世界上最好的路。世界上第一条高速公路诞生在德国，二战时期德国一边在打仗一边修高速公路，他们的高速公路成为战时最快速的运输网络，而且这些路现在还在用。

梁导对我说："你试试在德国开快车的感觉，看看最快能开多少公里。"其实我的脚已在不知不觉中加大力度踩在油门上，汽车的速度从 120 公里渐渐提升到 160 多公里，却丝毫没有通常我驾驶速度达到 130 公里时就会产生的飘起来的感觉，我想，这对我对我们的车都是超常发挥了。关键还是德国公路附着力特别好，所以汽车在上面可以行驶得稳稳当当。

在公路上飞驰的不仅汽车，还有摩托车。摩托车正在成为许多欧洲人的代步、运动、休闲、包括旅行的工具。在欧洲，我看到最帅气的是骑自行车的人，最酷的却是骑摩托车的人。在休息区看到一对驾驶摩托车的夫妇：头盔、皮衣、皮裤、皮靴和黑色摩托车，非常霸气。我借他们的头盔戴上，跨上他们高大的摩托车扮酷。一会儿我们上路了，他们风驰电掣般地从我们身旁驶过，速度竟比我们汽车还快了许多。

途中遇一场大雨，又正巧这个地方修路。修路的地方车道重新画上黄线，窄窄的两个车道，车道几乎就只有一部车的宽度。车道上的车一部接着一部，汽车似乎没有放慢速度，仍以至少是 120 公里的车速行驶。在雨中，在狭窄的路上飞驰，我感觉紧张又感到非常刺激，全部的神经都兴奋起来。我们的行程已经历多次大雨、暴雨，在西伯利亚、在圣彼得堡、在挪威峡湾。这场雨持续不到半小时，来得凶猛去得也快，雨过后又见晴朗天空阳光普照。

到达汉堡，旅行社没有特别的安排，给我们 3 个小时在阿尔斯特湖畔自由活动。大家首选直奔大商场，我给天明买了一条西裤背带，回家看还是 MADE IN CHINA，不会购物真是遗憾。团队里每个人都有点采购，一不小心也会买到中国制造的。从莫斯科以来，沿途我们所到之处，都可见中国游客；进入欧洲，中国商品遍及各大商场。从这一点上我们是不是应当感到高兴和自豪，中国人走出来了，中国商品也走出来了，中国真的开始走出来了。只是在量的提升的同时，要更进一步注重提升质，才能真正实现走进世界。

我在商场逛了一阵就与伙伴们走散了。独自走出商场，看到一座最醒目的建筑尖顶高耸，煞是诱人。我就奔它而去，近前一看竟然是市政厅。欧洲的市政厅都有一定历史，汉堡市政厅也不例外。这座耸立在阿尔斯特湖畔的绿顶灰墙建筑是汉堡市地标性建筑，如同我们看到的欧洲许多建筑一样，这座宏伟的建筑外观也有许多精美的雕塑。正中间直冲云霄的尖顶是钟楼，钟楼的正面墙上，一个半圆形的壁龛内镶嵌着一幅画，那是汉堡的守护神汉莫尼雅，画像的上方 3 行金色的拉丁文，意思是“先辈赢得的自由，后人应加倍珍惜”。这个城市曾经经历过几次大磨难：1806 年到 1814 年被拿破仑的军队占领；1842 年遭受大火灾，城市的三分之一被烧毁；1943 年遭到英国皇家空军大轰炸，城市大部分被摧毁，几万人死亡；1962 年又遇到大洪水，汉堡市被淹没在水中。或许正是这些磨难使汉堡市民更珍惜今天的自由和祥和。没有导游带路，我一人走进市政厅还有些忐忑不安。正面有几级台阶，侧面是坡道。我顺着坡道来到市政厅大门前，看到大门左侧的墙上一面告示牌，上面四种文字，有中文，写着：“市政厅，自由汉萨城汉堡州政府和州议会所在地。修建于 1886 年及 1897 年，由 7 名汉堡建筑师共同设计。原市政厅毁于 1842 年的城市大火中。”大门的边上还有一个按钮，上面又是一块告示牌，写着开放时间，还有一行中文：“市政厅无障碍通道，如需帮助请按铃。”这么温馨的告示牌，并且还是中文的，好像专门写给我，鼓励我大着胆进入。

我转动轮椅进入一楼大厅，大厅由16根大石柱支撑，每根石柱的四面上都有人像浮雕，共64名汉堡市名人，周边是一些图片摄影展。二楼是权力机构所在地，据说有德意志王国20位著名的皇帝雕像和一些壁画。因为没找到电梯，我就没有上楼了，只看到台阶的上方有几个正在忙碌工作的人。

在市政厅的右侧是圣彼得教堂，红墙尖塔建筑，据说那个尖顶有132米高，是汉堡市最古老的教堂。我找到侧面一个有无障碍通道的门，静静的教堂内正逢弥撒时间，我也随信众们听神父布道和音乐。虽然我什么也听不懂，但教堂内神父的布道声和音乐，给我肃穆与空灵的感觉，是我非常喜欢的。在市政厅的左侧是美丽的阿尔斯特湖，岸边竖立着第一次世界大战死难者纪念碑，过桥到湖的对岸，一排白色的连拱走廊是咖啡屋和品牌商店。漫步湖畔，看着石阶上许多休闲的游客，和水里、岸边成群戏游着的天鹅、野鸭、鸽子，恰成一幅充满野趣和自然景致的画面。

距离汉堡市273公里的地方，有一座有着一千多年历史的文化小城——杜德城，位于德国东部，属下萨克森州南部哥廷根地区，奥托博克总部就在这里，我们应奥托博克总部的邀请专程来到这里。

这次自驾伦敦，有不少单位主动提出为我们捐赠物品，其中最大的捐赠者是奥托博克，为我们每个人捐赠一部轮椅。肢体残疾人团队旅游，轮椅是必需的。即使如我这样的轻度残疾，在团队出行时最好也要备上轮椅，以免跟不上队伍或行动太过吃力。

德国奥托博克，假肢行业的老大，轮椅质量也是一流。获知奥托博克要为我们这一行下肢残疾人统一配置轮椅，我们都非常高兴，也非常感激。在办英国签证聚集北京时，北京奥托博克已派技术人员专程前来为我们量体，我们也看了样品，提出需求意见，并特别强调这是出行轮椅，要轻便要便于自助使用。公司表示会尽量满足我们的需求。

出发前半个月，北奥旅行社在我们的QQ群上贴出了最后定制的轮椅照片，大家一看全傻了，轮椅轮子很大，扶手很高，显得笨重，是在家里使用或由他人助推的那种，带这样的轮椅出行，不把自己累垮才怪呢。可这是人家捐赠的，能对捐赠的东西提那么多的意见吗？

QQ上大家意见不一，有的说算了，这一部轮椅价值几千，是捐的又不是买的不能太挑剔。有的说拿了人家的轮椅就得带上用，可这种轮椅使用起来也太费劲了。最后意见，还是要请旅行社向奥托博克提出，请他们进一步改进。

很快旅行社传达了北京奥托博克意见：按照当时公司研究决定捐赠的这一款轮椅，已根据我们的要求做了最大限度的改进。

关键是款式不合适。我们外出旅行需要的是轻便休闲型轮椅，而捐赠的这一款是家用舒适型轮椅。款式不同价格也不同，奥托博克的休闲轮椅恐怕得上万元。

对现有的这一款轮椅再做改进已不可能，可要携带这样的轮椅长途旅行，不仅运动起来费劲，每天还都要装卸到汽车上，确实太不方便了。

QQ 群上的讨论继续着，如果捐赠物品确实不适合使用，接受捐赠就意味着额外负担，同时也是资源的浪费，这种情况下是否还要接受捐赠呢？对捐赠物品是注重它的价格还是注重它的实际使用呢？

最后，大家达成了一致意见，奥托博克捐赠的轮椅我们不要了，大家自备轮椅。

或许奥托博克被我们的决定震惊了，恐怕没有人拒绝过他们的捐赠，特别是在中国，毕竟一张轮椅价值几千。北京奥托博克向德国总部做了汇报，总公司再一次认真考虑了我们的实际需求，于是做出了当时我们都料想不到的决定：按照我们的需求调整捐赠轮椅。接着，一款轻便休闲轮椅图片出现在我们的 QQ 群上。

看着这张图片我们感受到了奥托博克的真诚，感谢奥托博克。同时也为我们不盲目接受捐赠，敢于对不适用的捐赠说“不”感到一丝自豪。在我们身边有许多残疾人获得免费捐赠的轮椅、拐杖、假肢等辅助器具，许多时候这些捐赠的辅助器具并不适用，甚至是重复获得，但因为它是政府或社会爱心人士给予的关爱，是免费捐赠的，因此绝大多数残疾人都选择了接受下来，但实际上获得的这些不适用的辅助器具只能被搁置一边，真正是弃之不舍留着占位啊。同时，捐赠物资没有发挥它应有的价值，实际上就等同于政府福利资金和社会爱心资金的浪费。对不适用的捐赠物资要敢于拒绝，只有拒绝，才能让发放捐赠物资的工作人员认真去选择真正需要这些物资的人；只有拒绝，才能让政府和社会爱心人士根据残疾人的需求提供捐赠物资；只有拒绝，才能让捐赠的物资真正到达需要的人手中；只有拒绝，残疾人才能真正获得适合自己物资的捐赠。也正因为我们实事求是地对待捐赠，才赢得奥托博克在捐赠时能够认真对待、尊重并最后满足我们的需求。奥托博克不仅为我们每个人捐赠合适的轮椅，还邀请我们途经德国时到他们公司参观。

杜德城环境整洁优美，空气清新，建筑更是令人眼前一亮：小镇的楼房多数采用外露构件的木结构建筑，涂上鲜艳的色彩，装饰效果很强；屋顶特别陡，看着像戴顶尖尖的高帽子，是典型的德国地方建筑风格。

奥托博克是一个家族企业，1919 年由奥托博克先生创立了这家公司，现在的掌门人是奥托博克先生的外孙，第三代传人。奥托博克集团公司下设三个核心事业部：健康康复、化工材料和信息技术。我们参观的是健康康复集团，它的产品都是我们熟悉的假肢、矫形器、各类轮椅、康复坐垫，以及神经植入等。奥托博克在全球 48 个国家设立了销售网络，在 9 个国家建立生产基地，其中有我们中国，生产基地建在北京。在中国还设立了东（上海）、南（广州）、西（成都）、北（北京）四大区域销售办事处。

销售总监和翻译已在大门口等候我们，奥托博克首席运营官托普·史密斯先生全程接待我们，他赞扬我们的自驾行是非常有创造力的想法，并戏称这一万多公里的行程完全是一种疯狂的很酷的行为。史密斯先生向我们介绍了奥托博克的发展历史以及对残奥运动会的贡献及服务等情况，带我们参观了健康康复公司研发和生产的各个车间。

接着，我们前往另一个叫吉坡的美丽湖滨小城，这里是奥托博克的一个接待中心。一位专门负责轮椅生产方面的专家为我们介绍了他们生产的各种轮椅，还特意邀请了德国前残奥冠军——一位资深轮椅使用者，与我们交流轮椅使用的经验及德国残疾人福利政策等。同时提供了好几辆适合各类患者和各种功能的轮椅，让大家尽情体验。我们就在接待中心的小花园里，试开着每种手动、电动轮椅。导游小刘更是兴致勃勃，不仅体验了各种轮椅，还卖力地学习各种操纵轮椅的技能——如何翘起前面两个小轮，如何上台阶等，在我们接下去的行程中，小刘对轮椅更是情有独钟，一有机会就借个轮椅“玩”上一把，也因此摔了好几回，但技艺明显地提高了。晚上，史密斯先生代表公司宴请我们全体人员，这是我们一路行程中最正式最丰盛的晚宴。有机会享受正式的德国大餐，品尝德国啤酒，听史密斯先生说些德国的趣事，大家都很高兴。最后，我们与奥托博克的朋友们合影并互赠了纪念品。

第三十七章 沼泽上建立起来的现代大都市

汽车驶入阿姆斯特丹市区时，丽珠就问："你们看，阿姆斯特丹的房子都有个钩，知道这是干什么的吗?"她之前来过阿姆斯特丹，当时导游曾问过他们同样的问题。我一看果真如此，几乎每栋楼都在屋顶的位置伸出一个吊钩，有的一栋楼还有好几个，对应着在窗户的上方，似乎是用来吊东西的。丽珠说："导游告诉我们，阿姆斯特丹的房子门特别小，因为过去这里有一条法律规定，房屋税是按照房门的大小收取的，因此市民们都把房门弄得很小，却把窗户做得很大，家具什么的大东西就从窗口吊运进去。"真是奇特得很。

在阿姆斯特丹，大家还发现一个非常奇特的标志，竖着排的 3 个"×"，随处可见。梁导说："这是阿姆斯特丹的标志，代表阿姆斯特丹历史上曾经经历的三场灾难，洪水、大火和黑死病。"阿姆斯特丹建城于公元 12 世纪，当时这里还是一片低洼沼泽，居民最担心的就是好不容易开垦出来的土地被大水淹没。阿姆斯特丹早期的传统房屋是木结构建筑，曾经发生几场严重大火，将木制建筑几乎烧光殆尽。阿姆斯特丹地势低，排水不良就会滋生很多老鼠，带菌的老鼠到处散播病菌致使黑死病蔓延，当时的阿姆斯特丹几乎被"灭城"。灾难，刻骨铭心，3 个"×"一直在警醒着后人。但 3 个"×"被制作成精美的城市标志——两只狮子环抱着皇冠，皇冠下 3 个竖排"×"，它似乎又表达着一种自豪，阿姆斯特丹人正是在不断与灾难的抗争中建立了自己美好的家园。

踏上阿姆斯特丹的土地，你得满怀敬意，因为这里原本是一片沼泽，荷兰人就在海滩沼泽上建成了这座国际大都市。阿姆斯特丹的这个"丹"字，在荷兰语中是水坝的意思。700多年前荷兰人筑起了水坝，在这里填海造田建城。荷兰四分之一的土地低于海平面，最低处在海平面下6米，有五分之一的土地是通过围垦填海获得的。在今天的阿姆斯特丹，我们仍然可以看到一些荷兰人为了生存与发展，竭力与自然抗争的痕迹，但我们已看不到曾经的艰难，看不到曾经那种撕裂般的痛，只有明艳又淡雅的美丽，如同郁金香，绽放在阿姆斯特丹。

几百年来，荷兰人修筑的拦海堤坝长达1800公里。我们游览的市中心广场就叫水坝广场，是整个城市的政治中心和商业中心。广场上最醒目的建筑是市政厅，建于1648年，由于地质的关系，整个建筑物用了1万3千多根木桩。市政厅的两侧，分别是新教堂和杜莎夫人蜡像馆。正对面是为纪念第二次世界大战期间受纳粹迫害的牺牲者而设立的国家纪念碑。我和丽珠、东娅原本想去杜莎夫人蜡像馆，残疾人可以免费，但排队时被告知轮椅一定要有陪同。我就随便邀请了3位也想进蜡像馆参观的年轻人，没想到这里一次仅能进一部轮椅，只好作罢。正好宝明夫妇过来，他们俩进去刚好。之后宝明说，蜡像馆很大，很值得看，但很窄，电梯也很小。难怪一次只能进一部轮椅。这也是阿姆斯特丹的特色，寸土寸金，所以房屋都很窄小。

荷兰人发明了世界上第一座为人类提供动力的抽水风车。他们利用风车排水治涝，同时使用风车把风力变成巨大的电力，发展了世界上最早的工业。荷兰风车非常特别，风车上还有个顶篷，顶篷安装在滚轮上。最大的风车有好几层楼高，风翼长达20米。想象一下18世纪末荷兰的景象，有一万多架的风车，它们成排站立在绿色的田野前，终日旋转。今天，只有在风车村还能看到一些当年荷兰人生活的画面。

风车村距离阿姆斯特丹15公里，这里还有荷兰最具民族特色的木鞋。荷兰有三宝：郁金香、大风车和木鞋。寒冷又地势低洼，老百姓买不起鞋子，又不能赤脚走在这样的地上，于是就把白杨木镂空制作成鞋。荷兰木鞋鞋底厚实，鞋头上翘像只船，据说它不易裂、不变形、不渗水、不沾泥，而且透气性能好，穿在脚上又舒服，鞋内填充稻草还可以御寒。制作简易，又好清洗，又耐穿。如今已没什么人穿木鞋了，更多的木鞋画上风车、郁金香以及荷兰风景等，作为工艺品销售世界各地。我们实地观看了木鞋的整个制作流程表演，再带上几双小木鞋送给亲朋好友。

几百年前阿姆斯特丹还是一个小渔村，今天，只有沃伦丹或许还能寻找到一些渔村的感觉。当然，今日沃伦丹主要以旅游业为主，捕鱼只是辅助。

我们冒雨来到位于艾瑟湖边上的小渔村沃伦丹。从前这里是个海湾，人们以打鱼为生。为抵挡洪水，荷兰人在修筑了北海大堤坝后，海湾也就成了现在的艾瑟湖。打鱼的人渐渐少了，可游人却渐渐多了起来。在砖石铺成的路上，轮椅行走阻力比较大，又下着雨，多亏了是奥托博克这种轮椅，两个前轮较大。我们在导游的带领下先到一个小店，一拨拨的游客等着看 10 分钟的录像介绍阿姆斯特丹。阿姆斯特丹从中世纪的渔村，到欧洲重要的贸易港口，17 世纪曾为海上殖民强国，18 世纪有过一段经济萧条，19 世纪成为荷兰王国首都。

看了录像，导游原本安排我们在渔村用餐，可渔村里餐馆都很小，很难容下我们这么多的轮椅。我们只是在小渔村自由漫步，和所有旅游点一样，这里有各种旅游纪念品商店和民族服装店。一种小吃——北海生鱼，许多游客都买了品尝，我们也试了试，生鱼配上腌黄瓜和洋葱，口感还不错，但软软的，没敢多吃。一个鱼店里销售各种鱼，我也算来自海边的，但那些鱼基本上都没见过。有个专门卖乳酪的店，门口一头荷兰花斑牛，店里垒着的全是乳酪。我没见过这么大块的乳酪，制作成一个个好大的圆墩，我还以为是木墩呢。湖边有几处铜雕塑，以当地渔夫、渔妇为模型，似乎他们刚忙完活被招呼过来做个模特，我们就以他们为背景拍张照吧，雕像的背后是如同海一样的艾瑟湖，湖上帆船桅杆林立。渔村的房子真是漂亮，每幢两层楼和一个不大的小院落，院子里鲜花盛开。我们都冲着人家的小院感叹不已。

荷兰有个特别之处，宪法规定首都是阿姆斯特丹，但海牙才是荷兰政治中心，所有政府机关、外国使馆，以及最高法院等都在海牙，包括女王也在海牙居住并办公。所以有的人说荷兰有两个首都，或者说海牙才是荷兰实际意义上的首都。

我们驱车往比利时，途经海牙，专门去看位于海牙的联合国国际法庭。海牙国际法庭又叫和平宫，1899 年第一次海牙和平大会决定建立仲裁常设法庭，和平宫就是为仲裁常设法庭而建。和平宫建于 1907 年至 1913 年之间，主要由美国“钢铁大王”安德鲁·卡内基捐资兴建。现在是联合国国际法院所在地，为联合国六大机构之一，成立于 1946 年。和平宫是两层楼的欧式宫廷建筑，花岗岩、砂岩和红砖的围墙，灰色石板的房顶，给人和平凝重的感觉。几个尖塔错落有致，左侧是高高的钟楼，显得有些傲气凛然。楼前是一片草坪，外边铁门上的图案中央是和平女神像，传递着和平的信息。

如果导游没有介绍，还真看不出这是个国际法庭，在这里审判过一些重大国际战争罪犯。和平宫内有世界上最大的国际公法图书馆，工作日开放参观，但我们去的这天，不知什么原因没有开门，我们只能在外围拍个照。

第三十八章　布鲁塞尔惊魂记

我们的车队从阿姆斯特丹经海牙、鹿特丹进入比利时首都布鲁塞尔。

布鲁塞尔乱象丛生。我们要去布鲁塞尔大广场，而布鲁塞尔大广场是在一大片民居建筑中，纵横交错的古老街道都很狭窄。街道边停着一溜的车，有的甚至两边都停着车，成了临时停车场，使原本就不宽敞的街道更窄了，中间仅留下一部车行走的空间，汽车只能单向行驶。4 号、5 号、6 号三辆车在一个转弯道没跟上，就不知掉队到哪里去了。梁导用对讲机叫了老半天，那三辆车也弄不明白怎样才能找到我们，只好在路边停下等我们去营救。梁导开着 1 号车，带着 2 号、3 号车想返回到那三辆车的位置也非常不容易，一路上都是单行道或是正在修路被拦住了，绕了好半天也回不到原来的路上。梁导就让 2 号、3 号车先停在一个比较宽畅的路边，单车驾驶相对灵活些，这才绕了个大弯找到了其他三辆车，领着他们先到了布鲁塞尔大广场，接着再回头带另外两辆车。这前后折腾了一个多小时。

布鲁塞尔大广场附近街道两旁的临时停车场都已停满了车，但总发现有一两个空位，原来都是划出的无障碍停车位。再怎么停车难，大家也不去占用无障碍停车位，占用无障碍停车位要被重罚，尽管这里看不到警察，我想是重罚之后人们早已形成了共识和自觉的行为，这才是最为重要的。看来在欧洲残疾人驾车还是有优势的，在这么不方便停车的地方，残疾人找停车位却相对比较方便。只是一条街道上的无障碍停车位一般就一两个，我们的车多，只能分开几处停放。

在我们的车绕着弯找车找路的时候，我两次被“袭击”。一次是梁导下车问路，我的车窗前突然冒出了六七个脑袋冲着我挥手说话，都是20来岁的小伙子，棕黑色的皮肤，不知是哪国人，也不知他们说的是什么。此时车上就我一人，车窗是摇下来的，他们的头不断向我逼近，有个人的头都伸进车窗了。我感到恐慌，不知如何是好。多亏这时梁导回来了，几句话把他们轰走。我问梁导他们说什么，梁导说他也听不懂，说的是法语，大概是贩毒的。又转了几个弯，在一次走错路退出时，因为路窄，在后边的3号车就跑在我们前面了。突然，路边冲出一个人，拦在3号车前挥动着手臂嚷嚷着什么。梁导立即下车，一边说着一边抓着那人推到路边，我注意到路旁一个小花园里还有一拨人在哈哈大笑。3号车赶紧开走了，可梁导刚一上车，那年轻人又冲到我们的车前。梁导第二次下车，把那人推到一边。刚转身那人又想过来，梁导很生气地对他挥着手吼着，旁边那群人笑得更厉害了，那个小伙子这才没有再过来。梁导说，那人拦下车说要“买路钱”，半开玩笑半当真的。我说你好勇敢，他们可是一伙的。梁导说，这时你就不能害怕，越害怕他们就会做得越过分。

两次被突然袭击，多亏有梁导在没发生什么意外。布鲁塞尔的侨民占总人口的四分之一，多达82个国籍，是个非常开放非常包容的城市，但也因此含污纳垢，治安不是很好。我看到似乎闲散的年轻人特别多，公园里有人躺在草地上用一张报纸遮在头上睡觉；路边几个年轻人盘腿坐着聊天；有乞丐也有流浪汉，还有酒醉的人在街道上晃悠。接着，我们遭遇更大的袭击。

晚上，我们来到住宿酒店，汽车停在酒店对面一个停车场边上，大家都忙着装轮椅、拿行李、进酒店，突然听到东娅说：“糟糕，我的包没了。”当时周边都是我们的人，可大家都忙着自己的事，谁都没有注意到有谁路过还拎走了包。

“会不会有人拿错了？”导游帮着查看已拿进酒店大堂的行李，没有东娅的包。

“我把包挂在轮椅背后，因为外衣还在车上，回身取衣服，才一个转身的功夫轮椅后面的包就不见了。”东娅心情沉重地说。那拎走包的人动作也太快了。也因为残疾人行动不便，移动、转身动作都慢点。

“包里都有什么东西？”田总问。

“钱都在里边。我自己的钱丢了还是小事，关键是大家的钱都在里边。”

东娅更着急了。

我们立即电话报警，警方让我们到警局登记。到了警局，填了一堆表，做了一番登记，最后却被告知，布鲁塞尔移民、难民太多，这样的失窃案每天都有好几十起，多数案子都破不了，即使个别破了案找到窃贼的，按规定也只能扣下他们身上的钱然后就放人，如果身上没钱的就直接放人了。我们电话我国驻比利时使馆，使馆值班工作人员也表示爱莫能助。

这时健明说，他白天在布鲁塞尔大广场时也丢了他的大炮筒相机。这又是个惊人的消息。健明说："我在大广场附近的一条大街上遇到两位来自中东看上去很友善的年轻人，其中一位给我拍照，两位年轻人和我聊了一会儿后，我把相机挂在轮椅后面就与他们道别。当我到另一处要拿相机时，发现相机没有了，短短只有 200 米左右的路程。我想可能与他们有关，因为我挂上相机走时，他们还在我背后跟了一程。"健明很宽容地说："也许这两位中东来的小伙子真的缺钱了，需要用一些不道德的方法和手段。上帝会原谅这两位小伙子的。我原谅他们了。"

健明很宽容，丢了价值 1 万多元的相机和里边的一些照片。

东娅丢的那个包里却装了 A 团成员的公共资金，有美元、欧元和人民币，折合人民币共 8 万多元，事情就复杂了。

当东娅携带的钱被偷走时，大家第一个本能的反应是东娅非常不幸，丢了这么多的钱。这似乎是一种惯性思维，我的钱并没有被偷，被偷的是东娅的钱。于是宁为发动大家为东娅捐钱，不仅向 A 团成员募集资金，也向后来自驾团队的其他成员募款。宁为自己率先垂范捐一万元，跃林、春荣也表示愿意出一万。

我无法说我捐一万元，就如同一个贫民无法对富翁说我捐钱给你。但我认为委托东娅保管的钱被偷了，不应当由她一人承担责任，因为这不是她一个人的责任。我们都是残疾人公益活动的组织者，所有参与公益组织活动的都是志愿者，类似代管的公共资金被偷窃这样的事情，也曾发生过，我个人觉得，不能也不应该由这位代管的志愿者赔偿被偷窃的资金。但我说不出个理由。

募捐的事在其他成员中也引起了各种不同意见，有人私下里塞给东娅一千或几百元以表达他们的心意，也有人却质疑这钱是否确定是被偷了。东娅面临尴尬和委曲。

在伦敦的最后一天早餐后，我们坐在大堂等车。童泽过来说，“这几天我一直做一个梦，同样的梦。我梦见一个企业的财务总管，公司的钱被偷了，公司负责人让她做出赔偿，她也认了。后来这事不知怎么就上了法庭，法院判决处罚公司负责人一笔金额，因为他不应当做出让财务总监赔偿的决定；判决处罚财务总管一分钱，因为她不该自己也认为自己该做出赔偿。”童泽一脸真诚地说：“我也不知道为什么会一直做这样的梦，这梦是什么意思我也不知道。”

童泽在我心中可是个有智慧的理论家，我问：“那你说这钱被偷应当由谁负责?”

童泽说：“法院认为这事应当先破偷窃案。”

“如果偷窃案破不了怎么办?”

“那只好先挂在那里了。”

我不知道有没有法律依据说财务总监不需要做出赔偿，但童泽说的梦给我一个提示，这事应当先挂在那儿，偷窃案已报警，严格意义上说应当等破案。况且现在我们还在途中，一切有待回去后再做决定。我将我的意见对宁为、东娅说了，他们都表示同意。我建议东娅回去后也应当咨询有关律师。

这次伦敦自驾，旅行社报价 10.6 万，自备汽车，但途中车的费用含在旅行社的收费中。筹划这次活动的组织者考虑到统一购车和邀请记者以及其他可能产生的费用，要求报名者每人另外追加 4.4 万元，汇入东娅的账户。我报名时收到一份电子文档“个人承诺书”，其中第 2 条是“由于此次出行团费中不包括车辆、记者随行和其他不可预料的费用，本人愿意缴纳肆万肆仟元整，作为这次活动中上述部分的公共费用。最后旅行回国后多退少补。”说明这笔资金的用途，但最后没有签字。我们每个人将 4.4 万元汇入东娅账户，与东娅之间形成事实委托与被委托关系，但却没有形成委托代管的协议，没有明确代管资金的职责。根据《合同法》第三百七十四条规定：“保管期间，因保管人保管不善造成保管物毁损、灭失的，保管人应当承担损害赔偿责任，但保管是无偿的，保管人证明自己没有重大过失的，不承担损害赔偿责任。”第四百零六条规定：“有偿的委托合同，因受托人的过错给委托人造成损失的，委托人可以要求赔偿损失。无偿的委托合同，因受托人的故意或者重大过失给委托人造成损失的，委托人可以要求赔偿损失。受托人超越权限给委托人造成损失的，应当赔偿损失。”由此可见，我们与东娅虽然没有正式合同，但仍属无偿委托关系。东娅在受委托保管资金期间被盗，当属突发意外事件，而不是她个人的重大过失，更不是故意所为，不应当承担赔偿责任。

我们此次自驾旅行是一种松散的组织形式，存在几个方面考虑不周，是导致钱被偷窃的主要原因。一是公共费用的主要开支是用于购车费用和邀请记者的费用，但出发前原计划购车已改为租车，原计划邀请两名记者最后改为一人，并且只走到俄罗斯。因此，原本测算的每人 4.4 万元的预收款是肯定用不完了，但却没有及时将多出的这些钱退还给大家。二是明显有余的预收款没有及时退还大家搁在东娅的账户上也不妨，可以等活动结束再退。但出发时却将这些钱全部兑换成外币带上——不是存在银行卡里，而是以现金方式携带。东娅就这么一路携带着巨额现金，其精神负担不知有多大。直到布鲁塞尔才丢，或许已经是奇迹了。这也说明我们对境外旅行的无知，携带那么多的现金的确是件非常愚蠢的事。三是在俄罗斯期间，雪虹一直协同东娅保管这笔现金。俄罗斯行程结束，雪虹回国时，她们俩已考虑到不需要这么多的现金，由雪虹带回了一部分。但余下 8 万现金，没有及时分解，或增加一个人协助保管，仍由东娅一人继续携带着。

自驾旅行有发起者，但一旦踏上行程，我们就都是同等的参与者和组织者，因此考虑不周，存在的这些问题，是我们大家共同失误。回国后，曾有团队成员想通过法律和媒体途径，让东娅退回他本人在东娅那儿被偷窃的钱，但最后还是撤诉了，一场官司没有发生。当本文写成时，丢钱的事已处理妥当，大家都分担了责任，而东娅本人也自愿给予大家一些经济补偿。

近几年欧洲将社会问题归结于多元文化主义，德国、英国、法国、荷兰等国的领导人都相继声称多元文化政策对国家安全会造成威胁，宣布本国多元文化政策失败。挪威的爆炸枪击案犯布雷维克就极力宣扬自己是多元文化主义的反对者。当我们在挪威首都奥斯陆时，梁导特别指给我们看正在修建中的挪威首相府。2011 年 7 月 22 日，挪威人布雷维克在奥斯陆挪威首相府引发爆炸，造成 8 人死亡。而后又到附近的于特岛青年营，向正在那里参加挪威工党青年团年度活动的青少年开枪，共造成 69 人死亡。我们还特意到了通往于特岛的渡口。渡口摆放了不少祭祀物品和鲜花，还有一些逝者的照片——都是非常年轻的孩子。地上，有人用小石子摆放了一个心形图案。不远处的案发现场于特岛覆盖着茂密的树木，让我感觉去年的惨案既远且近。也就在我们还在欧洲期间，听到对布雷维克的判决：77条人命仅仅判决21年监禁。

布雷维克虽然是一个人独自策划实施爆炸和大屠杀，但他在思想上并不乏同道——那些多元文化主义的反对者。欧洲各国实施多元文化政策多年，但实质上仍是欧洲中心主义，在他们看来，只有西方文化才是最高级的文化，甚至是代表人类文化的未来，对非西方文化采取容忍的态度，或者给予部分的承认，似乎已经表达了他们的宽容。所谓融合，一直都是单向的——你向我融合，因此这种融合也就有了居高临下的感觉。多元文化不应当是社会混乱的根源，几乎所有文化中都包含一些共同的道德规范，持不同文化信仰的人们也许不能就道德和价值问题达成完全的共识，但可以达成基本的共识，可以以此建立一个共同的社会道德共识和法律体系道德基础。欧洲各国可以对非西方文化给予更多的尊重，甚至可以向其他文化学习，这才是真正的包容。

第三十九章　马克思写下《共产党宣言》的地方

布鲁塞尔大广场游客非常的多，到处是人，走动的、站立的、坐的、躺的，就在这个用花岗岩铺砌而成的广场上。广场四周都是非常精美的建筑，以青灰色为主色调，金色、绿色作点缀，华丽的雕塑和欧洲各时期的建筑风格集中于此。雨果就赞美布鲁塞尔大广场是世界上最美丽的广场。

最引人注目的是市政厅，典型的哥特式建筑，是布鲁塞尔的城市地标，1988 年被评为世界文化遗产。市政厅中央高高耸立着一座塔楼，塔尖上有一个金色的雕像，是布鲁塞尔守护神圣米歇尔，他手里持着一把剑，这个精致的雕像还是个风向标。传说布鲁塞尔的领主曾因圣米歇尔相救而幸免于难，领主为此授予圣米歇尔布鲁塞尔守护神的称号。

市政厅的右侧是天鹅咖啡馆，因门上装饰的一只白天鹅而得名，一座 5 层的建筑物，建筑的上方站立着一个金色的骑士雕像。天鹅咖啡馆因当年马克思在这里写下著名的《共产党宣言》等著作而闻名。现在天鹅咖啡馆也叫天鹅餐厅，门口还摆放了三排餐桌，餐厅外墙悬挂着一块铭牌："马克思自 1845 年 2 月至 1848 年 3 月住在布鲁塞尔。他曾跟德意志工人协会和民主协会一起在这里欢度 1847～1848 年的新年之夜。"我们在这里流连、拍照，遐想当年马克思、恩格斯就坐在这里为共产主义者同盟撰写这一纲领性文献。记得我还是初中生时曾买了本《共产党宣言》，那是在少有书可以读的年代，虽然书中的内容我大多数看不懂，但我却被那富有震撼力的文字所吸引，捧读爱不释手。《共产党宣言》是世界上最畅销的书之一，马克思则是世界上公认的伟大思想家、哲学家之一。马克思在布鲁塞尔度过了 3 年，辗转了七八个居住处，那是他的流亡生涯。为了他坚定的共产主义信念，他被自己的祖国——德国抛弃，先流亡巴黎，被法国驱逐后流亡布鲁塞尔，后又被比利时当局驱逐出境。

天鹅咖啡馆的侧面是布拉邦特公爵馆，建筑的正面装饰着 19 尊历代布拉邦特公爵的半身雕像，颇为壮观。市政厅的正面是路易十四行宫，现在是历史博物馆。

布鲁塞尔大广场还是百姓的广场。这里有许多行会的建筑，包括船夫、裁缝、粉刷匠、理发、酿酒、手工、绘画等，行会建筑的门上是本行会崇敬人物或象征性动物的雕塑。这里见证了许多重大革命事件的发生——1830 年比利时独立革命爆发在这个广场，也经历了多次战争的洗礼。从 1971 年开始，每隔两年，在 8 月 15 日圣母升天节前后的周末，布鲁塞尔大广场的地面就铺设成了鲜花组成的地毯，那是非常壮观的景致。

布鲁塞尔大广场的四周有许多条小路，从市政厅和天鹅咖啡馆中间的恒温街步行 5、6 分钟，到橡树街转角处，就是闻名于世的尿尿小童小于廉的雕像。相传他的一泡尿救了这座城，所以被冠以“布鲁塞尔第一市民”的称号。黑色的塑像只有半米左右高，站在一个大理石雕花的台座上，微卷的头发，翘着小鼻子，调皮地微笑，显得十分活泼可爱，他撒“尿”的姿态更是生动逼真。世界各地都喜欢给他赠送衣服，据说他的第一件衣服是法国路易十五送的。现在他已经拥有 800 多套世界各地赠送的服装，比利时人在国王大厦设了个小于廉服装展览室。服装固然美丽，却也掩没了雕像原有的生动，我以为是个遗憾。我看到的小于廉也不尿了，不知为何。

逛了广场，看了小尿童，还有时间，我和东娅找个路边咖啡馆喝杯咖啡，又和童泽、小刘逛到广场附近的圣·休伯长廊，一个装饰典雅的购物长廊，长廊的顶上是蓝色玻璃拱棚。在这里看到巧克力被制成各种非常精致的工艺品，在几家店里看到转动的圆盘上流动的棕黑色的巧克力浆，在自动搅动的装置上浓郁丝滑般的巧克力浆流动着，令人有种冲动，真恨不得用手指沾上放进嘴里吮吸。

在布鲁塞尔，我们还去了著名的滑铁卢古战场。从布鲁塞尔市往南 18 公里，在索瓦尼森林的尽头就是滑铁卢小镇，那里有一片起伏的开阔地，是 1815 年拿破仑战败的地方。当年，14 万军士在此激战，3.9 万人在此捐躯。

如今，我们看到一座高约50米的人造山丘上，屹立着一头铁铸雄狮，是用当年遗留在战场上的枪炮铸成的。一尊不大的拿破仑雕像就在我们停车位置的边上。我们通过视频再现当年的激战。对于拿破仑这个滑铁卢大战的失败者，人们满怀敬意。我看到兰平拄着拐向陡峭的圆丘攀登，通向雄狮的是一条笔直的台阶，勇者无畏，或许他是用他的方式向英雄致敬。

从比利时到英国，经法国，一天工夫我们就跑了三个国家。法国只是路过，真是遗憾。

我们在法国的公路服务区吃了午餐，就直奔法国北部加来海峡省。加来港距离布鲁塞尔188公里，到巴黎还得224公里，到伦敦也得225公里。到英国的多佛尔港，就隔着英吉利海峡，相距不过40公里。二战时期最震撼人心的英法两军“敦刻尔克大撤退”亦发生在这里，那一幕仿佛还历历在目。英国方面组织了800多艘船舶，包括私家游艇，用了九天九夜，将30多万的英法士兵从加来抢救回来。苏格兰的公爵带着他的儿子驾驶着自己的私人游艇前来助力，市民们无不投入最大的援助。那是怎样的景致，一天撤退3万多人，海面上穿梭着各式各样的船只，天上还有德军的飞机时不时投下的炸弹。陆地上德军的包围圈越来越小，英法联军的后卫部队在拼死坚守防线。士兵的撤退被称作史上最绅士的撤退，他们无一例外地在排队，站在齐腰的海水里，轮到谁谁就登船。还轮不上的士兵就在海滩上喝茶烧咖啡，一副临危不惧，泰然自若的风度。每一支部队，师长总是最后一个撤退，确保他的官兵全部登船。

站在今日和平的港口，那场惊心动魄的画面渐渐地淡去。记起法国印象派绘画大师马奈的油画《加来港》，蔚蓝的大海上波光粼粼，宁静的港口帆船林立。我们的眼前已不见帆船，这里停泊的都是大货轮。我们乘坐的是英国铁行箱运有限公司P&O大轮船。从北欧一直陪同我们的周导在此与我们分手，我们全部共21人和我们的行李、轮椅都要挤进6部小车里，真被塞得满满的，就差人不能叠起来了。田总说大家克服一下，到英国另有导游和一辆中巴来接我们，挤只是暂时的。

港口的货车、小车都很多，我们排着队等待办理通关手续。等待期间，大家赶紧拍照合影，背景就是我们即将乘坐的大轮船。有一家老外对我们这个车队特别感兴趣，对我们这群残疾人能够驾车到伦敦表示敬佩，一家人都和我们拍照留念。就要踏上我们的终点站英国了，大家都特别开心，甚至有些激动，一个个的脸上都笑开了花。这里对残疾人同样是非常关照，不需要我们逐个下车填表、检查之类的麻烦，工作人员直接到我们车前逐一查验护照、办理出关和入关手续。

车载摆渡在英吉利海峡一个半小时到达英国。船上没有指定位置，大家松散地坐在沙发椅上，有的就坐在窗边的座位上。船上有个免税商店，可以用美元，可以用欧元，当然更可以用英镑、法郎，我想还可以使用信用卡。我也不知道买什么好，就随着大家买了香水。买香水的人最多，毕竟法国香水举世闻名。有人说，法国人因为体味重，早期又不可能经常洗澡，于是就发明了香水来掩饰体味。中国人没有这种难闻的体味，香水不过是小资。我不习惯往身上喷香水，因为香水味的诱人让我感觉喷香水起着吸引人注意的作用，而我在人群中特别不喜欢被人注意，所以也就不喜欢喷香水。但我喜欢在卧室里，往枕头、被子、睡衣上喷一喷香水，让宁静的空气弥漫淡淡的香。

第四十章　我恼火了

到达多佛尔是当地时间晚上七点，还有 100 多公里到达英国首都伦敦。按照旅行社事先的准备，伦敦导游将在出港口等我们，可我们的车队都驶出港口了，也不见这位导游。车队只能先在出港后的一座桥上等待，田总急得打电话，大家闲着没事就照相。好不容易伦敦导游才姗姗来迟，他没有开中巴，而是开着一辆小车。车队不能在桥上久停，田总已急得不行，看伦敦导游小李开的是小车，发脾气也已无济于事，只招呼三个人坐到他的小车上。没有调整行李，没有向大家介绍导游，也没有解释，就匆匆让车队出发，这时几个还忙着拍照的人还没有反应过来。伦敦导游小李在前面引路，没有等后面的车子全部跟上，车已驶出了好远。

进入英国了，这是我们行程中第一次遇到左道行驶，又是晚上，大家都比较谨慎不敢开快车。更何况各车上都堆满了行李，特别是 4 号车，行李就堆放在副驾座位置，右侧后视镜被挡住看不见了。原本说好伦敦导游来了就调整行李，如今导游来了一声不吭就开车走了，还跑得贼快，车队拉开了很大的距离。一时，对讲机里传来了大家的意见。小李的车上没有对讲机，他什么也没听到，一如既往地向前进。

小李终于停下了，我们已经到达伦敦，在市郊的一家川妹子中餐馆用晚餐。一走进餐厅，4 号车全体就爆发了："你们这是拿我们全车人的生命当儿戏!"这一路 4 号车由童泽开车，其他人都给他看路，一车人提心吊胆，是硬着头皮坚持下来的。"这样的车怎么开?"田总、梁导游尚未开口，宁为却发起火来，他一拍桌子说："现在都不要再说这些了！目前我们的首要任务就是把明天的句号画圆满。我们从鸟巢出发，历尽千辛万苦，就是为了明天有一个完美的结果，其他一切都不重要。”原本针对旅行社的问题并没有得到解决，听宁为这么说，大家心情复杂，一时没有人呼应他。田总忙解释：“刚才走得太匆忙，因为桥上不能停车。我们也没料到伦敦导游没有开中巴来，但行李的问题我们立即调整，一定要确保大家的安全。”并对小李说：“你不要开那么快，大家都不熟悉路，又都是第一次走左行道。”

行李略作调整，大家都以大局为重不再说什么，准备上路。我也想体验左道行驶，这也是此次旅程中的一项难得的经历。梁导与我交换了位置，我坐上驾驶位，扣上安全带准备出发。突然见宁为走来，“我到1号车”，他对我说：“小瑜大姐，我来开车。”

梁导看他还是气呼呼的，怕影响开车，就说：“你坐我的位置。”他开门想让座。宁为突然大声地说：“我是队长我说了算。”

他是命令我吗？这时马上就要出发了，我没说一句话就离开了驾驶座。因为拼车，亚伟也坐在1号车上，还有行李，宁为来了，我得离开1号车。找了几辆车，才看到导游小李的车上还能再挤一个人。

我闷闷不乐。他凭什么没有与我商量就抢我的驾驶位，还迫使我离开自己的车？想着这一路上他都很尊重并关照我，何以今天这么反常，像是吃了枪药子似的火气大。这时，对讲机传来宁为慷慨激昂的声音：“同志们，记者现在就在酒店架起摄像机等着我们，胜利凯旋的时刻就要到来了。我们要以整齐的队形进入酒店。”唉，似乎发火就是为了镜头，为了他这个队长能够坐在驾驶座上驶过摄像机，对他而言，这件事确实太重要了。而除了1号车外他没有机会坐上驾驶座，所以他只能对我下手了。想明白了也就释放了恼火，只是自己在心里感慨一番。

我没有加入接受记者采访的行列，一个人坐在大堂的沙发上，脑子里是一些凌乱的思绪。

“自驾伦敦”的每个人都有自己的英雄情怀，我们不甘于平庸，要活得精彩。小鹏说“我们追求美好生活”，宁为想把歌曲“活出个样子给自己看”作为队歌，雪虹在Q上建立“勇气人生”群，我们一路上无数次振臂高呼“梦想之旅，勇气人生”。出发前我在网络上贴出的文稿，曾出现“惊天地，泣鬼神”、“开中国历史之先河，创人类非凡之壮举”这样的句子，媒体、社会、朋友们、包括我们自己，也都给“自驾伦敦”贴上“不凡”、“壮举”、“史无前例”这样的标签，似乎，我们需要、渴望甚至迷恋这样的标签。

社会塑造出的残疾人形象，或者是苦大仇深，或者是高大全美，这应当说是媒体的功劳。我们很自然地将自己划入“高大全美”的范畴，个别的残疾人会因此自我膨胀得不知道自己姓啥名谁，但多数的残疾人私底下还是明白那是社会的需要，配合是必须的。我们是一群乐观、快乐、积极向上的人，因为是残疾人，所以“乐观”就是“自尊”，“快乐”就是“自信”，“积极向上”就是“自强自立”。这好像是一个游戏规则，许多人喜欢玩游戏，那就按照规则玩下去。

给“自驾伦敦”贴上“壮举”这样的标签，就需要有媒体支持。

按照北奥《为残奥加油，为生命喝彩 2012 中国残疾人士北京——伦敦自驾之旅活动》团员招募启事，第十三条的特色服务写着：安排中央媒体记者随团报道，馈赠活动全程照片和影视资料光盘。但后来这一条特色服务没有写入我们与旅行社签订的“旅行合同”里，而原本特色服务的内容也相应的改变了：一是“安排的随团记者”，最后费用却是由我们分担了；二是“中央媒体记者”，后来知道是中央电视台外包节目聘用的 2 名工作人员；三是“馈赠活动全程照片和影视资料光盘”，大概也只能不了了之，因为仅小单拍摄的俄罗斯部分就有几百 G，说是想要的人自己拿移动硬盘去拷贝。

为什么原本由北奥安排的随团记者最后是由我们承担费用我不得而知。就我个人而言，在我想要报名参加自驾伦敦时，关于 2 名随团记者及费用的事已经确定，我只有接受，因为这是唯一的选择，否则就不用去报名了。因此，关于记者及费用这件事，我从不提不同意见，就当是这次自驾旅行必须的附加条件。

不提意见并不等于没有意见。随团记者的费用分摊到个人，每人承担 1.6 万多元，这应当是一个很不小的金额。而且团队至今未见与媒体的书面协议，或者说根本就没有协议。除了此次活动的发起人，团队其他成员在不明确邀请媒体的目的的情况下，只是被动地接受这个自驾伦敦的附加条件，这钱就出得憋屈。也因此，从尚未出发到这一路走来，媒体之事总像是一根鱼刺哽在喉咙，多次被团员质疑。

邀请记者随团应当说是此行的败笔，但此举恰恰说明了我们过于渴望、迷恋“壮举”这样的标签，我们还存在不够自信，需要通过这种方式来证明“我能行”，需要用这样的“壮举”来提升我们自己。“梦想之旅，为残奥加油”，自驾曾经是我们的一个梦，我们为梦想启程，但自驾只是旅行的一种方式。为残奥加油，我们确定是为残奥吗？只有揭去这些标签时，我们才能真正看到自驾伦敦的意义所在。

所有的旅行都只是旅行，但旅行的意义因旅行者的不同而各异。就因为我们是残疾人，是行动极不方便的肢体残疾人，我们通过自驾车行万里路，收获我们用自己的眼睛看到的，用自己的心感受到的旅程中的每一天。这是我们独特的视野，这是我们独特的感受，这也是我们最大的收获。期盼着慢点，再慢点行走，让我能够更多地触摸到旅途经过的点点滴滴。希腊诗人卡瓦菲斯的诗《伊萨卡岛》在我脑子里呈现：

当你启程前往伊萨卡，
但愿你的道路漫长，
充满奇迹，充满发现。
莱斯特律戈涅斯巨人，独眼巨人，
愤怒的波塞冬海神——不要怕他们：
你将不会在途中碰到诸如此类的怪物，
只要你高扬你的思想，
只要有一种特殊的感觉，
接触你的精神和肉体。
莱斯特律戈涅斯巨人，独眼巨人，
野蛮的波塞冬海神——你将不会跟他们遭遇，
除非你将他们一直带进你的灵魂，
除非你的灵魂将他们树立在你的面前。

但愿你的道路漫长。
但愿那里有很多夏天的早晨，
当你无比快乐和兴奋地进入你第一次见到的海港：
但愿你在腓尼基人的贸易市场停步，
购买精美的物件，

珍珠母和珊瑚，琥珀和黑檀，
各式各样销魂的香水
——你要多销魂就有多销魂。

愿你走访众多埃及城市，
向那些有识之士讨教并继续讨教。
让伊萨卡常在你心中，
抵达那里是你此行的目的。
但路上不要过于匆促，
最好多延长几年，
那时当你上得了岛你也就老了，
一路所得已经教你富甲四方，
用不着伊萨卡来让你财源滚滚。
用伊萨卡赋予你如此神奇的旅行，
没有它你可不会启程前来。
现在它再也没有什么可以给你的了。
而如果你发现它原来是这么穷，
那可不是伊萨卡想愚弄你。
既然那时你已经变得很聪慧，并且见多识广，
你也就不会不明白，这伊萨卡意味着什么。

第四十一章　圆梦伦敦

车队到达伦敦，我们的自驾到此结束，第二天汽车就要交海运公司验车收车托运回国了。宁为召集大家商量，要有一个收车仪式，表示我们已经到达伦敦。也就是找一个具有象征意义的伦敦建筑，在这个建筑物前拍个集体照留念。最佳地点当然是伦敦奥运场馆伦敦碗，但那里汽车是肯定进不去的。最后确定到伦敦塔桥，伦敦塔桥是伦敦市标，在这里举行一个收车仪式是再合适不过了。但导游说："现在是奥运会期间，伦敦交通管理特别严，伦敦塔桥汽车只能通过不能停留。"宁为说："我们就是要做别人没有做过的事。明天早上我们4点就开车出发，那时人少也没人管，在伦敦塔桥上走几圈，欢呼一下搞个收车仪式。"记者表示明天没有时间。那就由亚伟负责拍摄。导游也有些为难。宁为说："导游能够和我们一起去，也是作贡献，我们每个人都出点钱算是给导游的加班费。"有人表示现在已夜12点多，明天4点太早了。宁为大手一挥，"大家愿意去的就去，不愿意去的拉倒，不勉强。"

清晨4点，多数人都来了，田总也来了，由梁导带路，驱车直奔伦敦塔桥。伦敦城已露出淡淡的清辉，一路上看着这个古老而又现代的都市从窗前掠过，平实的砖房与摩登建筑相映成辉，这就是我们此行的目的地——伦敦。我们经历40多天的长途自驾车旅行，行驶了近15000公里，终于一路平安到达伦敦，感慨伴着更多的是喜悦。半个小时后我们来到伦敦塔桥，桥上那两座高耸的方形主塔在晨曦中张开双臂，迎接我们的车队到来，主塔上白色大理石屋顶和五个小尖塔，如同英女王和她的仪仗队。"梦想之旅，勇气人生。"我们再一次呼喊，呼喊声里充满了对完成自驾伦敦的欣喜和自豪。

古老而熟悉的曲调在耳边响起——

London Bridge is falling down,

Falling down, falling down.

London bridge is falling down,

My fair lady.

歌唱的就是这座伦敦塔桥。据说伦敦塔桥还真的多次倒塌，不过每次都再建起，而且越建越牢固。伦敦塔桥是一座吊桥，桥中间位置是两块活动桥面，当泰晤士河上有万吨船只通过时，由主塔内机器控制，活动桥面慢慢向上折起。一直以为这座桥就叫伦敦桥，这次才弄明白，伦敦桥是另有一座远不如它出名的桥。

在伦敦塔桥边上有一座古老的城堡，那是英格兰最古老的要塞——伦敦塔，官方名称："女王陛下的宫殿与城堡，伦敦塔。"土黄色的砖墙刻画着时间的年轮，那狭窄的像一个个十字的窗户，透着一股神秘，给伦敦塔桥增添了几分魔幻色彩。伦敦塔曾经是宫殿、堡垒，也做过军械库、国库、铸币厂、天文台、避难所，甚至监狱。1988 年被列入《世界遗产目录》，每年接待 200 多万游览参观者。

伦敦市区游览，安排接送我们的是一部无障碍大巴车，开车的司机是个 60 多岁的老驾驶员，他并不熟悉无障碍升降机的操作，但却非常尽心尽责。每一次，他都一定要开启这个装置，有几次这个设施似乎操作不灵了，大家说算了，拄个拐也能上。他仍一丝不苟，不慌不忙操作着按钮，一定要用这个升降平台把我们的残疾朋友送上车。他主动帮助我们安放轮椅，停车时会把车停靠在最方便我们上下车的地方。我们都非常喜欢这个认真负责的伦敦司机，当我们离开伦敦时，我们都对他报以最热烈的掌声以表达我们对他的尊敬和感激。

泰晤士河是伦敦的母亲河。我们来到泰晤士河畔伦敦最繁华的威斯敏斯特市，这里是英国的行政中心所在地，议会大厦也叫威斯敏斯特宫坐落在泰晤士河西岸，一片错落有致的尖塔建筑和高耸的大本钟，就是议会大厦主体建筑。大本钟是英国伦敦著名古钟，建于 1859 年，是世界上最大的有四个钟面的报时钟，它的高度在世界钟楼里排名第三。大本钟每隔一小时敲响一次，声音深沉而又铿锵有力，经由英国广播公司（BBC）电台，它的钟声传遍世界各地。

议会大厦的西侧是威斯敏斯特大教堂，正式名称“圣彼得联合教堂”，是世界上最巍峨壮丽的教堂之一，它的外观恢弘凝重，装潢优美精致，整座建筑金碧辉煌而又静谧肃穆，被认为是英国哥特式建筑中的杰作。威斯敏斯特大教堂既是英国国教的礼拜堂，又是历代国王举行加冕典礼、王室成员举行婚礼的大礼堂，当今英国女王伊丽莎白二世就是于1953年6月在这个教堂里举行的加冕典礼。威斯敏斯特大教堂又是一个国葬陵墓，在它的地下室，安葬着从亨利三世到乔治二世等20多位国王，牛顿、乔叟、狄更斯、达尔文、丘吉尔等英国著名人士也下葬在这里。在威斯敏斯特大教堂西大门上方有十个人物雕像，门口的雕像说明写着，这是二十世纪殉道者，第五个是我熟悉的美国黑人民权领袖 Martin Luther King（马丁·路德·金），非常偶然地我在这里看到一个中国人的名字 Wang Zhiming。我回家后查了一下资料，王志明，中国云南苗族牧师，“十年动乱”期间遭逼迫而死，1980年我国政府为王志明公开平反，修建了坟墓并举办了隆重的追悼会。

由威斯敏斯特大教堂向北就是唐宁街，一路上，伦敦的招牌——红色双层巴士和红色电话亭给我留下深刻的印象。我们到唐宁街就是要看看有名的唐宁街十号首相官邸，一个朴实的黑色木门，门上白色的阿拉伯数字10。据说它的面积狭小，又长年缺乏维修，许多任首相都不愿意入住。倒是在唐宁街口大铁门站着的一个胖警察，很乐意做模特让我们与他一起拍照。

从唐宁街再往西就是白金汉宫，导游为了取近道经过皇家园林圣詹姆士公园，但这样走却要上一个有十几级台阶的桥，人手不多，要抬上我们这么多张轮椅真是件不容易的事。白金汉宫是一座四层正方体灰色建筑，正门上悬挂着英国王室的徽章，大铁门紧闭，大家只是隔着铁栅栏拍照或观望，里边有士兵，还有身着礼服的皇家卫队，这里是英皇权力的中心。宫殿前面的广场，胜利女神金像站在高高的大理石台上，她张开金光闪闪的双翅，像要从天而降。

再往西就是海德公园。这里曾经是亨利八世的狩猎场，从19世纪末起，海德公园成为英国工人集会和示威游行的地方。海德公园有一处著名的“演讲者之角”，也称为“自由论坛”，列宁曾在这里站在装肥皂的木箱上发表演说。我和童泽、东娅、小刘租了一条脚踏船在湖中荡漾。脚踏船不适合下肢残疾的人，我都没法踩，辛苦了童泽和小刘。童泽的腿部刚动了手术，其实不宜过度用力，这一行程中他走得很多，上岸时我让他坐在轮椅上我来推，他只坐了一小段路，看快到大门口我们的集合点时，就坚决让我坐上轮椅他来推，这大概也是一种绅士风度。

第四十二章　残疾人奥林匹克运动会

我们到达伦敦，还有一项最重要的活动，就是参加第14届夏季残疾人奥运会开幕式。这是旅行社为我们准备的特别的礼物，我们全体队员都非常感激。“为残奥加油，为生命喝彩”是北奥旅行社为组织此次北京——伦敦中国残疾人自驾行打出的活动主题。

伦敦是残疾人奥林匹克运动的发源地，我们来到了残奥会的故乡。64年前，第14届伦敦奥运会开幕式的那一天，在英格兰南部白金汉郡的斯托克曼德维尔国立脊髓损伤中心，举办了一个只有16名坐在轮椅上的伤残士兵参加的体育比赛，称为斯托克曼德维尔运动会。这些残疾人是在第二次世界大战期间致残的士兵，脊髓损伤中心的古特曼医生鼓励他们通过适当的体育运动获得康复和重新参与社会生活。当时谁也不会想到，这个仅有16名残疾人的运动会能够演变成今天有4000多名运动员参加的残疾人奥林匹克运动会，曼德维尔成为2012伦敦残奥会吉祥物的名字。1952年由于荷兰退役军人的加入而成立了国际斯托克曼德维尔运动会联合会，运动会每年举行一次。到1960年罗马第十七届奥运会，已有世界23个国家的400名残疾人运动员参加的第九届国际斯托克曼德维尔运动会，被国际奥委会的正式确认为第一届“残疾人奥林匹克运动会”。1964年国际奥委会决定举办夏季奥运会的国家也要同时承办残疾人奥运会，1988年国际奥委会规定，夏季奥运会和残疾人奥运会必须在同一城市举行。“两个奥运，同样精彩”是2008年北京残奥会提出的口号。

我国残疾人体育起步较晚，1983年才成立中国伤残人体育协会，1984年第一次组团，24名残疾人运动员——比这次参加伦敦残奥会的运动员相差近

12 倍，参加在美国纽约举行的第七届残疾人奥林匹克运动会。也就是在这一年，中国首次组团参加在美国洛杉矶举办的第二十三届奥运会，射击运动员许海峰获得的金牌被称为中国人在奥运会的第一枚金牌。事实上，这一届的残奥会比奥运会早一个多月举行，23 岁的盲姑娘平亚丽已夺得了跳远金牌，因此，平亚丽才是中国人奥运金牌“零的突破”者，是第一个让五星红旗在奥运场馆上升起，让义勇军进行曲在奥运场馆奏响的人。残疾人体育同样是一个为国争光的平台，至今，已有上千人次残疾人运动员参加残奥会比赛，为祖国夺得了上千枚奖牌，这是中国残疾人的骄傲啊。

有人将残疾人体育分类成康复医疗性体育、竞技性体育和娱乐性体育。无意中成为残奥会之父的古特曼医生，他鼓励残疾人体育运动的目的是康复和社会融合，随着残疾人体育运动的开展，必然要向着竞技和娱乐两个方向发展，残奥会目标之一就是通过竞技性体育带动残疾人的社会参与社会统合。随着社会的发展变化，残疾人体育的意义已不仅仅是康复手段，全民健身呼吁更多的残疾人参与体育，残疾人体育已经成为身心健康、享受生活的重要环节。但也不可否认，由于竞技体育发展进程中的功利驱使，存在一些残疾人竞技体育偏离康复和社会融合，甚至与此背道而驰，这是我们不愿意看到的现象。

在伦敦，我们遇到不少来参加残奥会的运动员，许多人也当我们是残奥会的运动员。虽然语言不通，但彼此的轮椅让我们走近，微笑，握手，甚至拥抱，然后一起拍个照。这个时候是哪个国家的不重要，语言不重要，性别不重要，我们所共同的就是两个字“残疾”。

早早地，乘坐大巴驶向开幕式的会场——伦敦奥林匹克体育场，因为外形酷似一个大碗，所以被称为“伦敦碗”。伦敦碗除了必须考虑无障碍外，它的可持续使用性是设计的关键理念。这是英国人的做事风格——严谨、务实。设计要求主体体育馆用于奥运会开、闭幕式和田径比赛，要拥有 8 万人的坐席，但还必须考虑奥运会结束之后它的继续使用。没人需要一个超大的体育场，这是个设计难题，但伦敦碗的设计成功破解了这一难题，使其备受赞誉。我们看到的伦敦碗，它的底部是个混凝土的碗形建筑，可容纳 2.5 万人，在碗形建筑的上面是可拆除的钢架结构临时看台，可容纳 5.5 万人。

残奥会开幕式的门票，包括其他比赛的门票，都配送一张票当天可以在伦敦免费乘坐地铁，可惜我们都没有机会使用。伦敦主要街道上都有画着五环的专门奥运车道，途中见许多安保人员，据说伦敦奥运会的安保人员大概有2.3万人，有警察、经过受训获得许可的安保人员，还有军人和志愿者，残奥会对他们来说已经轻松多了。一些警察身上还是装备齐全，有通信设备、警棍、手铐，还有枪等。汽车进入会场要经过严格检查，有专门安保人员用一种检测仪器，对车内、车下都做一番检查。

我们的大巴停靠停车场，大家驱动轮椅进入体育场。天空飘落着密密的细雨，丝毫不影响我们的兴致。“我们来啦!”一个个喊着奔向伦敦碗，向火炬塔冲去。今天我们拍下照片的伦敦碗，在奥运会结束后，或许什么时候我们再到伦敦时，它将不再会是这个模样。留个影做个永久的纪念，今后不可能再有的建筑。当我们以伦敦碗为背景拍照时，不少观众也加入我们的行列，有趣的是一些参加开幕式演出的演员也来与我们合影。

霍金也来了，现场演绎他的宇宙大爆炸理论，这位我们从小就非常熟悉并敬仰的科学奇人坐在电动轮椅上，通过电脑传出独特的机器语音在体育馆上空回荡：“自从文明的曙光降临大地，人类便孜孜不倦地探求世界内在的规律。天地之为天地，何也？天地之所以存在，何也？即便我们找到了无所不能的世界万全定律，那也不过是一套毫无生气的繁文缛节。究竟是什么将生命的火种点亮？留下整个宇宙供人类冥想?”“我们生活的宇宙是按照基本原理运行的，我们可以发现并理解这些基本原理。仰望星辰，不要只看自己的脚下。尝试探究你所看见的一切，探索宇宙存在的原因。要保持好奇心。”遗憾的是观众席离霍金太远了，我们也只能通过大屏幕才看得清楚。颇具伦敦特色的雨伞作为整个开幕式的主要道具，巨大的书籍，一个没有双脚的人表演小鸟舞蹈都在激励着人们探索、努力。场上出现了我熟悉的英国艺术家马克·奎因创作的雕塑复制品，巨大的《怀孕的艾莉森·拉普》，那尊雕像即使是远远地看着她也让人感动得掉泪。熟悉的旋律《I am what I am》响起，“我就是我，独属于我的存在。到我的世界来，无论贬与褒。这就是我的世界，在这里，我有我的骄傲。”非裔女歌手贝弗莉·奈特的歌声在我们心中产生共鸣，唱出我们的心声，应当也是许多残疾人的心声。

英国女王伊丽莎白二世出席了2012年伦敦残奥会开幕式，并宣布运动会开始。每当英国国歌响起，当英国队以及英属国家代表队入场时，英国观众便自觉地起立，报以最热烈的掌声和欢呼。我们中国队入场了，大连的轮椅竞速选手张立新担任旗手，中国代表团阵容庞大，红黄两色队服在场上是一道亮丽的色彩，我们每个人的省份都有运动员来参赛，我们情不自禁地欢呼鼓掌，拉起了中华人民共和国国旗，挥动起手中的五星红旗，为中国队加油，为中国残疾健儿喝彩！

伦敦是我们整个行程的终点，到该说再见的时候了。无论是团队的伙伴还是导游，大家都有些依依不舍。能够一同出行，特别是自驾 40 多天，这是缘分。在挥手道别之际，一丝不舍涌上心头。但大家都已离家月余，思家心切，于是匆匆分手。互相提醒，QQ 上见，微博上见，再见！

跋

生活是由许多看似偶然实则必然的因素组成的。残疾是人类发展进程中必然要付出的代价，而这种代价由谁承担却是偶然的。人的一生要认识结交许多朋友，这是必然的，而谁能成为朋友则是偶然的。赵小瑜女士因患小儿麻痹症这一偶然事件变成肢体残疾人，我因参与残疾人保障法及福建省实施办法的调研、修订等工作而偶然认识赵小瑜女士。然而，赵小瑜女士作为一名残疾人和残疾人工作者，她身上散发出来的对生活的乐观、对工作的热忱、对大自然的向往、对残疾人无私的爱等优秀品格，注定她必然会成为包括我在内的许多人的好朋友，注定她曲折的人生中必然会有许多精彩的故事。“中国残疾人北京至伦敦自驾行”正是赵小瑜女士一生中最精彩的故事之一，《手驾车　去伦敦》一书就是讲述这个精彩故事以及作者在这个故事中的感悟。

赵小瑜女士参加“中国残疾人北京至伦敦自驾行”并将旅途中所见所感所思写成文字出版，同样是看似偶然实则必然的一件事。有梦的人生才精彩，赵小瑜女士正是一个追梦者。她是一位有梦想又执着的人，当现实梦想的机会一出现，她就紧紧抓住。机会总是为有准备的人而准备的，用这句话来形容赵小瑜女士的自驾行与出书这事儿最合适不过了。《手驾车　去伦敦》一书真实地再现了北京至伦敦的旅途，顺着书中的描述我似乎也跟随他们一路走着、看着、想着。我们的旅游大都属于“上车睡觉、下车拍照”的中国式旅游，与赵小瑜女士自驾游的那种深入、细致的观察相比，只能算作“蜻蜓点水”、“浮光掠影”。尤为不同的是，作为健全人，我们没有像她那样去留意不同人文环境对残疾人的不同态度，以及人们的不同态度给残疾人心灵所带来的不同感受。同一事物，在不同的主体，从不同的视角总能看出区别来，也许这就是生活的多样性，而这种多样性的形成有依赖于人类思维的多元，转换视角看待事物。因而，能否宽容地对待别人、对待生活的秘诀就在于能否转换视角。《手驾车　去伦敦》一书教会了我们这一点。

《手驾车　去伦敦》一书中有许多美妙而富有哲理的语言，这些语言来自于一位残疾人，却适用于所有人。“两个人的世界，走到哪儿，哪儿就是家”、“残疾是种无法诉说的痛，它需要独自旅行加以治疗”、“越是行动不便，越是渴望远方”、“酒本无功过，就看人怎么喝它了”……像这样纯美的语言在书中俯拾皆是，这既是赵小瑜女士笔耕不辍积累的结果，更是一位经历54个春秋磨砺的女性残疾人对生命的体悟与诠释，对超越残疾人生存状态的渴望与呐喊。没有对残疾人生活的深刻理解，断是不可能写出这样的佳句的。语言是精神的家园，语言的贫乏是人的本质的贫乏，语言的丰富则是人的本质的丰富，而用语言揭开被遮蔽的生活本质，应是人们使用语言的使命。赵小瑜女士正在完成这样的使命。她的伦敦自驾行以及此行的文字记载——《手驾车　去伦敦》所折射出的一位残疾人的心路历程，再次向我们阐释了一个朴实而又深刻的道理：肢体虽已残缺，生命仍需完整！

给赵小瑜女士的《手驾车　去伦敦》一书写跋，也是一件看似偶然实则必然的事儿。赵小瑜出国前，同事们为她饯行，那天我恰好到省残联，得知此事，不请自来的我主动要求参加，席间我建议她一路多拍照，还可以集结成册出版，并豪言可以帮助她完成这事。事隔半年，有一天赵小瑜和我们小聚时，她说《自驾行，去伦敦》一书已经写好，要我兑现诺言帮她看看并写序。当时我既喜又惊，赵小瑜女士出国前早就有写书的准备了，她在旅行中一路记录，回国后很快将这些记录整理成册，为她的自驾行留下文字记载，这着实让人高兴。而赵小瑜女士嘱我为她的书写序，我却感到紧张。因为，这不是一部我专业所涉及的法学著作，也不是一部普通的文学作品，而是一位女性残疾人用心血书写的游记。但“君子一言，驷马难追”，我只好勉为其难了。赵小瑜女士是我的朋友，本来我自认为与她是熟悉的，但读罢她的《手驾车　去伦敦》一书，她一下子成为我“熟悉的陌生人”，她的书让我重新认识她，也让我重新认识残疾人这个群体。

《手驾车　去伦敦》一书中的许多亮点让我动容，让我深思，让我自觉不自觉地去叩问那些很形而上的问题——残疾与健全的界线是什么、身与心的关系是什么、生命的意义是什么？体格健全而内心黑暗者，算不算健全人？反之，身体残缺而心智光明者，算不算残疾人？我循着赵小瑜女士的旅途，一边观光，一边思考；一边与她对话，一边独自冥想。末了，我明白了，赵小瑜女士用她的远行和这段远行的文字记载告诉了我们答案。

生活塑造了我们，将我们塑造成不同的个体，但是，不同个体，无论是残疾人还是健全人，都有着共同的梦想——让生活更美好，让生命更精彩。我为赵小瑜女士的这一人生精彩片段而欢呼，为许许多多像赵小瑜女士那样坚强生活着并不断创造精彩人生的残疾人而喝彩。

黄进喜：法学博士，福建省人大常委会内务司法工作委员会副处长

后　记

伦敦之旅，圆了一个梦。

我心里充满感激。父母给予我的不仅是经济上的支持，更给了我精神上的力量，我一路行程，两位老人在世界地图上一路紧随，一路惦念。先生、女儿的爱是莫大的牵挂，为了他们我更是一路谨慎，步步谨慎。朋友们、同事们通过网络给予的支持与关注是我前行的推动力。45天的旅程，是人生短暂的片刻，我非常感激一路同行的伙伴们，他们让我学会很多，不仅是自驾车，不仅是旅行，还有生活，还有勇气，还有历练。这是一次特殊的旅程，我仿佛经历一次涅槃，获得了再生的感觉。

伦敦之旅，圆的是残疾人的自驾梦，更是残疾人追求美好生活的梦想。

45天的行程结束了，当我收拾归来的行囊，有旅途拍摄的一万多张照片和沿途做的笔记。那许多美景许多故事，仿佛又都历历在目。我有种强烈的愿望，要讲述这次我和朋友们共同的旅程，期望我们的旅行故事能与更多的朋友们分享，期望更多的人能够透过我讲述的故事，更全面地了解残疾人，同时也给予更多人以激励；期望更多的人了解残疾人旅行，了解旅行无障碍，也期望更多的残疾朋友能够和我们一样踏上旅程。《中国残疾人》杂志2013年第2期《残疾人旅游面面观　我们也要看风景》一文的引言：“我想去桂林呀我想去桂林，可是有时间的时候我却没有钱。我想去桂林呀我想去桂林，可是有了钱的时候我却没时间。”将近20年以前，歌手韩晓的一首《我想去桂林》，唱得多少人心里都痒痒，那是很多人的心里话。直到今日，人们还在时间和钱之间艰难地寻找平衡点，以求早点过上有钱有闲能去“桂林”的日子。可这事要放在残疾人这儿就不单纯是钱和闲的问题了，他们要找的“平衡点”实在太多，也因此，与健全人相比，与发达国家和地区残疾人相比，我国残疾人的旅游活动少得可怜，这与残疾人自身旅游能力不足、残疾人旅游优惠政策不足、社会志愿服务不足、无障碍环境缺失、专业化服务能力不足以及残疾人旅游能力开发机制缺失都有关系。虽然残疾人出去旅游困难重重，但他们依然渴望走出家门，旅游对于他们来说，不仅是出去走走看看那么简单，还承载着他们对生活的勇气和信心，正如中国残疾人旅游网管理员段亚杰所说：“旅游只是个形式，残疾人可以通过这样的方式做很多事情，可以证明我还活着。”为此，我坐到电脑前，开始通过键盘完成又一次伦敦之旅。

感谢我的队友们，健明、丽珠、兰平的博客帮助我追回好些快要丢失的记忆，跃林、宁为、宝明夫妇、田总及小刘提供了他们沿途拍摄的照片，晓凤、宁为、童泽补充了途中我不知道的有趣的故事，大家都阅读并提出了很好的建议、意见。雪虹印刷了这本书，让许多朋友提早分享了我们的自驾故事。

感谢我的朋友们，窗子陪同我住在北京的一家酒店里，一起探讨如何修改文章，使第二稿的修改有了明确的方向。文辉还特别为文章的修改召集了读后交流会，人杰、世元、玉明、光泽、作友、佳佶、耀环、陈棋、美香……都提出了宝贵的意见。省人大的老朋友黄进喜对书稿提出了很好的修改意见，并为这本书作跋。

需要特别感谢我的顶头上司，福建省残联副理事长杨小波先生，他是这本书的第一个读者，他的充分肯定给予我信心，让我敢把文章拿出来与朋友们分享。原福建省出版局副局长肖枫华老先生厚爱有加，一直关注着这本书的出版，并积极推荐给出版社。原中国残联发展部主任丁启文老先生第一个为这本书作序。中国残联副理事长程凯先生更是在百忙中抽空写了序。

海峡文艺出版社早在 1994 年就为我们出版了《我的生日没有烛光——十九岁吴强的诗集》，当时在社会上引起了极大的反响，之后又出版了《同人——讲述残疾人自己的故事》、《命运变奏曲》、《残疾人保障与社区建设》等书。海峡文艺出版社已几经领导更替，但支持残疾人书籍出版的公益心和社会责任没有改变，又一次鼎力支持这本书的出版。福建省残疾人联合会、福建省残疾人福利基金会为这本书的出版提供了经费支持。

我心里充满感恩之情。需要感谢的人太多了，不能一一列出，在此一并表示感谢！

文章表达的是作者个人的所观所感，必然存在偏颇和不准确，仅仅一家之言。

赵小瑜

2013 年 7 月 19 日于榕